樟园百花论丛

功创作研究

本书获湖南师范大学中国语言文学一流学科资助

著

知识产权出版社
全国百佳图书出版单位
——北京——

图书在版编目（CIP）数据

韩少功创作研究/廖述务著. —北京：知识产权出版社，2019.12
（樟园百花论丛）
ISBN 978-7-5130-6596-2

Ⅰ.①韩… Ⅱ.①廖… Ⅲ.①中国文学—当代文学—文学创作研究 Ⅳ.①I206.7

中国版本图书馆 CIP 数据核字（2019）第 248388 号

内容提要

本书以当代著名作家韩少功为研究对象，对其写作展开全方位研究，既有依托历史语境的宏观把握，也有对经典文本具体而微的新批评式细读。第一、二、十一章，返归历史现场，深刻呈现了韩少功创作的在地性特质。韩少功与时代有着频密互动，他所立足的大地无疑潜藏着他文学书写的原始密码。第三章至第十章聚焦《爸爸爸》《山南水北》《修改过程》等经典文本，烛照韩少功文学世界的幽微与繁富。在前述共时性研究基础上，最后一章（第十二章）敞开一种未来性与时间性。纵横话语坐标无疑有益于呈现韩少功文学世界的丰富与多义。

策划编辑：蔡　虹
责任编辑：程足芬　　　　　　责任校对：谷　洋
封面设计：张　冀　　　　　　责任印制：刘译文

韩少功创作研究
廖述务　著

出版发行：	知识产权出版社有限责任公司	网　址：	http://www.ipph.cn
社　址：	北京市海淀区气象路50号院	邮　编：	100081
责编电话：	010-82000860 转 8390	责编邮箱：	chengzufen@qq.com
发行电话：	010-82000860 转 8101/8102	发行传真：	010-82000893/82005070/82000270
印　刷：	北京嘉恒彩色印刷有限责任公司	经　销：	各大网上书店、新华书店及相关专业书店
开　本：	787mm×1092mm　1/16	印　张：	15.25
版　次：	2019年12月第1版	印　次：	2019年12月第1次印刷
字　数：	235 千字	定　价：	68.00 元
ISBN 978-7-5130-6596-2			

出版权专有　侵权必究
如有印装质量问题，本社负责调换。

目 录

第一章 韩少功创作与当代中国 …………………………… 1
第二章 理性与感悟:韩少功的文学世界 ………………… 22
第三章 作者丙崽化的文学史意义 ………………………… 73
第四章 词典体:形式与意义的双向建构 ………………… 88
第五章 《暗示》:承续与转折 …………………………… 105
第六章 《801室故事》:形式探索的历史蕴含 ………… 113
第七章 乡村"写意":韵味的延留及残损 ……………… 130
　　　　——《山南水北》阅读笔记
第八章 公共正义的诗意构想 ……………………………… 145
　　　　——《第四十三页》的延伸语义
第九章 时代情绪的诗性书写 ……………………………… 154
　　　　——以韩少功的长篇小说《日夜书》为中心
第十章 互文与自反:《修改过程》的认知诗学 ………… 162
第十一章 左手"主义",右手"问题" …………………… 171
　　　　——"天涯"体与韩少功创作关系初探
第十二章 德性生存:韩少功新世纪创作的重要面向 …… 179
附录一 韩少功文学年谱(1953—2015年) ……………… 187
附录二 韩少功作品译介简况 ……………………………… 233

第一章　韩少功创作与当代中国

韩少功是当代为数不多的思想型作家。他擅长理性思索，但这并不意味着他在感性的想象世界的方式上必然匮乏或单一。有趣的是，他还是文坛少有的持之以恒地实施文体实验的探索者。吴亮曾论及韩少功的"感性视域"与"理性范畴"❶，而不是偏论一方，显然他敏锐地意识到韩少功的文学世界是多元且丰富的。

韩少功敏于时代变迁，其文学世界的繁复多样不过是现实催逼的产物。文体变幻是现实意识形态的形式折射。他出生于中华人民共和国成立初期，其人生经历基本与社会主义的现代性历史实践相重合。他的成长期正处社会主义实践的激进时期。红色的基因和记忆混合在一起，渗入骨血，转化为他看待世界的一种必不可少的视角。少功的父亲自沉湘江绝非历史的必要代价，它留给韩少功的创伤记忆亦为其创作增添了另一种沉重的色调。但这并没有郁积为一种内向型的感伤与自怜，而是转化为韩少功反思历史的恒久动力。自身的实践型人格则使韩少功有机会参与那个时代诸种社会历史实践，他现时与未来的观念以及创作形态的多元转化显然主要不是来自书本知识供养，而更多来自人生实践的动态孵化。

一

韩少功以批判性姿态切入时代的内在机理，而一种自反性人格又促使其写作与时代保持频密的互动。在文学形式与中国现实之间，韩少功的精神空间扮演着隐蔽的沟通桥梁与中介。他内心储存了足够多的伤痕

---

❶ 吴亮：《韩少功的感性视域》和《韩少功的理性范畴》，载于《鞋癖》，长江文艺出版社1995年版。

记忆，但他始终未蜕变为自闭型私语者或感伤型哀怨者。自20世纪70年代末以来，伤痕式、控诉式书写成为一种显性的文学力量。它与精英话语、新启蒙思潮汇合，重塑历史语义，初步建构起新的后革命话语秩序与结构。这当中，趋利者与理性者有之，而盲从者亦甚众。新型话语秩序形构出新的利益共同体。而反思者、批判者则难免身处边缘与孤独的处境。韩少功一直游离于这一主流话语之外，他那不无冷峻乃至尖利的文学言辞招惹了近乎等量的非议与诽谤。批判的火力往往后挫于批判者自身。真正超脱出特定利益结构的思想者方能维持持久有效的批判并免受难堪的解构。青少年时代的混合着泥土气息的历史文化记忆，如同破毁一切的酒神精神的力量，强大到足以修正他一己之欲念。在汪洋般面目黧黑的群体面前，韩少功切实感受到了大地的厚度以及生命存在的要义与真谛。伤痕记忆遵循个体化原理，而集体性历史文化记忆则蕴蓄着地火般的能量；后者有效冲决了前者对精神的桎梏与网罗。韩少功文学书写并非这一文化力量的被动造物。他辨识、选择，并将其转化为一种精神性充沛的书写行动。

　　历史文化记忆呈现于个体之时往往发生扭曲与变形。认识主体之认知或多或少受限于特定时段意识形态化的认知装置。经由这一非透明认知装置，我们如同盲人摸象一般，探触到的不过是历史影影绰绰的局部或碎片化的一鳞半爪。韩少功的意义在于，尽管自身作为依赖于语境的有限认识主体，无法完全超越先在的认知装置，但他一直致力于穿透历史迷障，破除诸种意识形态幻象，以抵达人迹罕至的精神高地。韩少功的精神空间繁复多义，这不取决于感性层面的变幻莫测抑或潜意识的幽深，而源自这一精神中介在文学形式与中国现实间反复的自我调整。

　　韩少功的写作历经当代文学发展史中的几个重要时段，中国现实是促使其创作嬗变与转型的源动力。1972年，韩少功开始文学创作。《红炉上山》《稻草问题》《对台戏》等早期作品属于社会主义文学实践范畴。随后的《月兰》《西望茅草地》被批评界归属到伤痕文学、反思文学阵营。20世纪80年代中期，韩少功受惠于庄禅与边地文化传统，同时受到西方现代主义及拉美魔幻现实主义文学的深刻影响。从这一时段开始，韩少功逐步形成自觉的文体意识，一种独具韩式风格的先锋性书写持续至今。在有关韩少功的批评史、文学史书写中出现了一个意味深长的现象：尽管韩少功在小说形式探索层面比不少先锋文学作家更果决与持久，但甚少有批评者与史家将其纳入先锋文学阵营。这种评价上的默契并非来自某一权威论述的影响与规约，它似乎更多源自每个评述者个人隐约的感受与认知。韩少功文学世界的历险者都不难直观其与先锋文学乃至整个新启蒙文学内在的差异。

显然，韩少功早期创作与当代文学之总体保持了较高程度的同一性，而到了20世纪80年代中期之后，两者之间的差异日趋显著。不过，学界并未深究此一差异的实际内涵。要探寻这一差异及其缘由，就有必要深入了解新时期以来新文学自身的演进逻辑与内在属性。

20世纪80年代以来，文体实验与形式变革在当代文学的演进中日渐醒目。文学从政治场域抽身而出，在获具所谓本体属性的同时远离了聚光灯闪烁的历史文化舞台。形式实验在一定程度上成为纯文学自身演化的内在动力。批评家黄子平调侃说，人们被创新之狗追得连停下来撒尿的工夫都没有了。❶ 所谓创新部分涉及观念，但更多的是形式层面的。许多炫技式创作缺少经验或观念支撑，大多源自对外来现代主义、后现代主义文本的盲目跟随与仓促模仿。此类文本往往虚化为纯粹的能指嬉戏。这也就预示了形式化先锋书写的必然没落。以形式实验为内在动力的文学缺钙贫血，注定是虚弱苍白的。作为形式变革巅峰的"先锋文学"，其早熟的形式狂欢恰恰映照出当代文学苍凉的黄昏。在"先锋文学"乏力之后，以形式变革为驱动的当代文学失去了基本动力，逐渐沦为流派、思潮稀缺的散沙化存在。纯文学的构想与实践对当代文学的去政治化转型、回归审美本体具有巨大的推动作用。不过，正是在这一文学历史实践中蕴含了与其所反对的对象近似的空想属性。回归形式本体的纯文学是后革命主体历史建构的产物，是新启蒙意识形态的文学表征。在这个意义上，它去政治化的进程恰恰是政治化、意识形态化的。去政治化的政治成为新时期以来当代文学隐性认知装置的基本语义。在此认知视域中，"五四"以来的启蒙文学是文学的现代性形态，而革命文学实践则阻滞乃至中断了这一文学发展进程。在李泽厚看来，这是一部救亡压倒启蒙的历史讽刺剧："封建主义加上危亡局势不可能给自由

---

❶ 查建英：《黄子平印象》，刊载于《当代作家评论》1989年第3期。

主义以平和渐进的稳步发展，解决社会问题，需要'根本解决'的革命战争。革命战争却又挤压了启蒙运动和自由理想，而使封建主义乘机复活，这使许多根本问题并未解决，却笼盖在'根本解决'了的帷幕下被视而不见。启蒙与救亡（革命）的双重主题的关系在五四以后并没有得到合理的解决，甚至在理论上也没有予以真正的探讨和足够的重视。特别是近三十年的不应该有的忽略，终于带来了巨大的苦果。"❶ 救亡与启蒙在这里被处理为一种绝对化的二元对立，当然以此为根基的两种文学形态之间自然也就只有断裂而没有承续。

20世纪80年代的中国文学具有流派与思潮性特征，这使得文学在整个文化场域中具有突出的在场感。这一时期的文学具有鲜明的演进路径，且以回归审美本体为最基本的趋向。不过，这种频繁更迭的文学演进表现出早熟的特征。吴炫认为："在短短的十余年内，像文化思潮经历过人道主义、现代主义和后现代主义等各种主义演变一样，新时期文学是在各种热潮和这种热潮的冷却之间走过它的历史的。从伤痕、反思到改革和文化批判，各种文学现象都带有一次性消费的特点。而饶有意味的是：先锋文学是出于对上述各种创作现象的反拨，通过诉诸'形式'来追求某种永恒的人类性体验的，但先锋文学由于没能完成这一使命而又被归入了这些此起彼伏的文学热潮之中；文学先锋是以'形式'为旗帜和其他创作现象形成鲜明区别的，但文学先锋者与其他作家没有显著区别的却是文化意义上的急功近利心态。当文学先锋宣布文学就是文学，文学不为什么而只与上帝对话的时候，实际上便给自己硬性设置了一个更为棘手的难题，即在当今时代要企图超越文学的形而下意图，或回避对文学的形而下意蕴的必要关注，那就有些像拔着自己的头发要将身体离开地面一样困难。"显然，先锋文学是作为对伤痕、改革、寻根等文学流派的超越形态出现的，但它自身却并未达成其形而上的形式诉求。吴炫显然意识到，这种形而上的超越应立足于对形而下问题的解决。

新写实主义文学曾力图克服先锋文学的不足，但这一潮流总体上乏

---

❶ 李泽厚：《启蒙与救亡的双重变奏》，出自《中国现代思想史论》，生活·读书·新知三联书店2010年版，第39页。

善可陈。莫言、陈忠实等人的新历史主义创作，消化吸收之前文学潮流中的技巧与观念，在叙事层面纯熟而老练，并以新启蒙史观省视百年中国现代性进程，产生了震撼人心的美学效应。新历史主义代表作《白鹿原》的异军突起，似乎预示了当代文学的新方向与突围的可能路径。《白鹿原》延续新文学启蒙传统，是对先锋文学局限性的一种修正与超越。陈晓明认为："《白鹿原》在20世纪90年代初出版，迅速被推崇为中国当代文学最重要的长篇小说。""在90年代中国文学身处茫然时期，《白鹿原》接续上新文学的传统，穿越过80年代的纷纭复杂的所谓创新变革潮流，校正中国文学的当代道路，把文学的民族本位的方向牢牢确立起来。"❶《白鹿原》是当代文学承续启蒙传统并寻求突破的一个示范性标本。那么，这个标本有没有成功穿越"80年代的纷纭复杂的所谓创新变革潮流"呢？陈忠实深受李泽厚"文化心理结构"学说影响，《白鹿原》扉页上有醒目的一句话——"小说被认为是一个民族的秘史"。显然，陈忠实深信小说比其他话语形式更能探触到一个民族跳动的脉搏。李泽厚的文化结构是个封闭的系统，这种观念物化为《白鹿原》中静态封闭的祠堂。《白鹿原》中密布诸种带有神秘色彩的文化起源神话。陈忠实本来立志要超越他的精神导师柳青，但他选择的是沉入结构性文化实体来完成这一创作使命。最终，他以文化本位置换生活本位，与一种在地性写作渐行渐远。更根本的差异在于，柳青对时代有清醒认知：必须对小农经济进行全面改造才能适应国家现代化的要求。他认为，这一进程具有世界史意义，后发国家无论制度有何差异都概莫能外："资产阶级议会制的确立是工业革命的前提。国会以立法的方式通过三次法令，消灭了小土地所有制，为工业发展提供了劳力和市场。"❷而《白鹿原》偏离反思传统文化的初衷，反讽性地塑造出了白鹿原上最好的长工和地主。对此，笔者在一篇文章中曾指出："地主富农主导的小农经济是封建社会的基础，它是宗法家族制延续不断的物质前提。现代性进程的启动与现代'国家'的组建是同步进行的。只有将个人从'家'解放

---

❶ 陈晓明：《乡村自然史与激进现代性——〈白鹿原〉与"90年代"的历史源起》，刊载于《学术月刊》2018年第5期。

❷ 柳青：《建议改变陕北的土地经营方针》，选自《柳青小说散文集》，中国青年出版社1979年版，第92页。

出来，才能建构强大的国家机构，以对抗西方力量的强势进逼。小农经济与'家'解体，不过是民族国家现代性进程的必然产物。当然，这些意味深长的语义都被朱先生的蓝色文化长袍遮蔽了。"❶《白鹿原》建构了一重文化幻景，它与百年中国历史语境若即若离。在这种幻景中，创作者远离生活场景，将创作演化为一种想象性文化结构的再三复现。陈忠实众多作品与《白鹿原》构成单调的重现关系，就是这种创作理念的必然产物。在后《白鹿原》时代，文坛涌现出大量类似或模仿《白鹿原》的历史文化小说。《白鹿原》不只是现象，它还是文坛一种积重难返的新历史主义叙事模式。

以新启蒙意识形态为观念基础的纯文学想象在新时期文学初期有其独特的历史贡献。它扬弃了一种宣传属性的官方化主流文学，并助推文学回归审美本体。而这一进程最大的问题在于，它固守去政治化理念并将其固化、自然化乃至神话化。这就迫使文学外在于历史与时代，成为一种封闭性的诗学形式。20 世纪"80 年代"已成为新时期当代文学神圣的起源，并被书写为散发光韵的存在。到了 20 世纪 90 年代，文学遭遇滑铁卢。这一趋势的根本原因在于偏于形式或心象形态的纯文学过于小众，无法与图像化的影视争夺读者群。文学衰败的另一个原因前面已稍有提及，文学沉溺在自娱性的形式变革中，与历史、时代缺少频密的互动。在另一个层面，新启蒙观念尽管内部歧见纷纭，但与实用主义、马克思主义共享诸多逻辑前提。当中国经济改革进入深水区，与资本全球化相关的各种弊病也开始浮现出来。新启蒙主义文学显然缺乏一种必要的反思资本、批判市场的观念视野。因其去革命化的精神姿态，新启蒙主义文学亦难以对百年中国现代性进程施以辩证的分析与诊断。

二

作家个人文学史是总体文学史的一部分。当代文学的诸种弊病与局限也必然不同程度地体现在个人创作中。要认识作家的文学史意义，我

---

❶ 廖述务：《走不出的〈白鹿原〉——陈忠实创作局限论》，刊载于《名作欣赏》2016 年第 25 期。

们更有必要将其暂时剥离总体文学史，并将其与后者作一客观冷静的比较。对韩少功而言，当代文学作为先在的场，他身处其中，无从断然超离。但作为一个充满怀疑精神的思想型作家，他又充满警觉，对潮流、媚俗保持持久的抗拒姿态，用文学之笔录下斥伪的证词。韩少功的创作思维具有强烈的自反性特征。他不愿重复自己，更不愿成为既有创作范式与潮流的盲目追随者与拥趸。作为一个当代文学的深度参与者，他在每个时段或节点都有重要作品问世。不过，随着创作的累积与深入，韩少功的危机意识却日趋强烈。他无法与文学主潮和谐共振，反叛与逃离构成了他文学世界运行的基本轨迹。

乡土是韩少功历史文化记忆的底色。早在 1986 年，韩少功的夫人梁预立在《诱惑》一书的跋中就提到，他们两口子最大的希望就是回到鸡鸣狗吠的乡土中去。大约在写《马桥词典》之时，人近中年的韩少功对宁静月夜中的乡村愈加思念。而"马桥事件"让他对利益化、圈子化知识群体的营苟之道有了更深切的体会。也正是在这个时段，他当选海南省作协主席。出入作协机关的生活让他警觉：自己是不是与充满泥土气息的大地越来越隔膜与遥远？一种体制化的抑或中产化的生活是否与创作经验的获具背道而驰？这种生活没有延续太久。2000 年 1 月，韩少功请辞海南省作协主席与《天涯》杂志社社长。同年 5 月，举家迁入湖南省汨罗市八景乡新居。回归乡土的逆行让韩少功欣快无比。汨罗的山水怀抱着他的"梦醒之地"："又融入这一片让人哆嗦的月光了，窗前人有一种被月光滋润、哺育以及救活过来的感觉。二十多年前离开这里，走进没有月光的远方。二十多年前的他没有想到，即使有一万种理由厌恶穷乡僻壤的荒芜和寂寞，他仍然会带走一个充满月光的梦，在远方的一个夜晚悄悄绽放。月光下的银色草坡，插着一个废犁头的草坡，将永远成为他的梦醒之地。月光下的池塘，收积着秋虫鸣叫的此起彼伏，将永远成为他的梦中之声。"❶

韩少功为何要迁居农村？间断性规避知识精英圈？亲近自然？走进乡野民众，让创作之根深植最肥沃的生活土壤中？或许兼而有之。在接受访谈时，他曾言及迁居农村的个中缘由："我在那时已住过十六个半

---

❶ 韩少功：《暗示》，人民文学出版社 2008 年版，第 280 页。

年。最初只是想躲开都市里的一些应酬、会议、垃圾信息，后来意外发现也有亲近自然、了解底层的好处。说实话，眼下文坛氛围不是很健康的，特别是一个利益化、封闭化的文坛江湖更是这样。总是在机关、饭店以及文人圈里泡，你说的几个段子我也知道，我读的几本书你也读过，这种交流还有多少效率和质量可言？相反，圈子外的农民、生意人、基层干部倒可以让你知道更多新鲜事。"❶ 显然，这种地理空间的位移带来的是精神与人文空间的转换。在创作可能遭遇瓶颈之时，韩少功没有盲目依赖西方现代文学形式的横移，而是眼光向下，致力于从底层人民的生活中获取创作的灵感与资源。

韩少功回迁乡下曾引发文坛热议，成为当代文学中的现象级事件。这一逆城市化潮流的再下乡构成韩少功个人文学史的重要一环。因其在韩少功创作史中的节点性质，它亦可视为探寻韩少功精神成长史的一个入口。

主动下乡的韩少功不同于购置乡下别墅的城市有产者，他修建的红砖瓦房在今天的乡村已显落伍。村民本以为这个知名作家定会过着不同于乡民的富庶生活，"但他们发现，这一家人竟然还穿着最是普通的布鞋出入，在下地的时候穿的则是早就过时了的军用胶鞋。家里不多的家具也多是农家常见的木制产品，尤其是那个笨重的梓木沙发，树皮也尚未剥去，带有一点匪气与粗犷味。这位大作家还挑起了粪桶，全然不顾其恶臭。他依旧在坚持最为传统的耕作方式，而且还是个做农活的老把式"。❷ 有一段时间，村民们无法消解困惑：在乡民踊跃进城的时代，大作家为何要主动放弃舒适的城市生活到农村来流汗吃苦？至于韩少功的劳作与生活方式，村民们最初惊愕，后来则是由衷钦佩。韩少功融入乡民中，并获得了"韩爹"的敬称。于韩少功而言，这个称呼远比作家的名号受用。

显然，在韩少功这里，乡村不是纯粹作为景观而存在的，它在根底上是韩少功的生存图景与精神镜像。新世纪以来，韩少功的不少创作均与农村生活有关。这种生活最基本的实践方式就是农业劳动。韩少功赋

---

❶ 韩少功、王雪瑛：《作家访谈：文学如何回应人类精神的难题》，刊载于《当代作家评论》2016年第2期。

❷ 廖述务：《韩少功文学年谱》，华东师范大学出版社2017年版，第179页。

予劳动全新的意义:"坦白地说:我怀念劳动。坦白地说:我看不起不劳动的人,那些在工地上刚干上三分钟就鼻斜嘴歪屎尿横流的小白脸。我对白领和金领不存偏见,对天才的大脑更是满心崇拜,但一个脱离了体力劳动的人,会不会有一种被连根拔起没着没落的心慌?会不会在物产供养链条的最末端一不小心就枯萎?会不会成为生命实践的局外人和游离者?连海德格尔也承认:'静观'只能产生较为可疑的知识,'操劳'才是了解事物最恰当的方式,才能进入存在之谜——这几乎是一种劳动者的哲学。我在《暗示》一书里还提到过'体会''体验''体察''体认'等中国词语。它们都意指认知,但无一不强调'体'的重要,无一不暗示四'体'之劳在求知过程中的核心地位——这几乎是一套劳动者的词汇。然而古往今来的流行理论,总是把劳力者权当失败者和卑贱者的别号,一再翻版着劳心者们的一类自夸。"❶韩少功似乎在反思传统认识论、知识论,并认真考辨知识与实践之关系。但这一论述中,更隐含有对社会阶层秩序的一种反思:劳心者未必比劳力者尊贵。他举了一个例子:"一位科学院院士肥头大耳,带着两个博士生,在投影机前曾以一只光盘为例,说光盘本身的成本不足一元,录上信息以后就可能是一百元。女士们先生们,这就是一般劳动和知识劳动的价值区别,就是知识经济的意义。我听出了他的言下之意:他的身价应比一个臭劳工昂贵百倍乃至千万倍。可在一斤粮食里,如何计算他说的知识?在一尺棉布里,如何计算他说的知识?问题不在于知识是否重要,而在于1∶99的比价之说是出于何种心机。我差一点要冲着掌声质问:女士们先生们,你们准备吃光盘和穿光盘吗?你们把院士先生这个愚蠢的举例写进光盘,光盘就一定增值么?我当时没有提问,是被热烈的掌声惊呆了:我没想到鼓掌者都是自以为能赚来99%的时代中坚。"❷《山南水北》多数章节的语言如同山间朗月,明净,平和。不少批评家也多留恋于"扑进画框"等章节中的乡村美景,又或者从这部作品看到类似梭罗《瓦尔登湖》的生态美学的影子。而此处韩少功有关劳动的讨论,语言峻急乃至略显尖刻。显然这一问题触及到了他灵魂深处某一敏感的区位。

---

❶ 韩少功:《山南水北》,人民文学出版社2008年版,第33页。
❷ 韩少功:《山南水北》,人民文学出版社2008年版,第33-34页。

韩少功对农业劳动价值的重估显然不是建基在为资本辩护的现代经济学基础上的。他在这种底层民众的劳动中确立了一种更具超越意义的社会伦理价值。当我们把社会视为一个利益攸关的总体时，占人口多数的底层农民的劳动就不是纯粹的经济数字，而是事关整个社会的公平与正义。韩少功立足底层生活经验的劳动美学迥异于启蒙诗学。百年新文学所确立的启蒙传统是以智识者/劳动者、精英/底层、知识/蒙昧等一系列二元对立为认知前提的。韩少功打破了这种二元对立，并试图在两者之间建构新的知识伦理与秩序。前文已论及，局限于系列二元对立的启蒙诗学具有虚化历史的特征。在市场化与商品化全面合围的历史进程中，与这一进程共享意识形态基础的启蒙诗学自然难以对资本、市场做出自反性批判。知识分子深度卷入这一市场化进程，知识与权力、资本结成了隐秘的精英同盟。与这一进程相伴随的是知识分子的圈子化与利益的集团化。在这一大背景下，作家们在物质生活方式上均已全面中产化了。在韩少功看来，写作中产化也就意味着写作个性丧失的危险系数骤增："……为什么在一个个人化越来越受到重视的时代，类同、近似、撞车这种现象反而越来越多呢？以致抄袭案越来越多，让法官们忙个不停呢？这是值得怀疑的事，追溯个中原因，可能有很多，在这里我想到了现在的作家都开始中产阶级化，过着美轮美奂的小日子，而且都是住在都市。都市化背景下的生活方式，沙发是大同小异的，客厅是大同小异的，电梯是大同小异的，早上起来推开窗子打个哈欠也是大同小异的，作息时间表也可能是大同小异的。我们在遵守同一个时刻表，生活越来越类同，然而我们试图在这样越来越类同的生活里寻找独特的自我，这不是做梦吗？"❶ 中产化很大程度上就是生活的同质化，这意味着创作个性的湮灭。韩少功发现，当文学中产者地位趋下或日子过得不太好的时候，他们思想情感往往是开放而活跃的。当然，为了文学不可预见的未来，人为地强制文学中产者去过苦日子，未免非人道且本末倒置。这是一个近乎无解的悖论。在这个意义上，韩少功的再下乡不再是个人行为，而是嵌入文学内部的一次孤独的先锋实验。

---

❶ 韩少功：《作家的创作个性正在湮灭》，刊载于《探索与争鸣》2006 年第 8 期。

三

谈及创作个性时，自我、创作主体是无法回避的议题。韩少功反思中产化创作主体，并不意味着他要回到传统左翼立场，进而全然否定自我、人性与主体性在文学创作中的意义与价值。他曾说："到 80 年代以后包括我在内的很多人，也都是个人主义的信徒，个人主义狂热的支持者。因为作家不是法官也不是记者，也不是社会工作者，他确实是从个人的经验来表现、来传达他的思想和情感，所以说作家是一个广义的个人主义者。"❶ 不过，韩少功好"自我"而知其恶："事实上，20 世纪 90 年代以来，'自我'确实在一些人那里诱发自恋和自闭，作家似乎天天照着镜子千姿百态，而镜子里的自我一个个不是越来越丰富，相反却是越来越趋同划一……'自我'甚至成为某些精英漠视他人、蔑视公众的假爵位，其臆必固我的偏见，放辟邪侈的浪行，往往在这一说法之下取得合法性。在一个实利化和商业化的社会环境里，在一个权贵自我扩张资源和能量都大大多于平民的所谓自由时代，这一说法的经验背景和现实效果，当然也不难想象。好比羊同羊讲'自我'，可能没有什么坏处。但把羊和狼放在一起任其'自我'，羊有什么可乐的？"❷ "自我"并非仅关涉文学个性，也不只是单纯的天才与灵感问题。在阶层分化日趋严重的背景下，以"自我"为中心的个人主义更是一个政治经济学问题。个人主义放任"自我"的前提是社会的公平与正义，否则弱势者就会沦为狼群中待宰的羊。文学沉浸在自我中，无疑是对底层疾苦的无情漠视。

近年韩少功提出一个与"自我学"对举的新概念：人民学。在他看来，自我学与人民学是 20 世纪两大文学遗产。自我学源自发达国家都市，发生在资本主义体系的内部危机中："普鲁斯特、乔伊斯、福克纳、伍尔芙、卡夫卡等这些西方作家，差不多不约而同，把文学这一社会广角镜，变成了自我的内窥镜，投入了非理性、反社会的'原子化'和

---

❶ 韩少功：《作家的创作个性正在湮灭》，刊载于《探索与争鸣》2006 年第 8 期。
❷ 韩少功：《好"自我"而知其恶》，出自《想明白》，四川文艺出版社 2012 年版，第 90 页。

'向内转',在作品中弥漫出孤绝、迷惘、冷漠、焦虑的风格。……他们不一定引来市场大众的欢呼,却一直是院校精英们的标配谈资,构成了不安的都市文化幽灵。"❶ 而人民学主要发源于俄罗斯。陀思妥耶夫斯基在追念普希金文学成就时使用了"人民性"这一词汇并阐明了其三大内涵:表现小人物、汲收民众语言、代表民众利益。这一传统影响了托尔斯泰、果戈理、契诃夫等俄国作家,并扩张至中国以及东亚,衍化为"为工农大众"的"普罗文艺"。"若比较一下后来东、西方的经典书目即可发现,哪怕像狄更斯的《双城记》、托尔斯泰的《复活》,更不要说高尔基和鲁迅了,都因社会性强,下层平民立场彰显,通常就会在西方院校那里受到无视和差评。这与它们在东方广受推崇,形成了意味深长的对比。"❷ 韩少功认为,"自我"与"人民",作为微观与宏观的两端,从不同角度拓展了对"人"的认知和审美,释放了不同的感受资源和文化积淀。这两大文学遗产没有高纯度的范本,都可能在传播中遭遇曲解与误读。那么,在韩少功这里,"人民学"与"自我学"有没有优劣、高低之别呢?韩少功多年的创作实践表明,他明显偏好平民立场的"人民学",而对"自我学"多有批评与反思。不过,这两者并非截然的二元对立关系。在韩少功看来,两者若互为扬弃,就能实现一种更高层次的辩证统一:"真正伟大的自我,无不富含人民的经验、情感、智慧、愿望以及血肉相连感同身受的'大我'关切;同样道理,真正伟大的人民,也必由一个个独立、自由、强健、活泼、富有创造性的自我所组成。"❸

显然,韩少功新近有关人民学与自我学的理论建构是个人精神建构史的观念投射。个人文化观念的形成源自深层的历史文化记忆。这一记忆不是柏拉图意义上的灵魂回忆,也不是弗洛伊德所谓的潜意识浮现,它更多来自精神主体与历史、时代的复杂互动。

在《革命后记》中,韩少功将托尔斯泰小绿棒的故事与有关父亲的梦关联起来。托尔斯泰的哥哥告诉他一个秘密,有个办法能让世界上不再有贵族与农奴的阶级区隔,不再有贫穷与屈辱,所有人都能过上幸福

---

❶ 韩少功:《人民学与自我学》,刊载于《文艺报》2019 年 7 月 22 日 2 版。
❷ 韩少功:《人民学与自我学》,刊载于《文艺报》2019 年 7 月 22 日 2 版。
❸ 韩少功:《人民学与自我学》,刊载于《文艺报》2019 年 7 月 22 日 2 版。

生活。这个办法就刻写在小绿棒上。对小绿棒累月经年的寻找引领造就了托尔斯泰，造就了千千万万类似托尔斯泰的寻找者。这个世界从此不再是原来的世界。梦中的韩父似乎要告诉韩少功，小绿棒就是对小绿棒的寻找本身。这种顽强的寻找不能赏下天堂，但封堵了地狱❶。小绿棒正是韩少功创作的一个诗学隐喻，他的创作不是文字游戏，而是在执着追寻一个有关社会公平公正的梦想。韩父出现在这个梦想中无疑意味深长。在那个注重血统的年代，家庭出身就是个体政治身份的一部分。它具有血缘属性，与生俱来，但又超越血缘，深嵌更广泛的社会阶级结构。韩父出生于一个家道中落的地主家庭。少年时期外出求学。抗战爆发，国土沦陷，他投笔从戎，在国民党军中先后任中校参谋、自卫独立大队长等，参加过浙西、浙北的抗日游击战。抗战结束后，担任长沙市政府财政科长，暗中却是共产党地下组织"进步军人民主促进社"的中坚，致力于湖南和平起义。长沙解放后，韩父又穿上戎装，参加西南地区的剿匪斗争，成为解放军二十一兵团二一四师荣获一等功的战斗英模。韩父在国民党军中的任职经历对韩少功的青少年时代产生了巨大影响。1962年9月，中共八届十中全会召开。会议把社会主义社会一定范围内存在的阶级斗争进一步扩大化和绝对化，强调阶级斗争必须年年讲、月月讲、天天讲。随后，开始在全国推行阶级路线。因韩父的"历史污点"，运动一来，韩少功的队干部职务被免去，进入重点中学的资格也被取消。为使家庭免遭牵连，韩父自沉湘江。但肉身的消失依旧不能完全抹去阶级身份对韩家的全面影响。

  以韩父为中介的历史文化记忆带有浓厚的悲情色彩。因历史语境、人格特征、个人遭际等多重因素的影响，韩少功的文学书写与伤痕记忆发生了复杂的化学反应。因韩父的身份，韩少功不同于大院子弟，在儿童时期就有更多机会接触身处社会最底层的伙伴。韩家紧挨长沙古旧的城墙，城墙外侧就是成片的棚户区。他儿时的玩伴大多来自这片棚户区，他们的父母或是踩三轮的，或是工厂的临时工。小升初时，韩少功因出身只能入读长沙东北郊的长沙七中。在为长沙七中《百年校史》（未出版）撰写的序言中，韩少功谈及这所学校的学生构成："因地处偏

---

❶ 韩少功：《革命后记》（修订版），香港牛津大学出版社2014年版，第238—239页。

僻城郊，学生大多是北郊厂区的工人子弟，周边乡村的农民子弟，以及附近营区的军人子弟，构成了底层庶民的朴质色调，毫无贵族名校的优越感。"显然，韩少功平民意识的养成与这些人生经历有密切关系。值得追问的是，在"文革"刚结束的时段，韩少功的伤痕记忆转化为一种怎样的文学形态？无论是《月兰》还是《西望茅草地》，韩少功并没有将对历史的省思局限于个人丧父之情的抒发上。人物的选择也迥异于是时其他伤痕文学作家，月兰是一个底层妇女，张种田是一个久经考验的革命老军人。这类人物更便于通达更广博的历史文化记忆。

　　一种不同于常人的人生格局让韩少功跳脱出一己之悲欢。他曾在散文《熟悉的陌生人》中谈到一个被后人讪笑的自我革命者。这个有钱人受新派儿子影响，兼因尖锐社会危机的触动，决意向自己所属的阶级挑战。他把自己的好马、烟土、田地以及所有家产拿出来分配给穷人，捐赠给革命军队，成为自己熟悉的陌生人。但他得到的回报竟是一些造反农民把他当作劣绅，当作革命对象，给了他一颗子弹。他在遗言中还嘱咐儿子继续站在穷人一边。这个人的作为完全违背某些常理，他完全摆脱了人在利益格局中的惯性和定势，成为一个带血的异数。虽然许多细节不同，我们依旧隐约看出，这个异数有几分托尔斯泰的影子，亦有几分类似韩少功罹难的父亲。从家庭受难的角度，这个自我革命者也是韩少功自身的镜像。这些异数历尽苦难承担了整体利益所需的社会自救行动："对于个人来说，生命只有一次。对于共同体来说，大局转危为安常常需要局部牺牲。这是一种残酷。但是如果没有这种残酷，如果社会自我修复机能因这种或那种原因而消失，到了那时候，人类这个盘踞于地球或聚或散或伸或缩或闹或静并且已经向太空伸出了触须的庞大生命体，就只有无可避免地坍塌和腐烂。"❶

　　在局部牺牲的反省中蕴含了一种韩式整体主义的革命/启蒙辩证法。20世纪的社会主义革命并没有发生在马克思预想的发达资本主义国家，而是大多发生在积贫积弱的国度。革命成为这类国家民族独立、启动现代性进程的基本手段。资源匮乏、技术落后、国民文化素质低下、仇恨郁积、外部环境恶劣……几乎就是这些国家革命的起始条件。在如是背

---

❶ 韩少功：《熟悉的陌生人》，出自《在后台的后台》，人民文学出版社2008年版，第110页。

景下，革命必然带来局部的病变乃至污秽。革命往往意味着部分"自我"的牺牲，意味着部分个体为全局割舍个人利益乃至生命。而启蒙的局限则常与去整体的"自我"中心相关，在考虑精英阶层尤其是知识群体的局部利益时，启蒙主义者往往有意无意漠视更广大底层民众的声音与诉求。市场化原则培育出赢者通吃的市侩哲学。前文提及的光盘事件中，那些为院士热烈鼓掌的知识精英"都是自以为能赚来99%的时代中坚"。韩少功有一种不同于启蒙者的命运算法。多年来，77级、78级大学生热衷于在各类媒体上自我神化：他们是时代的产物，同时又超越时代，成功地成为改写历史的非凡群体。而韩少功的回忆多少有点另类，他无法泼墨渲染一己的幸运。他回想起因家庭原因没有参加那次高考的高才生同伴。这个时代的弃儿后来下岗靠喂猪谋生，苦难让他面容憔悴、背过早地弯曲如弓。韩少功设想："如果全国恢复高考能早一年，早两年，早三年……大学教室里的那个座位为什么不可能属于他而不是我？若干年后满身酸潲味的老猪倌，就为什么不可能是别人而不是他？一个聪明而且好学的人，为什么不可以成为教授、大夫、主编、官员或者'海归'博士，从而避开市场化改革下残酷的代价和风险？""正是从这一点出发，我无法向自我中心主义的哲学热烈致敬。我从老朋友一张憔悴的脸上知道，在命运的算式里，个人价值与社会和时代的关系，不是加法的关系，而是乘法的关系，一项为零便全盘皆失。作为复杂现实机缘的受益者或受害者，我们这些社会棋子，无法把等式后面的得数仅仅当作私产。"❶韩少功无法向唯我论的哲学致敬："这种精英通吃论，相当于宣布苹果的树干、树叶、树根统统枯萎后，唯苹果可以独大、独鲜、独甜。"❷

韩少功整体主义的革命/启蒙辩证法，超脱"自我"的局限，最终通达全局的人民。

四

作为一个思想型作家，韩少功介入中国现实的方式主要是文学创

---

❶ 韩少功：《1977的运算》，出自《人在江湖》，人民文学出版社2008年版，第156–157页。
❷ 韩少功：《革命后记》（修订版），香港牛津大学出版社2014年版，第229页。

作，但又不仅限于此，他还是一个实践型知识分子。如果一个思想者的知识只是来自冥想与古今中外理论资源的横移，其在地性与真理性均是值得怀疑的。韩少功不喜站队，也从不为取悦受众而随机调适立场。他观念的形成来自对中国国情与中国经验的深切体察，而非尽然源自书本知识的内部增殖与繁衍。深入社会历史的人生实践有效消解了韩少功思想中形而上与偏执的成分。

"文化大革命"爆发那年，韩少功十三岁，其父亲是年去世。韩少功加入了"红卫兵"造反派组织，参加步行串联和下厂劳动。生在"继续革命"的年代，参加"红卫兵"组织成为韩少功投入的最初的公共政治生活。对于那一代人来说，这一先在于自身的革命浪潮决定了他们的生存状态，乃至隐秘地左右了他们未来的人生走向。韩父离世，对他们一家影响很大，韩少功在这个节点近乎陷入绝境："我就是在那时突然长大，成了一家之长，替父亲担起责任，替离家求学的哥哥姐姐担起责任，日夜守护着多病的母亲。在没有任何亲人知道的情况下，我试图去工厂打工。在没有任何亲人知道的情况下，我准备了铁锤和螺丝刀，在一家电影院门前偷偷踩点——事情只能这样，既然没有人接受我打工，我就必须做点别的什么，比方说撬一辆脚踏车再把它卖掉。"❶ 在投靠姐姐的途中，母亲病重，一个军人慷慨伸出援手；一家人走投无路之际，一个小学时代的同学冒着风险贴出满墙向迫害者发出抗议和恫吓的大字报；还有一位朱姓高中生，那个时代多见的"红卫兵"理论家，很有耐心地将少年韩少功引导进公共政治生活领域⋯⋯对于身陷绝境的韩少功，这些关键时刻的暖心举动无异于生命的曙光："他们并没有做什么大事，但如果没有他们，包括那位不知名的军人，你就不可能走出昨天。你是他们密切合作的一个后果，是他们互相配合、依次接应、协同掩护之下的成功获救者，是一名越狱的逃犯，逃入自由和光明⋯⋯"❷韩少功的"文革"记忆定然是复杂的：在这里，他走入绝境；在这里，他又迎来新生。在"红卫兵"中，韩少功属于温和派。因自身的身份处境，韩少功对严酷的批斗深有体会。他理性善思的人格特征，让他在面

---

❶ 韩少功：《秋夜梦醒》，出自《山南水北》，作家出版社2006年版，第301页。
❷ 韩少功：《秋夜梦醒》，出自《山南水北》，作家出版社2006年版，第301页。

对任何狂热的事物时能预留一份旁观的冷静。对这一时段历史的反思在韩少功创作中占有特别重要的地位。他有关平等、革命、极左、异端思潮、去等级化等一系列思想议题的考察方式及相关论断，都与这一时段的个人体验、生存经验有着千丝万缕的联系。在韩少功的著作中，有关这些议题的讨论在20世纪80年代中期就已开始，并一直延续至今。早期随笔《仍有人仰望星空》确立了韩少功这类思考的基本理路与框架，这在启蒙凯歌高奏时代难能可贵。韩少功与弗兰姬的对话更像韩少功自我灵魂内部的深层剖析与对白。弗兰姬对中国是有隔膜的，有些观念不无浅薄，但她有与激进年代青年类似的梦想与激情。韩少功亲身感受到"美国式"的自由与多元，这是许多国人在后革命年代孜孜以求的理想；但他也目睹无数美国人在自由地追名逐利、自由地卖身、自由地吸毒、自由地豪赌和醉生梦死。自由也是能被人类污染的。他引用赫胥黎的话说："人就是要满足自己的欲望，如果不能满足，这个世界就会从外部毁灭；如果满足，这个世界就会从内部毁灭。""有更加美妙的人性吗？有更多欢乐更为合理的社会吗？"❶当个体欲望成为社会的动力与调节器的时候，这个社会要么从外部毁灭，要么自内部灭亡。在韩少功看来，一个高速发展但由欲望和丛林法则主导的社会依旧离合理世界非常遥远。资本与物欲的世界失去其批判性的对立面之后，它自身臻于完善的发展动力也在日趋衰竭。在这个意义上，寒风中颤抖的瘦弱的弗兰姬不啻地平线上的一缕微光。

1968年12月，毛泽东下达了"知识青年到农村去，接受贫下中农的再教育，很有必要"的指示，"上山下乡"运动随后大规模展开。这年在校的三届中学生全部前往农村。未到政策规定年龄的韩少功主动报名下乡，落户湖南省汨罗县天井公社茶场。"上山下乡"既有试图消灭"三大差别"（工农差别、城乡差别和体力与脑力劳动差别）的理想主义一面，也有为"文革"降温、解决"老三届"就业难题的现实考虑。广阔的田野第一次清晰而逼真地展现在韩少功面前。乡村不再是宣传册与文学作品中的幻象，而是真实而粗糙的存在。韩少功在这片贫瘠的土地上与农民打成一片。在乡下的六年时间里，韩少功完成了自己的成人

---

❶ 韩少功：《仍有人仰望星空》，出自《人在江湖》，人民文学出版社2008年版，第8页。

礼，创作的种子开始萌芽抽叶。最初时段，他处于宣传性书写与文学创作的过渡状态。这类文字不是学科建制的产物，也非个人化文化生产的当然环节。他创作的三句半、对口词谈不上严肃文学创作，且多随时光而散佚，但它们是深入民众表演的产物，其受众是田间地头的农民，是书写者身处其间、面目黝黑手足胼胝的底层人民。韩少功"文革"时期的几部作品并不成熟，在观念上也与激进思潮高度一致。但这些创作已经隐伏了他在地性的创作导向与草根化的诗学追求。他躬身向下，大地与两腿带泥的民众成为他文学世界永恒的圆心。历史不是静态的公约数，亦非康德式的先天的时空直观形式。它很多时候是主体的叙事投射，而主体的观念往往是立场的产物。韩少功的草根立场决定了他的底层化的道德志趣与人民史观。而这使得他在热烈的文学潮流中多少显得有点另类与孤独。在下乡时期，年轻的韩少功与志同道合者在开办夜校传播知识的同时，试图鼓励农民贴干部大字报以改善乡村基层治理。农民不同于知青，乡土是他们的根。在反复权衡后，他们选择背叛，举报了这些青年鼓动者。知青的理想共和国在后期也在各种利益的侵蚀下逐渐解体。不同于新文学乡土文学传统，在乡村劳作、浸润过的知青无法轻易保持与这个世界的诗性距离。在他们笔下，乡村是个复杂的利益结合体，是供奉不了人性的小庙。在一段时间里，韩少功也从人性角度讨论历史与人的问题，即便是20世纪80年代中期的《爸爸爸》依旧被一些批评家解读为批判国民性与封建主义的代表作。但韩少功与新启蒙主义在一开始就有诸多不同，而其中根本性的差异在于他能超出一己之利害，从大历史的角度对革命与底层民众保持必要的同情之理解。而这显然被批评界有意无意地忽视与遮蔽。批评家普遍认为《月兰》是韩少功早期最重要的代表作，而对《西望茅草地》关注不多。《月兰》的书写方式明显吻合"伤痕文学"的程式化写作：一个受伤害的弱者对那个时代绝望的控诉。而《西望茅草地》在那个时代是另类，是韩少功最初的独立书写与思考。在新的认知装置中，那片空旷而萧索的茅草地上的理想与卓绝奋斗都已在不经意间沦落为笑料与鞭挞对象。在哂笑的人群中，唯叙述者面容严肃，他在张种田弯曲苍老的背影里读出了沉甸甸的多重历史语义。

　　20世纪70年代末，思想文化进入急速转型期。韩少功处于一种观念的徘徊与犹疑状态。在多数知识分子热切地告别过往的时候，他的脚步多少有点迟滞。当历史滑入80年代的时候，韩少功走入了大学殿堂。新启蒙在这个时段已经积蓄了足够多的历史能量，思想与现实剧烈碰撞，各种多元对立的观念在主体世界里风起云涌。这也是一个通过实践检验思想的时代。在"学潮"的风口浪尖，韩少功被激进与保守的势力双重夹击。当思想试图形塑现实时，主体就成为绕不过的实践中介。遗憾的是，思想的龙种收获的却是现实的跳蚤。革命与启蒙是百年中国现代性进程的基本面向，知识界的变动与分化与对这二者的认知有直接关联。面对这样的知识语境，80年代的韩少功隐约意识到革命/启蒙间反讽性的逻辑共享，但尚未有足够的思想资源去深入反思其局限与不足。不过，作为实践型知识分子，他对来自西方思想的主体性哲学与文学思潮有着天然的免疫力。他对新启蒙的怀疑在日趋强化，相对主义逐渐成为他思想的底色。

韩少功还曾是出色的纸媒企业家，办刊实践对他的创作影响深远。韩少功举家迁往海南之时，这个边陲省份正处经济改革试水阶段，物欲躁动，一切处于近乎失序的状态："海南正处在建省办经济特区的前夕。满街的南腔北调，来自全国各地的青年学子在这里卖烧饼、卖甘蔗、卖报纸、弹吉他、睡大觉，然后交流求职信息，或者构想自己的集团公司……各种谋生之道也在这里得到讨论。要买熊吗？熊的胆汁贵如金，你在熊身上装根胶管龙头就可以天天流金子了！要买条军舰吗？可以拆钢铁卖钱，我这里已有从军委到某某舰队的全套批文！诸如此类，让人觉得海南真是个自由王国，没有什么事不能想，没有什么事不能做。哪怕你说要做一颗原子弹，也不会令人惊讶，说不定还会有好些人凑上来，争当你的供货商，条件是你得先下订金。海南就是这样，海南是原有人生轨迹的全部打碎并且胡乱联结，是人们被太多理想醉翻以后的晕眩和跌跌撞撞。"❶ 就在这样一个早期市场社会，韩少功和他的同事们开始谋划创办大型新闻时政杂志《海南纪实》。杂志的运营借助了市场的力量，但韩少功等经营者又对市场、资本、私有化保持着必要的警惕。杂志社实行不同于老板制的劳动股份制，它以劳动付出的

---

❶ 韩少功：《万泉河雨季》，刊载于《当代》2003年第3期。

质量和数量而不是资本投入的多少来决定分配和收入。从主编到普通员工，享受同等的基本工资和福利，绩效工资则根据每个季度的全员打分结果而定。包括激光照排技术人员在内，普通员工和领导的工资比例大约为1∶1.7，差距甚至小于原来预计的1∶3[1]。韩少功期望杂志社在高效运转的同时兼顾公平与正义，而这些都要以优良的制度设计为保障。在韩少功的倡议下，杂志社还制订了一份公约。公约的一些条文引人注目，兹列举其中几条：第四条，蔑视"大锅饭"，所有成员必须辞去公职，或留职停薪，或将公薪全部上交杂志社，参加风险共担的集体承包，以利振奋精神专心致志，保证事业的成功。除特殊情况经主编同意外，任何人不为其他单位兼任实职。第七条：杂志社实行民主监管下的主编负责制。主编由民主选举产生，报上级主管部门任命；也可由上级主管部门任命，交民主选举确认。无论取何种方式，主编如未获得全体成员二分之一以上的选票，不得任职，或应无条件辞职。第十条有关成员权利，其中有这样一条细则：参与社内重大决策，行使建议权和全员公决时的表决权。对重大事项实行全员公决时，如主编的意见违背三分之二以上成员的意愿，主编应自动放弃自己的主张，下次再议（再议不得超过一次），或改变决定。第十一条有关成员义务，其中有这样一条细则：经常思考"杂志能为社会贡献什么？我能为杂志贡献什么？"发挥专长，讲求实效，积极主动为杂志社工作。第十二条：杂志社创获的一切财富，除上交国家税收和管理费等应缴收入之外，由全体成员共同管理和支配。一般情况下，收益分配必须兼顾事业发展和生活改善，按需分配与按劳分配相结合。按需分配是指：人人均等的基本工资，公费医疗，其直系家属（指配偶、父母、子女）中未享受公费医疗者的半公费医疗，解聘后三个月待业期内的基本工资等。按劳分配是指：与工作表现和实绩挂钩的职务工资和奖金等。对创获重大效益者，可以另行规定，给予奖励或收益分成。第十四条：杂志社对所有成员的生活保险负有完全的责任。如某成员遭到不测灾难而个人财力不足抵御时，杂志社所有共产，须为帮助该成员抵御灾难而服务，直至该成员生活水准恢复到社内成员最低水准。若集体财力还不够，所有成员均有义务各尽所

---

[1] 杨敏：《1988：海南纪实》，刊载于《中国新闻周刊》2013年第7期。

能，全力帮助，任何人不得反对。在条件具备时，杂志社应帮助所有成员进入社会保险。几年后，杂志的重要参与者蒋子丹曾如是评论这份公约："另一件让韩少功感到无尚光荣的事，是在杂志开创之初主持制订了杂志社公约。按韩氏自己的说法是，该文件融资本主义、共产主义、绿党思潮和联合国人权宣言精神以及会道门式行帮义气于一炉。它诞生之后的遭遇，是被一些人首先言之凿凿赞同（杂志社一无所有，只有无数设想与无穷热情的时期），继而被这些人闪烁其词地怀疑（杂志声誉鹊起，发行量大得令人始料不及的时期），最后被同一些人愤怒地指责为乌托邦式的大锅饭宣言（杂志社动产与不动产已经很可观，有可能让一小部分人率先暴富的时期）。面对变化多端的反映，韩氏以不变应万变，只用一句话来回答：假如杂志社成了一个只是以结伙求财为目标的团体，我就退出。"❶

　　韩少功的这一体制试验，被后来国内外学者称之为中国式的"人民资本主义"样板。共产主义与资本主义的结合意味深长。在这个共同体中，他们克服障碍，摒弃个别上层先富的观念，兼顾效率与公平，最终实现所有成员的共同富裕。因外部原因，这一共同体存续时间不长。与它的解散相伴随的是难以歇止的利益纠纷，这让韩少功倍感疲惫与悲凉。这一体制试验的短暂成功，除了良性制度的保障，韩少功卡里斯马型道德人格的力量也起了巨大的作用。办刊让韩少功无暇兼顾写作，而这一实践却为他蓄足了重新出发的动能。90年代韩少功抛出的一批文风凌厉的思想随笔都或多或少可在此找到现实的依据。后来，韩少功又主持《天涯》杂志，并在20世纪90年中后期的新左派与自由主义思想论争中产生了重大影响。不过，就韩少功的精神成长史而言，创办《海南纪实》的经历远较《天涯》重要，正是通过前者，韩少功真正弄清楚了中国在发生什么以及它真正需要什么。

---

❶ 蒋子丹：《〈韩少功印象记〉及其延时注解》，刊载于《当代作家评论》1994年第6期。

第二章 理性与感悟：韩少功的文学世界

在韩少功看来，想得清的时候就写散文，想不清的时候就写小说。他是善思者，散文的丰产似乎与这个有密切关系。在他这里，散文是理性的产物，小说则是感悟的结晶。

一 韩少功的小说世界

作为一个开拓型作家，韩少功在四十余年的创作历程中，各个时期的小说文本都有鲜明的变化。

韩少功早期小说与"文化大革命"的历史语境及自身的下乡经历关系密切。下乡的第二年，韩少功成为天井茶场文艺宣传队队员。那时，他常和其他队员一起搞一些自编自演的节目，如对口词、快板等。另外，他还受命为公社编写黑板报，出宣传栏。文字生涯就是从这个时候开始的。1972年，韩少功开始了小说创作。短篇小说《路》可以算作处女作，但没有公开发表。随后两年，在没有正式刊号的内部刊物，如《汨罗文艺》《工农兵文艺》等上面，发表了一些文章。这一时段的创作，加上一些未刊稿，因未保存，基本上都已散佚了。从1974年起，韩少功开始公开发表作品。《红炉上山》《一条胖鲤鱼》《稻草问题》《对台戏》等短篇小说均发表在《湘江文艺》上。1978年，《七月洪峰》《夜宿青江铺》两篇作品先后发表于《人民文学》。这为韩少功赢得了初步的声名。这类创作并没有跳出主流文学的窠臼，基本上围绕当时的意识形态来展开虚构性叙事。这一时期，韩少功还关注过民歌。这与政策执行者的倡导不无关系。但民歌中的活性因子，后来却反映到了"寻根文学"的创作当中。20世纪70年代末，韩少功汇入"伤痕""反思"文学潮流，成为大合唱中的一员。大学期间，他参加了"四五文学社"，与社友共同倡导省会城市和大学内的"民主墙"，并以"实践是检验真理的唯一标准"反对极左教条主义。这种热切的申诉与抗辩委婉曲折地反映在了《夜宿青江铺》《吴四老倌》等作品中。如《吴四老倌》，就通过表现吴本义与上头政策的对抗，反映了民众意欲改变现状、清除极左思潮遗留的急切心情。在群众的吁请下，韩少功介入了因选举区人民代表而产生的学生运动。在此过程中，戏剧性地陷入被夹击的"窘境"。学生的表现尤其让韩少功失望，他们在运动中很快建立"官僚体制"，让他"看透"了一些所谓的"民主"。对中国现实的深切认识直接影响了韩少功"伤痕""反思"时期的创作。随后的《西望茅草地》《回声》《癌》等小说，将批判的矛头对准了革命主体自身。《西望茅草地》中的张种田，《回声》中的根满、路大为等人，在革命过程中因历史的局限以及自身各色各样的缺陷，于是不自觉地承担了施害者的角色。这种叙事彻底解构了韩少功之前的话语，使得他没法再围绕革命主体展开叙事。

  20世纪80年代初，韩少功小说创作转向了对生活日常的关注。《风吹唢呐声》《飞过蓝天》《反光镜里》《近邻》《谷雨茶》等作品不再介入宏大的政治话题，也不再反思革命本身，而是投入到对日常的关注与叙述当中。这种波澜不惊的诗化人情小说显然需要某种突破。1984年，南帆就适时地指出了这种"成熟"后的停滞。他敏锐地发现，这"一系列小说好像都有些接近"，"对于种种题材的理解程度好像只能在某一个层次上徘徊"，而且，"艺术处理也往往是光滑得使人既抓不住缺陷也感觉不到好处"[1]。韩少功本人也强烈地意识到，探讨一条别样的创作之路是势在必行的了。在1984年9月写作的《信息社会与文学》中，他对以往的叙事方式表示了扬弃的态度。到这年12月，写作散文《戈壁听沙》，该文认为戈壁中蕴含着远古的巨大精神能量。韩少功的"寻根"文学理念已呼之欲出。1985年，韩少功创作了理论散文《文学的"根"》。文章一发表即成为寻根文学的"宣言书"，它呼唤一种兼具现代与本土特色的文学话语，这样的文学应植根于民族文化的肥沃土壤中。韩少功随后的创作呼应了这种理论吁求。1985年一年中，他集中抛

---

[1] 南帆：《人生的解剖与历史的解剖——韩少功小说漫评》，刊载于《上海文学》1984年12月号。

出了一批震荡文坛、风格独异的作品。主要有中篇《爸爸爸》，短篇《空城》《归去来》《蓝盖子》《雷祸》《诱惑》《史遗三录》《老梦》。在《归去来》《蓝盖子》等作品中，除人物本身怪异、诡谲的心绪外，文本空间中充溢诸多神神鬼鬼、难以捉摸的物象。这种叙事方式的独特性及其因由，随后在《东方的寻找和重造》《文学和人格——访作家韩少功》（与林伟平的对话录）中得到了较详尽的阐述。在韩少功看来，"寻根"的内涵应当有客体、主体两个维度：文学的"寻根"，不只是要表现与传统文化有关的物、事，更要体现在创作主体的层面，即感知方式、思维方式、审美方式等方面要用东方的方式而不是西方的方式。后来的一批作品，我们能看到类似的东方式玄幻色彩。如1986年创作的中篇《女女女》《暂行条例》，以及随后两年创作的短篇《谋杀》《故人》《人迹》《猎户》《鼻血》等。"寻根"的风格一直延续到1990年代初，在《北门口预言》《真要出事》《余烬》《暗香》等小说中都有表现。

  20世纪80年代中期，东欧米兰·昆德拉进入韩少功的视线，并对其小说创作产生了深远影响。翻译《生命中不能承受之轻》在一定意义上不是一种学术行为，而是韩少功的精神自救之举。在现实与新启蒙思想的双重合围中，韩少功感到空前的窒息，他举目四顾，找寻不到真正意义上的灵魂的交流者。米兰·昆德拉在这个时候出现了，成为他精神的挚友。在这本书的"前言"中，韩少功说："中国作家写过不少批判'文革'的'伤痕文学'。如果以为昆德拉也只是写写他们的'伤痕'，揭示入侵之下并非只存在'好与不好'的矛盾，并非歌舞升平的极乐天国，那当然误解了他的创作意图。在他那里，被迫害者与迫害者同样晃动着灰色的发浪用长长的食指威胁听众，美国参议员与布拉格检阅台上的官员同样露出作态的微笑，欧美上流明星们进军柬埔寨与效忠入侵当局的强制游行同样是闹剧一场。于是，萨宾娜对德国反共人士们愤怒地喊出：'我不是反对共产主义，我是反对媚俗！'""昆德拉由政治走向了哲学，由强权批判走向了人性批判，从捷克走向了人类，从现时走向了永恒，面对着一个超政治超时空的而又无法最终消灭的敌人，面对着像玫瑰花一样开放的癌细胞，面对着像百合花一样升起的抽水马桶，面对着善与恶两级的同位合一。这种观念使我们很容易想起庄子的'因是因非'说和佛释的'不起分别'说。这本小说中英文本中常用的 indifference（或译无差别，冷淡无所谓）一词，也多少切近这种虚无意识。但是我们需要指出：捷克人民仍在选择，昆德拉也仍在选择……任何彻底的虚无观都留下了令人生疑的破绽"❶ 韩少功对昆德拉的评述其实是夫子自道。在很长一段时间里，韩少功对怀疑主义、相对主义保持了持久而浓厚的兴趣。与昆德拉对话，既是对这种精神状态的一种确证，同时也是对可能陷入虚无主义的一种超越与拯救。通过精神的搏斗与抗争，韩少功逐渐倾向于人性的质量远比政治的理念重要，在理想主义者格瓦拉（左派）与吉拉斯（右派）之间，他很难做出决然的判断与选择。这种理想人性论在面对新启蒙思潮及彼时的现实时无疑是有效的，而且是对建基于这一现实之上的怀疑主义的有效克服与超越。在新启蒙主义及其现实实践之间存有一条难以跨越的鸿沟，这鸿沟的开掘者就是新启蒙主体自身。他们在告别革命理想主义的同时，并没有切实可行的社会变革措施与路径。比之于实用主义社会主义实践，新启蒙及其运动进一步呈现了其改造社会的有限性与空想性。韩少功的理想人性论具有很强的针对性，它针砭新启蒙者，同时通过询唤主体革新，有效地沟通了当下与传统社会主义实践的历史联系。韩少功对人性论也有诸多保留。在中国现代语境中，人性论与历史虚无主义有着一定的观念同源性，前者在一定意义上就是超历史与去政治化的。《白鹿原》中就塑造了白鹿原上最好的长工与地主，但这阻挡不了地主阶级必然走上没落的历史潮流。白嘉轩是白鹿原上土地平等分配及乡土阶层平等诉求的阻碍者，他的宅心仁厚不过是维护特定阶层利益的实利化儒家文化的末日表征。朱先生所提倡的人性论儒家思想，在未经现代性观念洗礼前，是不可能转化为一种有生命的文化形态的。韩少功对人性论的克服是通过其草根立场完成的。在《马桥词典》中，韩少功甚至要为两棵枫树立传，这一文学书写实践意味深长。韩少功显然以文体革新的方式为众生万物争取到了平等的文学空间。

20世纪90年代初中期，韩少功的创作集中在散文方面。几年沉寂后，1996年与2002年，他分别推出长篇小说《马桥词典》与《暗示》。

---

❶ 米兰·昆德拉：《生命中不能承受之轻》，韩少功、韩刚译，作家出版社1991年版，第7—8页。

两者因文体探索的激进在文坛激起千层浪。这两部长篇小说因体式特别、内涵丰富,激起众多批评家持久的阐释热情。《马桥词典》仍与寻根文学有千丝万缕的联系。从《归去来》开始,韩少功开始自觉关注其在民间所获取的精神资源。《爸爸爸》有浓厚的寓言色彩,但人物的情态及生活场景,则或隐或显地延续到后来的小说中。《女女女》《鼻血》等作品就表现了近似的人物气质与情态。随后的《北门口预言》《余烬》亦是如此,叙事情节并不复杂,一种诡谲、阴森的气氛笼罩整个文本,人物、物件的心象化延展出含混多义的诗学想象空间。这两篇小说不论在人物塑造、环境渲染或语言修辞等方面,均与后来的《马桥词典》有许多神似之处。但《马桥词典》更显在的意义在于,它浓重地开启了文体试验的路,标示了韩少功创作的另一个重要向度。这部长篇形式特别,以词典的形式结构文本,与后来的《暗示》构成了形式到内容的互文性呼应。两部小说,形同姊妹,前者关注词语,后者阐释具象,一呼一应,浑然一体。这种形式的探索,一方面受到西方现代小说形式革新观念的影响,另一方面,它又是以打破西方小说体式、回归传统为旨归的。这种形式上的变化,其动机和意义都非同寻常。韩少功在《马桥词典·枫鬼》一节中有段很有意思的说明:"我写了十多年的小说,但越来越不爱读小说,不爱编写小说——当然是指那种情节性很强的传统小说。那种小说里,主导性人物,主导性情节,主导性情绪,一手遮天地独霸了作者和读者的视野,让人们无法旁顾……于是,我经常希望从主线因果中跳出来,旁顾一些似乎毫无意义的事物,比方说关注一块石头,强调一颗星星,研究一个乏善可陈的雨天,端详一个微不足道而且我似乎从不认识也永远不会认识的背影。起码,我应该写一棵树。"[1] 显然,这种革新,意在反叛日益僵化的现代小说形式,力图开创一种新的话语组织方式。这种话语方式应当有更宽广的视野,能容纳更多"微不足道"的东西,即近乎以一种人类学学者的眼光去审视人及周遭的一切。依据经典叙事学,情节由人物行动所组成,主导性叙事情节的形成是以人物中心主义为前提的。《马桥词典》不只是对微不足道的物多有关注,而且对各色边缘性人物也倾注了特别的热情。比之于韩少功之前

---

[1] 韩少功:《马桥词典》,人民文学出版社2008年版,第62−63页。

的文学创作，《马桥词典》更大的意义在于，它开启了一种新的去中心、去精英的人物叙述机制。走入这一文本，我们如同走进了一个众声喧哗的真实乡土世界。而且，物与景观以灵性形态走到前台，成为新的舞台主角。这些"它"者正是记载与见证乡土历史的隐秘符码。

迁居汨罗八景后，韩少功得以融入乡野，这为其写作增添了新的活力。这之后，创作有短篇《老狼阿毛》《方案六号》《是吗》《土地》《801室故事》《月光两题》《白麂子》《生离死别》《赶马的老三》《怒目金刚》等，中篇《兄弟》《山歌天上来》《报告政府》等，长篇《日夜书》《修改过程》。这一阶段的小说乡土色彩浓重，但又明显不同于五四时期的乡土文学。正如鲁迅所言，乡土文学作者大多是在北京用笔写出其胸臆。乡土文学以怀乡、思乡、忧国、忧民为精神内核，这当中的乡土世界既是温馨的故园，亦是现代世界的对立物。这一精神的原乡充满悖论，它是作家生命经验的载体，又是启蒙主体反思与批判的对象。韩少功笔下的乡土具有诗学本体性，它自身就是意义之源。同时，它又是作为反思启蒙现代性的另一重审美世界而存在的。韩少功不是外在于这一乡土世界的俯视者，而是其现实参与者、建构者。乡间万般事物，样样都能勾起他浓厚的兴致。《土地》《月光两题》等作品，就直接摹写农人生活，许多村野物、事历历在目，成为笔墨关注的焦点。甚至于《土地》中的芥菜，《空院残月》中的南瓜，都是文本中不可或缺的叙事要素。乡土诗学还是韩少功批判病态城市文明的内在依据。在《老狼阿毛》中，宠物狗阿毛长久待在城市，失去了兽性，处处受到动物们的鄙视和嘲弄，以致最终被开除出动物的行列。《山歌天上来》中的民间艺术家毛三寅，更是一个野性不改，调皮固执的大小孩。他最后的凄凉谢世，自然包含有作者对现代文明压制个性的控诉与不满。除了批判，韩少功也隐约发现了近于理想的人性。打渔的姐弟俩（《月下桨声》）、刘长子（《空院残月》）、李得孝（《土地》）等人物也都呈现出如月光般明净的人性美景。这些美的人性不是抽象的，几乎都在外部迫力下显示出弱者内在的灵魂闪光。而《西江月》《赶马的老三》《怒目金刚》等作品则在乡土与历史间架构了认知的桥梁，并试图寻找到一种切入并有效解决相关问题的具体方案。这些作品塑造的人物有棱有角，具有行动性与理想性。

韩少功的小说主题意蕴丰富，一方面以宏阔的视野积极地介入社会人生，对历史、民族、国家及个人命运有着深切的体会与认识；另一方面，建构起亦真亦幻的"马桥"世界，努力开掘地域文化、个人心理及文学想象的深层空间，展示出深厚的审美文化意识与人性关怀。

其一、通过叙说民族国家现代性进程中亲历者或直接承担者的命运，深刻反映了这一历史进程的悲壮与曲折。这类亲历者或承担者，从赵汉笙（《战俘》）、"我"（《月兰》）、张种田（《西望茅草地》）、根满（《回声》）、仁宝与仲裁缝（《爸爸爸》），到M局长（《暂行条例》）、老木（《暗示》）、罗汉民（《兄弟》）、老M（《是吗》）、马湘南（《日夜书》），形成了一个系列。这些人物无一例外，都遭遇或导致了一连串社会与人生的不幸。正因为这些苦痛都"或显或隐地流露出历史的缘由"，这类小说"更多地给人带来一种沉重之感"。❶《战俘》中，韩少功的视线延伸至第一次国内革命战争时期。文章以哀婉的笔调痛切反思王明"左"倾路线时期的战事。赵汉笙原系国民党一个"王牌旅"的旅长，因在沙寨吃败仗，遂成了共产党俘虏。随后，经大量的说服工作以及他本人在共产党军队中的切身感触，赵投诚做了共产党的一名炮兵教官。后来，在辗转中，他的部队遭遇了人数众多的敌军。当时若有支援，战事很可能有转机。但中央新派来的代表是个"左"倾路线者，坚决不信任投诚分子，拒不支援。赵汉笙的部队最终弹尽粮绝，全军覆没。他本人在被捕后，大义凛然，英勇就义。韩少功对赵汉笙持同情与肯定态度，其实已经超出了对"左"倾纯粹的批判，暗含一种更加深邃的历史眼光与判断。赵汉笙具有强烈的自主意识，他之受难构造了一曲令人唏嘘落泪的历史悲剧。他不再是一个卑下的被俘者，在慷慨赴义的那一刻，他升华为崇高的历史主体。

韩少功反思的重点落在"文革"阶段。这种反思随着他阅历与知识的递增，也日趋深刻。《月兰》中的"我"是一个热情洋溢的知识青年，本期望能在参加农村工作队期间做出一点成绩来，但遂心的事并不多。"我"的到来非但没有解除他们的穷困，反倒因为"我"的认真与固执

---

❶ 南帆：《人生的解剖与历史的解剖——韩少功小说漫评》，刊载于《上海文学》1984年12月号。

(坚决贯彻上头的政策),使得月兰在穷途末路中寻了短见。"我"也弄不清楚到底是谁害死了月兰。《月兰》是伤痕文学的代表作,也是韩少功走上文坛的标志性作品。这是一部黑格尔意义上的悲剧,月兰的诉求有其片面合理性,她需要维持基本生存与家庭的运转,而"我"则要忠实执行工作队的相关制度与要求。对立的双方都有片面的合理性。显然,《月兰》尚未深入探讨悲剧的总根源。而这一时期的韩少功对这一总根源内在的矛盾或悖论性也缺乏更深入的认知。

在湖南师院的遭际,促使韩少功的诗学反思升华到新境界。《西望茅草地》中的张种田曾是革命战争年代的英雄,到了建设时期,他的武断、专制、封建保守则断送了他的"茅草地"王国。但批判又不仅限于此,在茅草地王国解散的时日,历史才真正暴露了它最为吊诡的面目。当历史参与者用"笑"来埋葬一段沉甸甸的岁月的时候,这种告别注定是轻浮与浅薄的。中篇《回声》是这个时期韩少功创作的一个重要节点。文本采用了颇具现代主义色彩的双重结构,从而构造出一种反讽性修辞体系。根满是"革命"的急先锋,不过,他的革命目的只为报一己之私仇,以及享受阿Q式的"精神胜利"。最后,根满跟阿Q的结局也近乎一致,成了"革命"的祭品。小说也有一些不足,根满与路大为等人物过于观念化,乡土的文化底色也没有充分呈现出来。对历史的反思在寓言性作品《爸爸爸》中达到了新的高度。该作品中,仁宝以"新派"自居,其父仲裁缝则是敬奉诸葛孔明若犹太摩西的老古董。但两人的表现都令人失望:仁宝放辟邪侈,集恶俗陋习于一身,且仅知现代皮毛表象;仲裁缝聆听到先祖的召唤,意欲奋起以拯救山寨,但观念陈腐,四体不勤,并无变革的力量。整个山寨陷入绝境之中。在这种情势下,叙述者没有让鸡头寨"进化"到理所当然的"现代",也没有许诺一个传统救世的桃花源。在老弱病残"殉道"之后,青壮年唱"简"走入了深山老林:前景如何,无人知晓。对这种困境,韩少功后来做了进一步的诠释:"《爸爸爸》的着眼点是社会历史,是透视巫楚文化背景下一个种族的衰落,理性和非理性都成了荒诞,新党和旧党都无力救世。"❶ 可见,盲目、非理性的历史逻辑在这个寓言性的叙事中得到了根

---

❶ 韩少功:《答美洲〈华侨日报〉记者问》,刊载于《钟山》1987年第5期。

本性的否定。这种基本以悲剧形式进行的历史或革命反思，到《爸爸爸》就暂告了一个段落。十多年后，以往的"革命"在商品大潮下，遭遇另一重尴尬。这与当年韩少功对革命的批判与反思形成了现实层面更尖刻的谐仿。当下媚俗的语境使得革命本身面临潜在的解构。《兄弟》中，罗汉民在"文革"时期的冤死，反倒成了其兄罗汉国眼下炒作获利的噱头，成全了他的声誉与银两。这样，韩少功看待革命的方式，形成了一个螺旋式回环结构：由以前对"革命"天真烂漫地认同，到策略性地批判"革命"与"革命"主体本身，再到当下对革命精神流丧的同情及一定程度上对其复归的期许。

这种"同情"与"期许"是有现实背景的。"革命"以后高歌猛进到来的新时期，并没有立时带来与许诺一个美好天堂。政治、经济、文化的各个领域依旧埋伏着无尽的冲突与异化。一段时期，文化思想界热衷于讨论社会主义异化问题。但历史充满反讽意味，官僚体制与资本市场的合谋所带来的异化并不逊色于政治化时代，而且这种渗入型异化更隐秘与持久。《暂行条例》中的 M 局长担任着一个独特的、前所未有的职务：语言管理局局长。与他们唱对台戏的是所谓的玩具管理局。这类无中生有、纯属赘疣的基层单位之兴旺发达，恰切地讽喻了官僚体制的臃肿与庞杂。而且他们的上班、开会以及重要工作开展都尽显人浮于事的本色。语管学会首届年会导致了语言管理局随后剧烈的动荡。这次会议漫长艰巨，致使 M 局长憋尿太久，造成尿道感染。他在疗养院住了半个月，再回到单位，发现已发生了翻天覆地的变化。在 M 局长离岗的日子里，除 T 以外，单位其他人员尽数得到了提拔，T 倒趾高气扬地成了唯一的坐主席台的群众。《暗示》中的老木是个投机家、暴发户，是为富不仁的典型。在革命时期他就劣迹斑斑，譬如偷看女人洗澡、对着革命样板戏中女红军的剧照自慰等，不一而足。此类人物在市场经济草创期，如鱼得水，大捞一把。他的经商绝非光明正大的诚实买卖，所以一直怀揣几个国家的护照，随时准备在房地产骗局败露之后逃之夭夭。《是吗》中，A、B、C、D 和 M 等几个史学界的学者，暗地里展开了颇有心计的斗争，其激烈、狠毒程度不亚于政坛人物互相的倾轧。老 A 等四人不满、嫉妒老 M 巴结权贵的媚态，以及随即而来的大红大紫，于是轮流施展各种手段哄骗、整治他。老 A 是第一个施骗者，也是程度最轻的一个，只是骗他有个专题采访。C 哄骗 M 去北京参加一个国际会议。不幸的是，竟传回老 M 在回来的途中被车撞的噩耗。老 A 等四位吓呆了。在随后的新一届中国历史学会常务理事的选举中，老 A 等四位极力举荐老 M，以求弥补曾经的过失。但有意思的是，老 M 的受伤纯属谣言，他只不过串通医生演了一出苦肉计，以赢得四位嫉恨者的支持罢了。

其二，以悲悯的情怀，摹写逆境中底层人物的挣扎与苦痛。这些悲苦的造成与环境的迫力往往有直接的关系。这主要来自极左政治的威逼与胁迫。种种人世间生存的乱象，尤为明显地表现在一批精神错乱的非常态人物身上，如陈梦桃（《蓝盖子》）、幺姑（《女女女》）、勤保（《老梦》）、知知（《鼻血》）、长科（《领袖之死》）等。这些人物基本上不是先天致病的，而是现实环境的逼迫所致。尽管韩少功没有明确表述，从文本中我们可以发现他似乎受到过弗洛伊德的深刻影响，并将这种影响转化为一种有关政治迫害的心理癔症。我们可以探究一下这些人物从正常走上疯癫或精神错乱的过程。《蓝盖子》中，出狱后的陈梦桃最怕人提起瓶盖。文本没有详细交代他因何缘故（但从他以前唱戏的身份可以推测，很可能是因为曾经在业余剧团唱戏而成了"五类分子"的）进了劳教所。在劳教所，他承受不了苦役场抬石头的重活，就请缨抬死人（枪毙了的犯人）。抬多了，就心神不宁起来，于是以关心别人的方式寻求慰藉。但同室的人觉察到，一得到他的关心，就意味着某种不祥。每到关怀来临，他们就烦躁地怒斥他。后来他终于有机会讨好大家，得了买酒的差使。但开盖子时，瓶盖"嘣"的一下不见了。于是，他开始了漫长的寻盖子之路。寻盖子成为他灵魂重压下诡秘的精神出口。《女女女》中幺姑怪癖的养成也是饶有趣味的。在中风到来之前，她特别勤俭，各类无足轻重的小物件都被她小心地收捡起来。迫于身份的低下（一个坏分子、受过劳教的人的老婆），她最大限度地节制自身的一切欲望，恰如一只沿着墙根而行的胆怯的耗子。但患病后，她很快卸掉了所有心理防卫，成了毫无节制的人。她对周遭一切挑剔无比，似乎要将以前的压抑与不满尽数释放。《老梦》中的勤保则是一个整天将规矩挂在口头的老实巴交的人，但偏偏是他每天晚上鬼使神差地偷食堂一钵饭，并将其埋在齐公岭荒坡上。这种"坚持不懈"的行为直到实施第十八次时才被一举抓获。他白天是坚守纪律的模范,晚上是行窃的大王。饥荒年代,米饭是个多么诱人的东西啊,足以引领他舍去公职,铤而走险!白天的理性与夜间梦般的荒诞,这一诗学逻辑几乎是弗洛伊德心理学的文学映射。当然,这也是革命年代人性与理想二元冲撞的历史镜像。而知知(《鼻血》)、长科(《领袖之死》)的闹腾几乎有晚清遣责小说的嬉笑效果。知知为唱戏的杨家二小姐的照片所诱惑,变得魂不守舍,遂将其收藏于床底。他的举止受到一张隐形网的监视,最后被发现。批斗中,他鼻血汹涌而出,染红了马坪寨。鼻血作为欲望的隐喻,展示了被压抑的冲动释放时的巨大能量。长科更是古怪。在领袖离世之后,他也悲痛,但就是哭不出来。他于是痛恨自己的反动。在追悼会上,他的儿子不知何缘故哭了,引得他鼻子一酸,居然也哭了,成了会上第一个号啕大哭的成人。于是,他成了模范,被邀请到各种会议上表演他的哭泣。不同的是,后来的每次哭泣纯粹是因为他受众人哄抬,感动得哭了。在理想与世俗欲望隐秘冲突的时代,底层的人们在努力收敛、看守自己的欲望。但这些隐隐的冲动远未消遁于无形,而是一直潜伏在无意识中。一有机会,它们就会冲决禁欲牢笼,喷薄而出。

  显然,在这个时段,韩少功一定程度上延续了伤痕文学的书写惯性,但在写作手法上又与粗糙的伤痕文学有很大不同。在《女女女》中,伤痕书写与寻根巧妙结合,达到了很高的艺术水准。这部作品中,人物的历史伤痛不是显性的,而是潜伏为一种顽强的随时探出地表的隐秘欲望。作家不是简单地将这种苦痛归结为社会历史问题,而是深入到了人性的内里。甚至可以说,在幺姑身上,我们深感人类的有限性与悲剧性。《老梦》等作品也延续了这一书写策略,人性的欲望具有超历史性,理性与非理性的搏斗亦具有超时空的特点。这一系列作品还构成了对革命的深度反思。在人性、欲望与革命理想之间,横亘着一道难以跨越的沟壑。欲望无疑是推动革命前行的源动力,但革命往往意味着牺牲小我,为全局、大我持久地奉献与付出。这对于多数个体来说都是难以企及的精神高度。革命一直高估了人性质量,也无从完美修复人性的弱点。一个相对理想的社会也许建基于这两者间动态的平衡之上。

  其三,建构起立足地域文化且具丰富社会历史蕴含的"马桥"乡土世界。自《爸爸爸》始,韩少功笔下就逐渐开始形成一个独特的、具有魔幻色彩的乡土世界。这个世界显然不能用"愚昧""荒诞""落后"之类词语概括殆尽。我们在其中遭遇到丙崽、丙崽娘、仁宝、艾八、三阿公、周老二、铁香、马本义、何大万、吴玉和、暴牙仔等形形色色的人物。他们有自己的生存哲学与行为方式。嘉年华似的喧哗和躁动，印证了他们来自蛮荒的野性遗传。在韩少功早期创作中，这个乡土世界带有浓烈的魔幻色彩。《爸爸爸》里的人们居住的寨子，落在大山里，白云上。在这里，云海总是不远不近团团围绕着你。蛇虫瘴疟当然也是实实在在的。至于满山密密的林木，蓬勃地长大，又默默老死山中。它们零落的残枝败叶，渗出腐汁，浸透出山猪的阵阵嚎叫。这里的人们信奉那些玄幻、离奇的故事，以为丙崽怪异的形体是他娘当初弄死一只蜘蛛精的报应。至于先祖，他们不信任史官的解释，而相信德龙唱出的古歌。歌谣展现了先祖在凤凰引导下"跋山涉水"、前仆后继以谋求生存的壮丽诗篇。《归去来》也向我们描绘了近似的生存景象。黄治先迷失在一个山寨。这里，土路冲洗得如同干枯了的内脏，刚生下了的小牛就已经有了满额的皱纹。以前，此地多土匪，"十年不剿地无民"。于是，村村有了炮楼，人们方音浓重，举止粗犷，较少文明规约，对于男女之大防亦没有明确的意识。幺姑（《女女女》）一样来自一个古远的世界，并且落叶归根又回到了那里。这个世界"在一片肥厚的山里，有很古的蓝绿色的河流，有很古的各色卵石"。这里以前常有土匪出没，在山林中"闪出来钩商船劫夺盐米"。"北门口"（《北门口预言》）这个杀人的地方，更是孕育着无量的阴森与恐怖。城楼凌空欲下，上有斑驳的青苔，"古道雄关"的汉隶。远自辰州的山里人沿河爬出山来，要买这里的盐巴、桐油、竹木、鸦片和枪。每每只要号声一响，就会人群遽起，围观官府杀人。上面这些离奇、荒远之地，在《马桥词典》中得到了全方位的展示。"罗江""蛮子""三月三""马桥弓""枫鬼"等词条向我们描述了马桥这地方诡异、怪诞的景象。从《爸爸爸》到《北门口预言》，各类诡诞场景，都在这里悄然出没。这个世界里的人们，或恣意妄为，或放辟邪侈，或夸张扬厉，涤荡规矩，或枯寂如化石，悄然诉说来自荒古的秘密。这个魔幻般的乡土世界似乎完全封闭，演绎着一幕幕与现代社会决然隔离的人生悲欢。其实，这些早期文本依旧具有强烈的历史感，怪诞的边地风情不过是形式与历史现实间重要的过渡地带。

丙崽（《爸爸爸》）、幺姑（《女女女》）、盐早及他的祖娘（《马桥词典》）等病残人物，穿梭于人类社群的"丛林"之中，喜、怒、哀、乐得以畸变性地放大，磨难和灾变有了突出醒目的展示。这提供了一个反省人类自身局限性的绝妙视角。丙崽有侏儒病，且痴傻愚顽，但生命力超强。他毫无顾忌，以废残形体及龌龊的言行举止，无情地将文明打翻在地，再踏上一脚。作为一个非常态的异类存在，他让所有施害的正常者无地自容，也让善思的读者反省人类文明自身的病态与畸变。幺姑的聋，先天还是后天已无从考究。这一身体的病残并不妨碍她成为传统温、良、恭、俭、让的虔诚实践者。但中风之后，她戏剧性地成为传统道德的颠覆者。她从摧毁人伦规范、社会禁忌，到回退至猴和鱼的形体，种种表现完全背离了人类直线前行、次第进化的轨迹。盐早是个哑巴，如同丙崽，也有着超人的生命力。丙崽服毒不死的神力，在盐早身上得以复现。不过，在品性方面，他差不多是丙崽的反面，令人惊诧地坚守忠孝、仁义的美德，但戏剧性地因此受尽欺负和贬损。在他"嗷嗷"的怪叫声中，你仿佛听到了又一个丙崽悲痛欲绝的自虐性惨号。而盐早的祖娘，俨然又一个幺姑的复现。幺姑是文中"我"的"冤头"（冤大头之义，见《马桥词典·冤头》），在患病之后，存心作践关照她的人，对种种关照与爱护横加挑剔，并且变态性地糟蹋一切，几欲挑战孝悌伦理所能承受的极限。盐早的祖娘则是盐早的冤大头。盐早对她的一切关照她都视而不见，当成是来自盐早弟弟盐午的所为。而且时时夸赞盐午，处处贬损盐早。面对这类顽劣的人物，还有谁有勇气直面与疗救人类身体与精神上的双重痼疾？还有一批人物，则以放浪形骸、恣意妄为而瞩目。《爸爸爸》中的仁宝，纯然有阿Q的刁蛮与泼皮，且有过之而无不及。他猥琐淫亵，偷看女崽洗澡，还用棍子探看母牛那个部位以做辅助，而且大话空话连篇，从未付诸实践。《马桥词典》中的马鸣，更是卓然有"仙家"风范。他不屑于过俗人的生活，一直在"神仙府"〔见《马桥词典·神仙府（以及烂杆子）》〕里逍遥自在。在马桥，偏偏是马鸣这个超然物外的人最讲究"科学"。韩少功固然欣赏老庄哲学，但这一哲学内里也包蕴不少难以剥离的糟粕。

"马桥世界"里有些特殊人物，记载着岁月的幽远与凝固，如玉堂娭毑（《爸爸爸》）、三阿公与老阿婆（《归去来》）、老妪（《北门口预言》），乃至于拟人化的"枫鬼"（《马桥词典》）。这些"人""物"都有着年岁久长的静态性生命，是沧桑岁月的见证者和守护者。面对突如其来的种种冲击与变迁，他们总是默默承受，即便是有几分煞劲的"枫鬼"，似有无穷的对抗力量，但在祛魅的文明人面前，最终只能颓然倒地。玉堂嫉驰已经老得莫辨男女，牙齿悉数脱落，皮肤成了一件宽大的衣衫，披挂在骨架上。她早已漠然于人世间的一切变动。三阿公这个虚无缥缈的人物，活到快成精时终于离开了人世，但依旧可以觉察到他无形的存在。老阿婆如同古旧的雕像，没有任何表情，皱纹深刻得使人震惊，她看看三阿公的老屋，咕噜一句：树也死了。北门口街口坐着一些老妪，脸上布满如网的皱纹，面容黝黑，形同根雕。她们也是一群静态时空的守护者。每天她们守着面前的糍粑、甜酒之类，但不见得能卖出一二。她们只是列阵迎接暮色，静观岁月在残砖断瓦中悄然流逝。所有这些古旧的生存景观，并不是挥之即去的。它凝结成的生命磁场，具有莫大吸引力，哪怕它本身只是边缘化的不发声的存在。《归去来》中，三阿公叫"我"远远地走，再也不要回来，"我"却有强烈地"归去来"的渴求，呼唤着——"我累了，妈妈！"

新世纪以来，韩少功笔下的乡土世界有了很大的变化。文本中静态的文化物象逐渐退隐，魔幻灵异的可怖氛围也日渐淡去。一种新现实主义开始出现在曾经梦幻般的乡土中。20世纪80年代中后期，在"文化热"的大背景下，受拉美魔幻现实主义创作的刺激，韩少功开始对当代文学展开深入反思。拉美魔幻现实主义走向世界显然不是源自对西方现代主义的简单照搬。它有深厚的本土文化基础，其创作个性的形成更多来自对自身文化传统的激活与通变。不过，在这个时段，究竟何为"文化"，中国当代作家并没有达成什么共识。"寻根"最终蜕化为一种对地域文化的迷恋与想象。韩少功立足湘西，将其中的巫鬼神怪传统发挥到了极致。在他新世纪的作品中，这种传统慢慢消淡，更多地回归到乡土民众日常，并展现出一种颇为严肃、深邃的历史愿景。通过塑造何大万、吴玉和、暴牙仔等人物，韩少功近年的创作呈现出一种草根主义的公平正义想象。比之于寻根时期的创作，《怒目金刚》《西江月》等作品有时稍显干涩直白。显然，在地域文化与历史愿景的展现之间，还有值得探索的创作空间。

其四，建构与反思智识者的心灵变迁史。韩少功用"心"写作，发出灵魂之声。许多文本内在地反映了他们这一代知识分子的身份变迁与心灵震荡。在这些文本中，我们可以看到一个知识分子的形象序列。在小说《月兰》中，作为知识青年的"我"显然是矛盾且被动的。叙述者与文本构成紧张的对话关系：月兰之死源于自身过失还是"我"盲目执行政策的罪错？抑或两者兼而有之？叙述者"我"找不到确定的答案。尽管如此，叙述者对自身从事的事业有了怀疑和动摇。《西望茅草地》中的张种田是农业现代化乌托邦的营造者。"我"作为其中一分子，既是见证者，也是批判反思者。张种田的苦干蛮干，禁绝私欲，以及军事化的管理体制，都与封建主义有着千丝万缕的联系。但又不仅限于此，张种田有现代化的强烈诉求，有身先士卒、大公无私的平等观念。他还是一个全能型劳动楷模。向往世俗的人们用轻薄的嘲讽告别茅草地，而叙述者"我"笑不起来。"我"在回望过去的时候，并没有采取激进的拒斥态度。这个"我"对时代有深入的认知，与《月兰》中彷徨、犹疑的"我"显然有很大不同。而《回声》中的根满——这个激进的革命机会主义者——在极左的氛围中，戏剧性地成为革命中坚。他先前强烈反对的正是他后来热切希望占有的。这一闹剧以他的殒命而收场。在他和张种田的背后都有叙述者声音的存在：《西望茅草地》以"我"的口吻表达对张种田的同情与不满；《回声》则以嘲讽的语气，表达了"怒其不争，哀其不幸"的愤怒与失望。这些作品中的叙述者（或隐含的）构成了一个有趣的精神上挣扎与成长的序列，这显然迥异于那个时期立场鲜明的新启蒙者。

《西望茅草地》《回声》之后，作为反思与质疑对象的"革命"主体悄悄退场。于是，叙述者采取了沉默、退却的方式。随后创作的丙崽成了失语者的象征。在旧派仁宝、新派仲裁缝的救世都成为盲动乃至荒谬时，丙崽成了游离在两者之外的"零余者"。他唯一的言说就是：爸爸，X妈妈。更可怕的是，几近失语的状态还是完全被动的：当受赏时，就亲切地喊声"爸爸"，反之则怒骂"X妈妈"。这种完全被动的人格，使我们想到一个咒语般的历史事实：智识者在得宠的时候，多么相似于吃饱了，挂着鼻涕见人就亲切地叫声"爸爸"的丙崽。而浩劫过后，"伤痕""反思"，骂声一片，又多么近似于丙崽遭人凌辱后白眼一翻的"X妈妈"。难怪,严文井会说出那么一句惊世骇俗的话:"我是不是一个上了年纪的丙崽?"❶ 对于智识者的人格状况,韩少功表达了深切的忧虑:"我们这个民族一直挨打,一直落后,原因之一是我们这个民族的质量有毛病,中国知识分子质量上有毛病。"❷ 当多数批评家认为丙崽是民族劣根性的集中体现时,严文井的话无疑开启了另一重阐释视野。知识分子如丙崽一般认知外部世界,自然难免陷入二元对立的窠臼。在他们看来,启蒙与革命总体上是截然两分的,并构成相互压制、排斥的关系。这种认知结论显然有悖于历史自身的逻辑。在《归去来》中,叙述者成为文化意义上的回归者。寻文化的"根"也有意识形态上的考虑。这一时期,意识形态领域的管制依旧苛严,连《爸爸爸》都遭遇系列质问与指责。先锋文学其时亦遭围追堵截。在《女女女》的结局里,"我"骑着摩托,见到了一个肌肉强健的小伙子。"我"本期待见到一个从未见过,但在等待"我"的人。但"我"还是径直往前驶去了。"我"觉得"时间已经不早,回去首先是吃饭,吃了饭就洗碗,没什么好想的"❸。显然,"我"不再主动承担"启蒙""革命"的主体性角色,而且实在地也替"她"(下层民众)做不了什么。

　　后革命时代,理想向世俗疾速滑落,人文知识分子在社会结构中渐趋边缘化。所谓人文精神大讨论不过是知识精英的一种文化姿态,其内涵异常空洞。韩少功亦曾介入了人文精神大讨论,但没有停留于空泛的道德批判,而是回归主体,强化自身道德修养与担当。在新世纪韩少功创作的一系列小说中,文本中隐含叙述者往往有道德上的站位。在叙述者辛辣的嘲讽和揶揄背后,可以清楚地看到一个人格境界出类拔萃的理想知识分子形象。《暗示》中的人物大多是否定性的角色,他们来自社会的各个阶层,扮演各色的丑剧、闹剧。为商者老木等在告诉我们他们怎样地巧取豪夺,为学者小雁等在尽情展示他们怎样地忙于炫耀知识精英的做派。短篇小说《是吗》描述了一群可笑复可怜的学者,他们将精力倾注在争名夺利的"斗智斗勇"中,丑态百出,害己害人。《方案六号》则辛辣地讽刺了一些现代艺术家为稻粱谋的窘态与狂热,实为"空

---

❶ 严文井:《我是不是个上了年纪的丙崽?》,刊载于《文艺报》1985年8月24日。
❷ 林伟平:《文学和人格——访作家韩少功》,刊载于《上海文学》1986年第11期。
❸ 韩少功:《女女女》,刊载于《上海文学》1986年第5期。

心"的艺术唱一首挽歌。中篇《山歌天上来》则更见悲怆，老寅这个才华横溢的民间艺术家在商品大潮中终于站不住脚跟，最后回归乡野，郁郁中怆然西去。这类的批判往往直面个体，撞击人性脆弱的最深处，非道德君子不敢操笔。

其五，同情、关爱、亲近弱小是韩少功小说又一个恒常主题。这一主题后来演化为韩少功最根本的美学立场。在他的许多作品中，小孩、妇女、病残者成了主人公。这些人物仪态万方，绝少作伪，于他们的言行举止及浮沉遭际中，更能见出社会的问题或病灶来。在早年的作品《一条胖鲤鱼》中，韩少功表现了创作儿童文学的巨大潜质。作品塑造了两个可人的孩子：牛牛和端端。他们勇敢、机智地与坏分子宋小秋做斗争。这部作品即便在今天看来也没有太多概念化、公式化的东西。随后的《孩子与牛》也是一部儿童文学作品。小主人公福它与他看养的大黑牛有深厚的感情。但不幸的是，大黑牛被偷牛贼砍了尾巴，剧痛之下跌下高坡，摔断了脚。福它伤心极了。日日夜夜小心地看护大黑牛。但更残忍的是，大黑牛因伤不能再劳作，队里决定杀掉它。于是，福它做起属于自己的梦——梦中大黑牛终于和他幸福地偎依在一起。类似的情景还发生在散文《我家养鸡》当中。"我"含辛茹苦呵护和照料大的鸡，竟在大人们的谋划下一只只被杀掉了。可恼的是，最后一只鸡是在父亲哄骗"我"的情形下被杀的。"我在哭泣中突然明白了一个道理：大人们是很坏的，而我终究也要变成大人，我也会变坏。这个想法使我很恐惧。"在韩少功笔下，成人世界的功利残忍与儿童世界的诗意和谐构成尖锐的对立。韩少功的童年记忆充满温馨，少年时期则遭逢家庭系列变故。也许，童年岁月盛满了他生命中蓝色的梦。

对小孩的亲近与对弱者的同情实则是合二而一的。《风吹唢呐声》中的哑巴德琪，"我"就为他掬了一捧同情的泪。德琪虽然是哑巴，但心好，为人厚道。他不能言语，就用一把唢呐吹出他的喜怒哀乐。对嫂子二香，他既敬重又爱慕。当哥哥德成后来打骂二香时，哑巴总是挺身而出，哪怕因此要冒挨打或逐出家门的风险。二香最后还是走了，哑巴的唢呐将吹与谁听？后来，失魂的哑巴在工地上连人带车出事，带着众人对他的依恋化入了青山。《谷雨茶》主人公莲子嫂身上充满人性的闪光。队上刮起了私摘私卖茶叶的风，许多妇女都暗地里干起了这种损公济私的勾当。莲子嫂家里穷，当然也想赚一点"外快"。但她迟迟下不了决心，总以为对不住集体。后来，在同伴们的蛊惑下，她终于带上头巾，加入了偷茶抢茶的行列。但一到偷抢的现场，她的心震颤了，这明明是糟蹋茶树啊：新叶旧叶全被她们狠心地摘走了。莲子嫂做了"叛徒"，去公社告状了。干部们动身迟缓。莲子嫂往回赶时，碰到了妇女们，就劝她们快回去，说干部们就要来了。妇女们猜测原委后，给她一顿恶毒的咒骂与殴打。干部们赶到，妇女们立时四散而逃，莲子嫂又落入了干部们的手掌：没偷？那带篮子干什么？莲子嫂委屈地哭了。作者对莲子嫂有分明的赞颂。末了，她到河边去洗脸，"低头处，一片红霞落在她手中"。

  对弱者的同情一直延续到韩少功新近的创作中。不过，作品的格局已全然不同。这些乡土的弱者没有搭上高速前行的现代列车，在贫瘠的土地里艰辛地讨生活。他们的人生有苦痛也有尊严。《土地》中的李德孝，处境相当凄凉。他卖掉了的责任地，后辗转成了"我"家的院子。但他依旧对这方土地有深深的眷恋，经常跑到我家院子里来随意"动手动脚"。在"我"的质问下，终于能分辨土地产权了。他后来去外面打工，第一年被老板赖掉了工钱，随后老婆又跟一个浙江佬跑了。儿子还算孝顺，死活不跟妈妈。李德孝在外面打工，含辛茹苦想把儿子送上大学。但儿子为了减轻父亲的负担，却故意考砸，去了广东的工厂。"我"路过他家时，看见锁着的大门，不免沉重地思忖：他去了广东找儿子还是去人家家里帮工去了呢？《月光两题》中，《月下桨声》一则，写到农家姐弟两个，因生活所迫，划小舟出来结网捕鱼，以供弟弟上学。"我"想要点鱼招待客人，与他们有了一次交易。两个孩子都很诚实，多给了几毛钱都弄得他们又是退钱又是以葱补偿。随后的日子里，我总期待能看到他们的身影，但未能偿愿。后来得知，水管所禁止细网捕鱼，他们的设备早就被没收走了，没法再捕鱼了。姐弟俩又回深山中耕种去了，也许上学已成了永远的梦。这些留给"我"无尽的怅惘。

  韩少功的小说还形成了独特的艺术风貌，其美学风格的变迁大致有四个时期：

  第一个时期（20世纪70年代后期至20世纪80年代初）为韩少功小说创作的草创期，代表作品有《月兰》《西望茅草地》等。这些作品

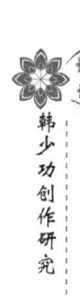

都是"文革"刚结束时创作的,带有鲜明的时代特点,归属"伤痕""反思"范畴。这一时期的创作与国内其他作家创作有较大近似性,题材多局限于社会政治层面,观念上难以多元拓展。新时期初期,文学翻译的浪潮还未形成。这很大程度限制了作家对外来创作技巧的借鉴与吸收。这还体现出一种创作惯性,即创作更多的是源自外在政治力量的推动,而不是受文学思潮的内在影响。正因此,《月兰》《西望茅草地》的创作路数与"文革"时期《稻草问题》《对台戏》等作品依旧有许多近似之处,如情节设置、环境渲染、人物描摹等方面都声气相通。当然,这一时期韩少功认识生活的深度远远超越了"极左"时期,而且创作上已完全摒弃那一时期的"伪浪漫主义"作风,有了现实主义的真实、深刻及悲悯情调。这种认识上的进步毋宁说更多地受益于社会历史层面变革的影响,艺术上则依旧缺少借镜。于是,这种悲悯往往有粗疏浅显的弊病。此一弊病更多地源于对革命文学美学风格的承袭。对此,必须考虑认知装置的变更问题。在革命文学视域中,文学的通俗化、大众化与特定的文学政治功能相称。而后革命时期文学形式的变革,在形塑新的文学主体性的同时,也将文学边缘化为一种小众的文化精英行为。在一定意义上,当代文学应寻求两者的完美结合,一种未脱离总体性文化政治且又吸收了人类文学形式精华的创作才是至美之境。在这个阶段,潮流中的韩少功延续了文学的政治性诉求,但又在题材上稍显窘迫与局促。在小说艺术上,他还没有形成自己独特的美学风格。

  第二个时期(20世纪80年代中期至20世纪90年代初)是以韩少功"寻根"创作为主的时期。这一时段是韩少功创作风格形成期与成熟期。月兰、根满与幺姑、丙崽的差异如此之大,以至于读者很难想象他们均出自同一个作家之手。这些人物之间的差异无疑值得我们反复推敲。丙崽等人物来自大山深处,那里有深不可测的巫风秘仪。他们所处的时空也变得空前模糊,与历史保持着若即若离的关系。但他们的生存牵扯到深厚的文化根系,与那块土地,与久远的岁月发生着神秘的关联。这块神秘的土地,有湘西的影子,又不全然是,它还与韩少功的下乡之地有千丝万缕的联系。考虑到时空的混沌模糊,这也是一块承载寻根文化理念而无确凿现实对应物的想象飞地。韩少功寻根之作艺术上的成功有多重因由,较显著者有二:其一,韩少功将知青生命经验与地域文化结合起来，形成了一种个体经验与历史文化互为融通的新文学形态。而他寻根之前的创作这两个方面都有欠缺。其二，韩少功对西方现代主义文学与苏俄文学都保持了必要的距离，自觉创造本土化文学形式。《归去来》是这类作品的先声，它呈现了一个魔幻般的山寨。叙述者"我"感觉自己曾经来过此地。在粗大的木质澡盆中，"我"身泛蓝光，恍惚中陷入种族繁衍的冥想中。走入山寨，好比走入生命世代繁衍的梦境，"我"的主体性裂解了。"我"身份的混乱，暗示返归精神故园的艰辛。应该说，韩少功较早意识到文化身份的危机，并将其转化一种哲理且诗性的文字。《归去来》这种沉郁诡谲的文本风格也体现在《爸爸爸》当中。人物行为方式的诡异，风土人情的离奇怪诞，都超乎现实之外。山寨的迁徙带有悲壮意味，没有伪浪漫主义的廉价高亢，沉郁的文风贯彻始终。随后的《蓝盖子》《雷祸》等作品，基本上都与《爸爸爸》声气相类，尽管每个作品有自己独异的面貌。中篇《女女女》虽环境上依托城市，但许多方面依旧值得注意。文中有较大的篇幅写到"我"家乡，这地方形同丙崽居住的山寨，苍老、荒凉、老旧如化石。幺姑跟丙崽一样，精神与肉体都不正常，上演着悲戚、荒唐的人生闹剧。上述风格一直延续到90年代初的《北门口预言》和《余烬》等小说文本中。

　　第三个时期（20世纪90年代中期至21世纪初）的创作以《马桥词典》《暗示》为代表。虽与前一段的文本在表现对象、话语方式等方面有颇多神似之处，但彼此整体的叙事风格还是有明显差异。20世纪80年代末，因忙于《海南纪实》办刊事务，韩少功在小说创作上有一段沉寂期。20世纪90年代初，他将更多的精力投入到散文创作中。这一段人生与创作经历对他的小说写作有很大影响，一种散文笔法开始弥漫在小说文本中。《马桥词典》中的叙述者有强烈的好奇心，他要将《爸爸爸》《归去来》《女女女》等作品中诡异的环境、人物及他们的言词都翻腾出来，检视一番。于是不再甘心做纯粹意义上的小说叙述者了，而是兼了准学者的身份。譬如对"江""蛮子""马桥弓""小哥"等词条都认真地做起了语言的考据工作。这当然不是文本的全部，有许多词条应当以短篇小说目之，但语言的学理化探讨几乎成了切入每一个词条的方式。这样，偏于事类、援古征今的话语方式确实成了《马桥词典》区别于以前文本的整体特色。《暗示》作为《马桥词典》的姊妹篇，由后者的关注语词转向了对事象的揣摩和体会。言说对象有倒过来的意味，但话语方式则一脉相承。在《马桥词典》中，为考察一语词，每每求助于事象，从马桥到现代都市，从"文革"上溯远古，不一而足，时空跨度相当大。而《暗示》中，要揣摩事象，往往要古今中外地搜罗用来阐释的语言。更多的时候，事象与语言现象互为发明，相互纠缠。它对现代小说惯常模式的解构比《马桥词典》更为彻底，连小说文本最基本的构成元素——事象与形式层面的语言——都成了分析、研讨的对象。这一时段的形式实验引人瞩目。词典体的采用一方面受米兰·昆德拉等小说家的影响，另外，中国传统的笔记体小说也是不可忽视的影响韩少功的传统资源。到写作《801室故事》，韩少功的先锋性形式探索走到了极致，也遭遇到空前的危机。

　　第四个时期（21世纪以来）的创作以新乡土书写为中心。这一时期的小说在整体意蕴上达到了浑圆高妙的境地。这类作品主要有《山歌从天上来》《土地》《月光两题》《山南水北》《西江月》《怒目金刚》等。叙述者平实地向我们讲述乡土故事，不沾不滞，于隐约中显露锋芒。故事的场景大多远离熙攘，偏于清静幽寂，又不若寻根时期之多怪诞离奇。人物不多，寥寥几人，有时甚至仅仅一两个人物就在舞台上尽情演绎起来，如老寅、李德孝、刘长子、捕鱼的姐弟俩等。这些人物或具有闪光的品质，或有潜隐的才智，但都于无声无息中走到了山穷水尽的末路，总带有些许悲凉色彩。《土地》《西江月》《怒目金刚》等小说没有展现宏阔的历史场景，但人物的遭际却反映了社会的诸多病变。

二　韩少功的散文世界

　　在当代文坛，韩少功是少有的偏爱思想与理论的一个。在一些时段，理论性思想随笔甚至占据他创作的大部。20世纪90年代初以来，韩少功的散文写作渐入佳境，成为他创作中分外重要的一个领地。南帆在论说韩少功90年代的散文时，曾说："许多迹象表明，'思想'正在韩少功的文学生涯之中占据愈来愈大的比重。如何描述韩少功的文学风格？激烈和冷峻，冲动和分析，抒情和批判，浪漫和犀利，诗意和理性……如果援引这一套相对的美学词汇表，韩少功赢得的多半是后者。"❶ 当代一线作家甚少如韩少功这般投入散文创作，他自己曾言：想得明白就写散文，想不明白就写小说。这是形象的说辞，但也无形中表明，散文占据了他创作的半壁江山。他的散文将感性修辞与深邃思想完美融合，形成独具特色的"天涯体"。这在当代作家中是独一无二的。尽管如此，他散文的成就一直被批评界低估，尚未形成系统性研究成果。

韩少功的散文形式多样，有文论、思想性随笔、纪实散文、序跋、对话、访谈、演讲及小品等。他早期的散文创作，除了有意无意配合主流意识形态的政论文，基本上是创作谈性质的文论。它们几乎与小说创作同步。生活阅历丰富与否，直接关系到散文思想的深度。这些文字是对时代的记录，是对历史的深切反思。1988年年初，韩少功举家迁往海南，从此进入了散文写作的全新时期。随后，他写作了一系列高质量的思想性随笔，在文学界乃至思想界产生了广泛影响。在海南，可亲身感受到时代脉搏的强劲跳动。这热带岛屿，偏于一隅，以风光著称。20世纪90年代，因改革开放风潮的浸润，这里迅即成为创业的天堂，到处洋溢着十万人才的冲天干劲，椰风海韵中飘散弥漫着物欲的气息。这个自由而稍显混乱的海岛，无疑深深诱惑着这个楚地青年才俊。一者，它处于中国最南方，孤悬海外，天远地偏，"对于中国文化热闹而喧嚣的大陆中原来说，它从来就像一个后排观众，一颗似乎将要脱离引力堕入太空的流星，隐在远远的暗处"。❷ 这个"后排"，真可谓天高皇帝远。后排就是边缘，意味着离弃，更喻示自由。正凭此，它成为韩少功心目中"精神意义上的岛"。二者，这个海岛又是商界硝烟弥漫的"战场"。韩少功力图在此建"事功"，体验时代的沉浮与悲喜。最大特区的众声喧哗、鱼龙混杂，确实给予了他丰厚的思想回馈：让他有机会走进商品经济最前沿，一睹后革命年代的喧天物欲与枯竭的精神荒原。

那时的海南，风急浪高，正如太平洋的旋涡，处处考验着下海的文化人。它可以率性地将你高高抛起，一夜之间尽享富贵与尊荣，也能任性地迅即将你狠狠抛下，饱尝人情冷暖、世态炎凉。刚到海南，韩少功

---

❶ 南帆：《诗意之源——以韩少功二十世纪九十年代的散文为中心》，刊载于《当代作家评论》2002年第5期。

❷ 韩少功：《南方的自由》，出自《在小说的后台》，山东文艺出版2001年版，第55页。

就与朋友一起筹办《海南纪实》。同时筹办的还有《特区文摘报》及海南新闻文学函授学院。前者取得了始料未及的巨大成功。不过，因政治原因，杂志很快就奉令停刊。面对它的结束，韩少功"惋惜之余也如释重负"——"不是因为别的什么，只是因为太累，因为它当时发行册数破百万，太赚钱"❶。赚钱，几乎是当时人人求之不得的天大好事，而对于极少数志趣高洁的人来说，往往意味着难题不断、困境重重。因为，钵盆皆满之时，人们往往会有两种走向：一些人会更加把钱当成一回事，变得唯利是图；另一些人则更加"有理由把钱看破"，参悟到精神的价值。到这时，曾经的同舟共济常面临分崩离析的危险。韩少功有理由将这种商场的斩获看成是"一系列越来越令人担心的成功"。因为，"在一群忧世嫉俗者实际上也要靠利润来撑起话题和谈兴的时候，在环境迫使人们必须靠利欲遏制利欲、靠权谋抵御权谋的时候，我突然明白了，我必须放弃，必须放弃自己完全不需要的胜利——不管有多少正当的理由可以说服你不应当放弃，不必要放弃。一个人并不能做所有的事。有些人经常需要自甘认输地一次次回归到零，回归到除了思考之外的一无所有——只为了守卫心中一个无须告人的梦想"❷。在《海念》中，韩少功进一步表露了自己"把钱看破"的心绪。介入"商海"一年多，浮浮沉沉，他已经看透了许多人、事、物：那些贪嗔之徒，"他们是小人物，惹不起恶棍甚至还企盼着被侥幸地收买。真理一分钟没有与金钱结合，他们便一哄而散"。面对沧海，自然有了"跳出三界外，不在五行中"的瞬时性解脱。韩少功陷入了对堕落、谣言、友情、公道、体面、雄心的思忖，只有在聆听大海的"谶言"时，他才神秘地笑了。

商海拼杀后留下的淡淡"硝烟"，以及社会文化生态的整体性恶化，给予韩少功思想上重重夹击，并促使他"回到家中，回到自己的书桌前""拔掉电话线把自己锁入书页上的第一个词"。他完全明了，在20世纪90年代初期，严肃文学差不多已经边缘化，成了"夕阳产业"。"但这些丝毫也不妨碍一个人在遥远的海岛上继续思考，继续凭一支笔对自己的愚笨作战，对任何强大的潮流及时录下斥伪的证词。"❸ 韩少功

---

❶ 韩少功：《南方的自由》，出自《在小说的后台》，山东文艺出版2001年版，第56页。
❷ 韩少功：《南方的自由》，出自《在小说的后台》，山东文艺出版2001年版，第56-57页。
❸ 韩少功：《南方的自由》，出自《在小说的后台》，山东文艺出版2001年版，第57页。

终于扬起了思想的皮鞭，要用它来抽打这个时代。于是，一批充满杀伤力的思想性随笔破土而出。这些思想成果也许就是他心中那个"无须告人的梦想"。在后来的《我与〈天涯〉》一文中，韩少功在阐释刊物的编辑策略时，就曾按照英文"Writer"的含义来定义"作家"，即"把一切动笔写作人都纳入'作家'的范围"。这种策略意味着文学写作范围的极大拓展，思想文化必将取代文学，成为关注的焦点。20世纪80年代的思想启蒙大潮消退之后，经过全球冷战的结束和国内市场化转型，新的社会矛盾正逐渐浮现，学界对社会现实新的感受与思考正呼之欲出。比如，20世纪90年代初期关于"后现代主义"和"重振人文精神"的讨论，就已呈现出一次新的再启蒙即将到来的征兆。所以说，"相对于90年代文学创作的疲惫和空洞，这一次轮到理论这只脚迈到前面来了，于是再启蒙首先是在思想界发动，理论而不是文学成为这个时候更为重要的文化生长点。后来的事实也证明，这次再启蒙使这个90年代的中国知识界再一次有了自己的眼光和头脑，完全改写了中国思想文化的版图，在很多方面刷新了中国思想文化的纪录"。可见，对"Writer"内涵与外延的全新界定，是适应语境变化之需所做出的。它使得《天涯》关注的问题自然拓展开来，市场化问题、全球化问题、环境与生态问题、民主与宪政问题、大众文化问题、道德与人文精神问题、后殖民问题、女权问题、教育问题、传媒问题等，腐败问题、农村与贫困问题、民族主义问题等，后来都逐一成为《天涯》的聚焦点。这种编辑策略，毋宁说亦是韩少功自身创作观的无意流露。这时，人们似乎无法完全排除如下的顾虑：这些思想理论问题更多归属哲学社会科学领域，是不是值得或者应该部分地由小说家来措手其中？这种质询并非毫无依据，当时纯文学呼声的高涨就表明这种担心与顾虑是普遍性的。韩少功较早意识到文学的危机，一直对纯文学保持必要的警惕。在他看来，文学的边缘化很大程度上正源自自身丧失了对现实的发言能力。鲁迅在小说创作的高峰期，暂时撒下小说，操起杂文这把匕首在暗夜划开一道口子，让光明透过缝隙，聊以给绝望的人们一线希望。比之鲁迅，韩少功遭遇的是另一种现实类型，市场、资本、全球化、环境与生态、私有化、贫富悬殊等一系列问题，灼热而刺目，它们催逼韩少功迈上思想的征程。

"革命"是韩少功进行理论反思的原点之一。早在20世纪80年代初，思想启蒙大潮勃兴，韩少功以"伤痕""反思"文学的写作，成为启蒙大合唱中的一员。对《西望茅草地》中的悲剧人物张种田，他曾做过如下诊断："人们发现他与科学矛盾着——拆掉了科研组，对城市文明蹙眉反感；发现他与民主矛盾着——一个人说了算，靠训话和禁闭室维护着家长式的权威；而野心家在他的羽翼下生长。"❶ 张种田与"民主""科学"相矛盾，这两者既是"五四"时代高唱的主题，反抗封建主义的利器，也是20世纪80年初反思"革命"、回归世俗的思想工具。至于"民主""科学"本身的意识形态效果以及可能存在的局限性，都还未来得及进入人们的视野。而且，当时的韩少功与大多数的思想者一样，对于市场以及资本扩张都还有着不同程度的期待乃至盲目信仰：经济建设是对于"革命"的纠错，物质的富足将使其他社会问题迎刃而解。他确曾认为："农民战争被经济建设高潮代替，农业国将要成为现代化强国。因此张种田的落伍是必然的，他不过是实现悲剧的工具。"❷ 经济建设在当时无可置疑地成为现代化的核心命题，全面取代"政治挂帅"成为压倒一切的主题。这是告别革命后，官方与民间意识形态趋同的必然结果。直至20世纪80年代中期，两种意识形态之间才开始出现不可弥合的裂隙。随着新时期历史画卷的徐徐展开，现实的复杂性表明，经济建设在带来物质富足的同时，也导致了大量始料未及的难题。也就是说，革命的对立面并非民主与科学，革命的"落伍"也非简单的经济问题。有关这些问题的探讨逐渐成为韩少功新的理论命题。

　　即便如此，相比同时期的"伤痕""反思"文学，韩少功还是表现出了难能可贵的辩证态度。他对于张种田的乌托邦理想并不是一味地批评，而是向时代发出了严正的质问：张种田的"忠诚与无私"，"理想和气魄"，"是不是使他的人生更具有悲剧性而值得我们感叹呢？"❸ 很显然，在韩少功这里，"忠诚""理想"并没有一并成为极左思潮的殉葬

---

❶ 韩少功：《留给"茅草地"的思索》，出自《文学的"根"》，山东文艺出版社2001年版，第26页。
❷ 韩少功：《留给"茅草地"的思索》，出自《文学的"根"》，山东文艺出版社2001年版，第26页。
❸ 韩少功：《留给"茅草地"的思索》，出自《文学的"根"》，山东文艺出版社2001年版，第26页。

品。选择书写张种田，并将其复杂性呈现出来（兼具虎气与猴气），这已经体现了韩少功不同寻常的创作眼光。在更高的意义上，张种田是那个时代的代名词，是革命者转化为建设者形象的浓缩。他的悲剧也就是时代的悲剧。但这种悲剧中有着崇高的意味，是好人无意犯错而受难。张种田的良好品性并不能挽救茅草地王国的溃败，这种冲突留下无尽的思考空间。今天反观张种田，他身上的品质似乎能更加明晰地呈现出来。他渴求现代化，有强烈的平等意识，有为家国奉献一切的革命激情。在世俗化的时代，这一切都变得遥不可及。人物张种田的塑造表明韩少功与伤痕文学有着巨大的分歧。这种创作观念历经演化，最终使他成为早期"新左派"的代表人物之一。

韩少功深度介入了与"新左派"相关的思想论争。迄今为止，学界对"新左派"这一思想群体有复杂多面乃至互为矛盾冲突的认知。在徐友渔看来，在20世纪90年代的后半期，自由主义和新左派是民间思想舞台上的主要角色，形成二元对立。中国大陆的新左派中，不少人的专业是文学，他们观察中国问题的方式带有文学特征，这样的人比较敏感，善于捕捉某些新的动向和症候，但不能从数量和统计的角度分析问题，资本和金钱的压迫确实出现了，它确实是值得注意的新东西，但这远不能说明，中国社会已经变成了资本主义，中国的问题已经是资本主义剥削或资本主义世界体系的问题。他认为，新左派有如下特点："其一，他们的思想理论资源完全来自当代西方新左派，如萨米尔·阿明、沃伦斯坦、贡德·弗兰克、爱德华·萨依德、多斯桑托斯和乔姆斯基，等等，他们的文章和言论常常发表在西方新左派刊物上；其二，他们和中国老左派一样，只反资本主义和市场经济，不反专制主义；其三，与老左派一样，他们肯定毛泽东的"左"倾做法，如大跃进、人民公社、"文化大革命"等，号称要'继承社会主义遗产'。"❶徐友渔显然将新左派处理成了内部没有差异性的总体，这无疑有失偏颇。近年，国内有学者对新左派开始系统性研究，因非派系中人，相关界定与评价也比较客观公允。竟辉认为："面对20世纪90年代以来国内社会贫富分化、

---

❶ 徐友渔：《当代中国社会思想：自由主义和新左派》，刊载于《社会科学论坛》2006年第6期。

贪污腐化、道德堕化、阶层固化、环境恶化的趋势，从新启蒙思想界分化出来的部分知识分子，开始质疑并反思中国市场化的改革方向。当目睹了自由主义者在腐败面前的集体失语、在权贵资本面前的殷勤暧昧后，有人开始撰文批评中国自由主义的这种保守倾向。他们或借鉴传统社会主义建设经验，或汲取西方左翼批判理论资源，站在真理和道义的制高点，批判中国新自由主义式的市场化改革模式，并基于自身"左"倾立场，为铲除市场弊病和消除社会不公设计解决方案。较早撰文批判中国市场化改革的当属留美新左翼学者甘阳、崔之元等人。20 世纪 90 年代初期，他们陆续在《读书》《二十一世纪》杂志发表《自由主义：贵族的还是平民的？》《制度创新与第二次思想解放》等文论，大加批判中国市场化改革过程中出现的社会不公和腐败现象。20 世纪 90 年代后期，汪晖、韩毓海、陈燕谷等本土人士，也相继刊文批判国内自由主义者以西方市场化、全球化、现代性等理论来指导中国社会建设的做法。正是在这个意义上，中国新左派思潮可以视为是对这些知识分子思想观点的一种系统性、学理性的称呼。"❶

韩少功对"新左派"前后期的划分略有不同："早一代，是出现于九十年代初北京文坛某些圈子里若隐若显的流言中，当时是指张承志、张炜以及我，当然还有别的一些作家和批评家。这些作家和批评家因为从各自角度对文化拜金大潮予以批评，被有些人视为'阻挡国际化和现代化'的人民公敌。"❷ 正如徐友渔言，新左群体确实以搞文学的为主。作家们与文学研究者更能敏锐地感受到时代的微妙变化，并将其迅速转化为具有批判性的文化力量。韩少功对"早一代"新左的界定有其合理性，但因行文需要，他没有进一步呈现这一文化力量的深层背景。"二张一韩"（张承志、张炜、韩少功）这一代表性书写群体的形成有其必然性：其一，他们的创作一直以来就对市场化、世俗化潮流保持着批判性姿态；其二，20 世纪 90 年代初的人文精神大讨论强化了这种文化批判的精神力量。在一定意义上，新左文学思想群体性效应的形成应以人文精神大讨论的开展为发端。这当中最显著者自然就是"二张一韩"

---

❶ 竟辉：《中国新左派思潮的成因与嬗变略论》，刊载于《现代哲学》2018 年第 5 期。
❷ 韩少功：《我与〈天涯〉》，出自《然后》，山东文艺出版社 2001 年版，第 219－220 页。

了。至于第二代则是20世纪90年代末期出现的以汪晖为代表的思想群体。作为第一代的主要成员，韩少功与张承志、张炜等人一样，是站在道德理想主义的立场展开批判的。革命时代的"无私""忠诚""理想"等，在商品经济大潮中备受耻笑与诟病，这无疑是莫大的悲哀。在"资本"的侵蚀下，一些人正一门心思去理想、"解构一切宏大叙事"。不过，他们"在清算革命时代的罪错之余却在精心纺织另一个更为宏大的叙事：全球资本主义的乌托邦。似乎山姆大叔都是雷锋，五星宾馆都是延安，只要有了大把港币和美元就成了高人一等的'红五类'"❶。作家们一样趋炎附势，对商人"频送秋波"，对官员点头哈腰，已丧失了所有的血气。对于一些作家及部分国民而言，理想不过是无知、犯傻的代称，它"只是在上街民主表演或向海外华侨要钱时的面具"；至于道德，它最后的利用价值"只是用来指责抛弃自己的情妇或情夫"❷。对文坛新的欲望"乌托邦"，韩少功予以辛辣讥讽："历经了极左专制又历经了商品经济大潮的国民们，在精神的大劫难大熔冶之后，最高水准的精神收获倘若只是一部关于乏味的偷情的百科全书，这种文坛实在太没能耐。"❸

　　第一代"新左派"，出于对商业"乌托邦"的愤慨，在道德层面做出了坚决而又不无仓促的抵抗。不难发现，当中一些表述其实与论敌、官方意识形态乃至寻常大众都还共享着近似的逻辑前提。而且，人文精神层面的批判往往易纯化为对道德理想主义的追慕与想象。面对与资本相关的系列议题，如发展主义、私有化、经济全球化等，显然更需要论者从政治经济学角度做出更深入的分析。随着第二代"新左派"的兴起，学界对当代中国问题的认知有了很大变化。得益于自身良好的知识结构，韩少功依旧是相关论题的重要参与者。当然，这和"新左派"与"自由主义"论争的重要基地《天涯》杂志亦有密切的关联。韩少功是《天涯》杂志社社长，曾亲自编发汪晖长文《论当代中国的思想状况以及现代性问题》，因此引发了一次思想界的大讨论。汪晖、王晓明、陈燕谷、戴锦华、温铁军、许宝强等"新左派"的观点，受到萧功秦、汪丁丁、李泽厚、秦晖、钱永祥、冯克利、任剑涛、朱学勤、刘军宁等人

---

❶ 韩少功：《我与〈天涯〉》，出自《然后》，山东文艺出版社2001年版，第220页。
❷ 韩少功：《灵魂的声音》，出自《文学的"根"》，山东文艺出版社2001年版，第122页。
❸ 韩少功：《灵魂的声音》，出自《文学的"根"》，山东文艺出版社2001年版，第121页。

有益的质疑或驳斥。论争中，韩少功的观点整体上偏于"新左"。不过，这场论争并没有完全阵营化、派系化，其内部的复杂性更值得研究者注意。汪晖就曾对韩少功倾心理想人格，以至于可以淡化政治立场的做法颇为不满。"右"的李锐对汪晖则颇有微词。而韩少功又对李锐的观点心存疑虑。李锐认为知青是复杂的，将其妖魔化是对历史的一种遮蔽。对于革命，他却持过激的否定态度。韩少功以为，革命也是复杂的，将其妖魔化同样是对历史的一种歪曲。至于"新左派"里面的鱼龙混杂，韩少功更是洞若观火。当有些"新左派"学者津津然开出"阶级斗争""计划经济"等救世"良方"，或者在强国逻辑之下把中国1957年、1966年等遭遇的灾难当作必要的代价时，韩少功以为大谬不然。这些荒谬的见解毋宁表明，所谓的"红色英雄其实越来越像他们的对手：当年资本主义的十字军同样是在'必要代价'的逻辑下屠杀着印第安人和各国左翼反抗群体"[1]。"新左派"与"自由主义"很多时候只有一线之隔，任何一方不经意的盲视、思想的偷懒都可能导致类似的理论后果。唯有理性地看待历史，慎思明辨，方能见出个中真谛。

  韩少功对"文革"的反思与批判构成了他思想性随笔的重要一翼。尽人皆知，这段灰暗的岁月好比一节脱离常轨的历史车厢，其过程与结局充满悲情色彩。许多当事者心有余悸，都难以冷静面对。"文革"的成因究竟是怎样的呢？又应如何去评价它的是是非非？官方、个人以及不同的群体，都会给出迥异的答案。新时期主流意识形态为规避观念上的混乱，对其策略性定性，不失为转移注意力从而集中精力搞建设的实用主义良策。而透过一些知识分子的仇恨叙事，看到的是一场噩梦，一次国民的全体发疯。比如杨绛，就毫不客气地将"红卫兵"斥责为禽兽。但在部分贫下中农与底层工人的记忆中，"文革"似乎还潜伏着隐约的暖意。至于现今的青少年，了解"文革"的渠道并不宽敞，各种信息主要来自文人作品。在某些作品中，不堪回首的记忆都已成倍放大，悲苦泛滥成灾，并且一直延续至当下的历史叙事中。可以想见，在上述众说纷纭、过于情绪化的叙事中，"文革"从何而来以及如何面对，无疑已成为一个难以索解的谜团。面对这个复杂的事件，20世纪80年代

---

[1] 韩少功：《我与〈天涯〉》，出自《然后》，山东文艺出版社2001年版，第224—225页。

初，韩少功就开始回避情感干扰，拒绝简单想象，尽可能去敞开它所有的维面。《留给"茅草地"的思索》一文，就对简单化处理这段历史表达了不满："一段历史出现了昏暗，人们就把责任归结于这段历史的直接主导者，归结于他们的个人品质德性，似乎只要他们的心肠好一点，人民就可以免除一场浩劫灾难。"❶ 文章以为，"原因不完全是如此"。不过，究竟"原因"如何，文章并没有做出进一步的分析。晚近，韩少功针对"文革"这一事件，开始将探寻的目光延伸至历史久远的时光隧道中。他认为，中华的破败从宋代就已经开始。那时，金辽铁骑横行无忌，农耕文明不敌游牧文明，中央帝国朝贡体系趋于崩溃。随后数百年，国家都一直在走下坡路。在资本扩张凭借坚船利炮演化为全球性趋势之后，闭关锁国的封建王朝更是频遭侵袭，呈风雨飘摇之势。鸦片战争最终将中国推向亡国灭种的边缘，它完全破坏了中国几千年来社会与文化生态的平衡。贤人志士左冲右突，终于在20世纪上半叶不无仓促地选择了共产主义。韩少功在这一主义引进的源头位置做了理论考察："在既没有犹太教传统也没有基督教传统的世俗国家，在一个人口资源条件极为恶化并且受到外部强国压迫的国家，这一主义会引起怎样的社会与文化的生态变化？"❷ 历史实践表明，生存土壤将决定主义的具体在地形态。在苏联、越南、古巴、东欧的共产主义都差别甚大。一个主义，其本身并不绝对意味着民主或者专制。因历史的大背景不同，同一主义在不同的国度往往有迥异的政治表现。即便在同一国度，主义虽是曾经的主义，但因全球大环境的变迁以及治国方略的更迭，民主完全有可能沦为专制，专制也有可能慢慢孕育出民主。这同样适用于"革命"时代的"主义"。因共产主义的理想性质，当遭遇到现实的匮乏与逼仄时，往往会以激进的方式整合资源，以对抗重重合围的外部压力。"文革"的发生也暗含这么一条线索。所以，共产主义并不是专制独裁、极权主义或法西斯的代名词，它会因时代变迁而产生不同的"化学反应"，适应或"释放"出不一样的治国策略。由此可见，反思"文革"并不意味着一味地舍弃某某主义，而应当深入历史场景，分析出病灶之所在。

---

    ❶ 韩少功：《留给"茅草地"的思索》，出自《文学的"根"》，山东文艺出版社2001年版，第21页。

    ❷ 韩少功：《大题小作》，人民文学出版社2008年版，第153页。

后革命时代的种种迹象均表明，"文革"在大部分中国人眼中只有禁锢、专制、暴虐的意义，甚至可以类比于"奥斯维辛"。这无疑是一种观念的偏狭，一种意识形态的无情遮蔽。任何一个事件，其意义形态都取决于言说者的立场。由农村的贫苦农民看来，"文革"依旧有多重的"解放"功能：相对富足的精神生活（"文艺下乡"、集体劳动时的群众联欢）、基本的医疗保障（"合作医疗""赤脚医生"）以及空前提高的社会地位（知识分子、政府官员都大批量地成为普通的田野劳动者）。这一切到新时期则演化为完全逆向的社会发展过程。还有一个衡量的指标，那就是弱势群体的规模。这方面没有权威的统计，但可以推测，"文革"时期未必有当下如此之多的孤苦无告者。在新时期一些时段，曾经笼罩光环的工、农已经大面积地沦为弱者，成为被遗弃、歧视的对象。为生计所迫、批量入城务工的农民开始被冠名"盲流"；工人在国企改革中也面临巨大的震荡，随之而来的失业人群成了越滚越大的雪球。这些韩少功没有言及，当然只是引而不发罢了。对于"文革"自身的革命因素他做了较为宏观的描述，比如"自力更生，艰苦奋斗，教育改革，合作医疗，文艺下乡，两弹一星，南京大桥，杂交水稻，干部参加劳动，大搞农田基本建设，建立独立工业体系，还有退出'冷战'思维的'三个世界'外交理论等"，❶ 就都是"文革"时期突出的精神与物质成果。

韩少功还曾关注过一个学界较少言及而思想分量又颇重的话题，那就是"文革"的结束问题。中外历史表明，暴政一般终结于武力反抗，但粉碎"四人帮"却基本上未放一枪。这是什么原因导致的呢？韩少功提及"新思潮的诞生"和"旧营垒的恢复"❷。这些思潮以"民主、自由、法制、人道、社会公正"等为价值核心。其产生大致有三种情形：一是"逆反型"，表现为对"文革"的硬抵抗，如遇罗克、张志新、林昭、刘少奇等类冤假错案，促使人们进行反思；二是"疏离型"，表现为对"文革"的软抵抗，即普通民众在日常欲望的驱使下，对革命禁欲形成了自然的拒斥潮流；三是"继承型"，表现为对"文革"中"某些

---

❶ 韩少功：《大题小作》，人民文学出版社 2008 年版，第 157 页。
❷ 韩少功：《"文革"为何结束》，刊载于《开放时代》，2006 年第 1 期。

积极因素的借助、变通以及利用"❶。由此可见,"文革"中的"尊王奉旨"虽是主流的一面,但"革命旗号之下的一题多作和一名多实",则往往为人们所忽略。这种"一名多实",使得种种新思潮具有了似非而是的可能性与合法性。至于"旧营垒的恢复",也在"文革"时若断若续,并没有绝迹。比如,在"文革"高潮过后,全国恢复秩序之际,受到冲击的党政官员并没有全部下台,且在各级"三结合"的权力重组中成为实际上的掌权者。即便是那些下台的党政官员和知识分子,在1972年后也大多陆陆续续恢复工作。值得一提的是,一大批上层精英恢复名誉或者权力,也大多发生于"文革"终结之前。显然,"这些富有政治能量和文化能量的群体在红色风暴之下得以幸存,是日后结束'文革'的重要条件"❷。在主流性"文革"叙事中,思想的钳制、禁锢以及遍及全国的冤假错案是浓墨重彩渲染的部分,至于这一历史事件所包含的正面因素则很少入文,进入人们的视野。这种叙事策略必然会造成两种后果,要么是怨恨情绪的无限夸大,直至对"文革"进行妖魔化处理;要么导致反弹,对极"左"政治不加甄别地盲目肯定。尤其是在今天,当阶层鸿沟进一步扩大,民愤间歇性发作时,如果摆脱极权主义只是意味着让社会贫下阶层落入新的物质囚笼,民众也许会对极"左"政治乃至"文革"有莫名的怀恋。

韩少功显然不是在刻意为"文革"辩白。不过,将"文革"简单视为全民发疯,完全忽视参与者的理性与功利元素,难道不也是受新自由主义蛊惑的偏执狂?虚无历史的启蒙想象俘获众多心灵。穷疯了的中国人,在金光闪闪的物欲面前难免膝盖发软。这种启蒙想象是以曲解革命历史尤其是中华人民共和国成立后三十年为前提的,这里隐含一个等式链——"把'现代'等同'西方'再等同'市场'再等同'资本主义'再等同'美国幸福生活'等,剩下的事情似乎也很简单,那就是把'传统'等同'中国'再等同'国家'再等同'社会主义'再等同'文革灾难'等,所谓思想解放,所谓改革开放,无非就是把后一个等式链删除干净,如此而已"❸。至于资本主义的俄罗斯正在衰退,最大的民主国

---

❶ 韩少功:《"文革"为何结束》刊载于《开放时代》,2006年第1期。
❷ 韩少功:《"文革"为何结束》,刊载于《开放时代》,2006年第1期。
❸ 韩少功:《我与〈天涯〉》,出自《然后》,山东文艺出版社2001年版,第221页。

印度正在肆无忌惮地腐败,则永远进不了这些人的视阈。再者,中国是个世俗化相当彻底的国家,这一状况与我们的文明形态相关,有着久远的历史。任何渺远的理想、高蹈的愿景,若无实际利好,都可能会在中国人的冷漠中颤抖以至于渴毙。革命的理想往往伴随着苦行僧似的修行,这恰恰是国人最为厌倦的,所以墨子那个勤勉能干、朴素到吝啬的家伙终于不敌深谙礼乐、懂得世俗趣味的儒家,在历史上销声匿迹。❶"文革"以及之前的革命带给人希望与狂热的同时,也带给人们尤其是知识分子修行一般的煎熬。当世俗化潮流如期到来时,许多参与者几乎不约而同地斥责革命的非人道。正因为如此,人们拒绝回到历史现场,深入检视"文革"的内在机制。以至于这段历史,长期以来疑窦重重,已经成为时间长河中"一截粗大的绝缘体,无法接通过去与未来"❷。而这块"绝缘体"不只是会妨碍人们认识"文革"前的革命,也会影响人们认识"文革"后的启蒙浪潮与改革开放。

"革命"已日渐远去。人们沉浸于物欲之中,欢欣之余,才切实感受到这不过又是一重全新的压抑机制。到 20 世纪 90 年代初,市场经济进入快车道,国民日趋富庶的同时,人文精神之沦丧亦有目共睹。文艺界敏锐捕捉到时代的讯息,不少文艺工作者调整姿态,迎合潮流,在大众文化领域风生水起。其时的先锋文学则遭遇前所未有的困境。先锋作家无法回应时代,创造力趋于枯竭,作品逐渐丧失了价值指向和精神能量。一些不甘于拥抱暗夜、精神沉沦的人,将王朔的小说痛斥为痞子文学——这些作品已经消解了精神的苦痛,将讽刺化为恶俗的"调侃","痛苦的消解是因为认同了废墟,彷徨的终止则是因为不再需要选择,因而就没有也不需要任何可能的人文意向"❸。在张艺谋的电影中亦是如此。看似华丽的镜头,并不关乎真情实感,表现的是对后现代主义新潮的迷恋。所谓追寻好莱坞精神,不过反映了人文精神的流失。王朔、张艺谋不过是普遍性境况的典型代表而已。这种状况引发学界的焦虑与反思,随即有了 90 年代初关于"后现代主义"和"重振人文精神"的大

---

❶ 韩少功:《暗示》,人民文学出版社 2002 年版,第 70—73 页。
❷ 韩少功:《"文革"为何结束》,刊载于《开放时代》,2006 年第 1 期。
❸ 参见王晓明等人的对话:《旷野上的废墟——文学和人文精神的危机》,刊载于《上海文学》1993 年第 6 期。

讨论。韩少功作为"新左派"的参与者，自然为这种理论风气所鼓舞。他的散文不止一次透露，他也是一个心怀不满的"夜行者"。

这些论争已从侧面显示，"后现代"作为生存态度、价值立场及学术思潮在20世纪90年代是怎样的风靡一时。韩少功在20世纪80年代中期就已看出了它蠢蠢欲动的迹象❶，只是没有预料到它后来竟与当代中国社会有如此甜蜜的暧昧关系。后现代的风行总尾随于信仰缺失之后。相对于西方基督世界，中国作为宗教影响薄弱的世俗国家，其实是无所谓上帝的衰亡与有无的。即便是真于现实环境的逼迫中陷入了绝境，也还可以求助于菩萨或帝王之类以得到一些微茫的承诺与希望。至于真正攸关心灵、深入灵魂、舍弃功利的信奉，从来就只是少数僧侣、圣人的事。所以不难理解，当尼采推崇强力意志，吹嘘超人哲学，并断言上帝已死时，在西方必然引发思想核爆。设若在中国，说某个宗教领袖（如老子、释迦牟尼）已死，自然难以产生如此之大的震荡。相形之下，世俗政权的崩溃，如改朝换代，往往会给中国人以更为巨大的心灵冲击。尼采的话在奥斯维辛集中营得到了应验。神的庇护与兼爱众生的祈愿在面对法西斯主义黑洞洞的枪口时，并不能丝毫缓解人间的苦痛。第二次世界大战后，人类远离上帝，孤苦无告，没有了"光"。于是，萨特们忙着用"存在主义"给人们造出一个上帝，他们"这支口哨吹出了的小曲子，也能凑合着给夜行者壮壮胆子"❷。进入20世纪60年代，萨特们在西方风光不再，成为解构的对象。"文革"后的中国，火急火燎，迅即投入到商品经济的洪流中。城市、乡村、人心，一切都在发生巨变，革命很快成为陈迹，理想一夜之间臭不可闻。这一切似乎与西方不谋而合。"后现代"的小人与"君子"兴高采烈地联袂登场，他们奉"解构一切"为不二法门——"圣徒和流氓，怎样都行"❸。相比而言，在中国的情形更有讽刺意味。西方的萨特们基本都是上流社会富家公子，他们对资本主义的绝望和对共产主义的好感，差不多是从"金钱"下解放出来投入"政治"的怀抱。他们的追随者则在"政治"的旋涡中

---

❶ 在《看透与宽容》中，韩少功写到部分"看透"一族的放纵与狂妄。这些无所顾忌的人正是后现代主义东渐以后最好的代言人。

❷ 韩少功：《夜行者梦语》，出自《性而上的迷失》，山东文艺出版社2001年版，第26页。

❸ 韩少功：《夜行者梦语》，出自《性而上的迷失》，山东文艺出版社2001年版，第27页。

神情焦躁、忐忑不安地迷失了方向，进而求救于后现代的放任与随意。而中国的学子们在成为萨特们的发烧友后，却最容易成为狠宰客户的生意人，差不多是从"政治"的压迫下解放出来投入"金钱"的怀抱。这类人被欲望蒙蔽了双眼，即便走入"后现代"，也只会成为玩票一族。在韩少功看来，金钱培植出来的意识形态并不比政治专制来得温厚。韩少功的相关论述表明，他对后现代的反思是与对资本、市场以及发展主义的批判结合在一起的。一定意义上，所谓后现代不过是在资本面前主体性丧失的一种表征而已。对当下社会的批判并不意味着必然投入政治乌托邦的怀抱，在韩少功的思想视野中，一种理想形态的社会似乎在两者的动态平衡中，而具体的实现方式又是一个依旧模糊且具未来性的理论愿景。

在后现代的情境中，损害最为深重的恐怕还是知识分子自身的批判能力。德里达认定："一种话语的质量和丰富性或许应该按照它批判形而上学的历史和批判所继承概念的严厉程度来衡量。"❶但"批判形而上学的历史"和"所继承的概念"并不表明知识者立场的全然丧失。起码，德里达还要追求"话语的质量和丰富性"，力求对现实发言。可见，所谓虚无主义并非经典后学的唯一归宿。不幸的是，众多知识分子在"什么都行"的思维逻辑引导下，将叛逆变成了隔靴搔痒的学术伎俩。许多后学狂徒并不知道，也不在意需要反对或支持什么，反正学术姿态恰如行为艺术，既是手段，亦是目的。所以，在"后现代"的旗号下只会产生出成批的假诗人与真流氓。不幸的是，"诗人总是被公众冷淡，流氓将会被社会惩治。最后，当学院型和市井型的叛逆都受到某种遏制，很多后现代人很可能会与环境妥协，回归成社会主流人物，给官员送礼，与商人碰杯，在教授的指导下攻读学位，要儿女守规矩。至于主义，只不过是今后的精神晚礼服之一，偶尔穿上出入某种沙龙，属于业余爱好"❷。主义在滑稽地兜了一个圈子之后，竟成了"精神的晚礼服"。所谓的后现代自然也就变得有名无实了。那么，王晓明等人还要一本正经地与他们作战，会不会陷入"无物之阵"呢？譬如王朔的"一

---

❶ 德里达：《结构、符号，与人文科学话语中的嬉戏》，出自《最新西方文论选》，漓江出版社1991年版，第137页。

❷ 韩少功：《夜行者梦语》，出自《性而上的迷失》，山东文艺出版社2001年版，第33页。

点正经也没有"，恐怕也不是他为人处世的准则，而只是纸面的游戏，以求降低受众对他的期待罢了。张艺谋的"忠"于"后现代"艺术，也许仅仅是为了迎合商业炒作，满足中国观众对于铺张渲染、大排场的某种变态嗜好而已。那么，是要与那些伪"后现代"人唱对台戏，还是要与那些制作"精神晚礼服"的"环境"抗争呢？答案早已不言自明，后者才是无处不在的真正对手。

王朔之流其实只是显眼的另类而已，凭依言辞的激烈造成"反叛"的错觉。而许多的后现代知识分子更为现实，很快选择了"与环境妥协"。毋庸置疑，商业主义及电子传媒正在培育出一个"空心"的环境。人们在失去真、假信仰之后，碰上这么一个时空，恰如霜降之后又遭大雪，精神严寒已经铺天盖地而来。在此语境中，技术意识形态与人文知识分子合谋营造出一个"失血"的人文环境。终极追问、精神关怀等类问题正日愈一日地离人们远去。谈这个问题似乎与时代格格不入。价值中立或否认固有的价值形态成为主流知识分子确信不疑的选择。反本质主义好比一顶思想桂冠，人人趋之若鹜。技术主义既然已经当道，再对精神或主义念念不忘就会被聪明人斥为愚顽和浅陋。不过，精神并没有完全消失，而是换了一副面孔与人们戏剧性地握手言和了："政客们把精神当作效忠的纪律，奸商把精神当作攻关的窍门。更重要的是，当科学不能为人们提供理想的时候，邪教就会来提供幻象；当知识分子不能为现实提供诗情的时候，各种江湖骗子就会来提供癫狂。"❶"精神"已不再是神圣的领地，而是官僚、奸商实施狡辩、欺诈的口实，是邪教、江湖骗子据以策划骗局的上好说辞。

韩少功对商业主义与电子传媒全面进驻的时代保持高度警惕。失去"血性"的"文化复制"与技术主义专制已经形成强大的合围。在文化环境日益恶化的今天，文学越来越"失血"，文本论的盛行迅速导致唯文本论。人文本来是"人"与"文"的合一，今天却遭受前所未有的挑战。但这一质疑要面对很大的理论压力。毕竟文本论亦曾扮演过积极的角色，它曾披坚执锐，破除本质主义的重重雾障，还生活以本真面目。即便是王朔，其作品也是复杂的，既有反本质、祛魅的积极意义，也有

---

❶ 韩少功：《熟悉的陌生人》，出自《性而上的迷失》，山东文艺出版社2001年版，第237页。

陷入纯粹调侃的胡作非为、怪诞不经。先锋派文学曾在形式的海洋里起锚远行，不过它最终没有归航。有论者将这一形式实验的宿命归结为历史大前提的操控，"形式主义就是形式主义，文学的自主性意义就是自主性意义——这种意义不大也不小，它取决于历史需要。先锋小说规避现实的行为与其说具有启示性意义，不如说它预期反映了历史的抉择"❶。这种认命的态度确实揭示了形式因何"策反"的根源，但对于文学的历史能动性似乎估量不足。应该说，无节制的形式主义在激发历史动能的同时也葬送了先锋文学自身。

不过，韩少功没有固执地为反文本论提供一个形式的或意识形态的港湾，而是力求回到人本身。只有从个体切实的生命体验出发，才能回避进退两难的理论困境，也才能告别纸上的无尽能指嬉戏。于是，"心想"成为抗击文本论的最后堡垒。因为"真正燃烧着情感和瞬间价值终决的想法，总是能激动人的血液、呼吸和心跳，关涉到大脑之外的更多体位，关涉到整个生命"❷。"心想"还是清理后现代主义中一些污浊成分，关闭虚无主义大门的重要路径。失控的后现代主义往往流露出虚无主义的倾向，滑入万念俱灰、无所事事的语言陷阱。虚无主义是远离信仰后留下的痼疾，是所有"夜行者"必须挑战的心魔。它曾轻而易举地使得独断论遭到"严打"，使各种膜拜无地自容，但其副产品却使人们连说话都将成为一件难事，都逃脱不了"能指""神话""遮蔽性"一类指控。同时，这种虚无姿态又正在将人们推向说什么都可以、不说什么也行的悖谬处境之中。后现代主义虽门派林立，但并非所有的理论先锋都抱定虚无主义的原则。哈贝马斯就不避重建乌托邦之嫌，也不惧重蹈独断论覆辙之险，提出了他的"交往理性"。他是"提倡讨论的热心人，希望与人们共约一套交往的规则，其中相当重要的一点是'真诚宣称（sincerity claim）'，即任何话语都力求真诚表达内心"❸。所谓"真诚表达内心"与韩少功所津津乐道的"心想"在本质上是两个互通的概念。

---

❶ 陈晓明：《表意的焦虑》，中央编译出版社2002年版，第127页。
❷ 韩少功：《心想》，出自《性而上的迷失》，山东文艺出版社2001年版，第89页。
❸ 韩少功：《公因数、临时建筑和兔子》，出自《文学的"根"》，山东文艺出版社2001年版，第183页。

部分后现代主义者身上披挂的"精神晚礼服",已经暗示人尤其是知识分子自身的素质危机。这是韩少功散文关注的一个重要方面。对于这些人,韩少功是以嘲讽的口吻予以摹写的。确实,在他绝大部分散文中,都展示了类似的激进理论锋芒。难怪南帆会说:"从种种嘲讽、怀疑、抨击、贬抑、拒绝、攻讦之中,读者逐渐看到了韩少功所否定的一切。许多场合,韩少功锋芒毕露,这使他成为一个批判型作家。"南帆同时指出,韩少功想肯定什么远不如他的否定对象明晰。即使他偶尔使用"圣战"这样的字眼,但这样的"'圣战'更多的是出击,而不是坚守"❶。这种评述若针对的是韩少功的思维方式、问题意识,无疑是切中肯綮的。不过,对于当下人的精神以及灵魂问题,韩少功虽然也曾发现病变所在,比如他所称谓的俗人、废人、伪小人之类,但并不表明他在这个问题上没有"坚守"的大前提,从而一味采取怀疑主义甚或虚无主义的态度。其中,作家以及整个知识分子群体的精神状况更是他一直所关注的焦点。苏轼、张承志、史铁生、格瓦拉等人,尽管各有不同的瑕疵、缺陷,但依旧是理想者的代表。从这些人物身上,可以看到韩少功所认同、期许的人格境界。

后革命时代,商业主义成为普适价值。各色唯利主义者兴高采烈地钻营着、熙熙攘攘地聒噪着,"当仁不让"成为时代主角。在市场经济无孔不入、严丝合缝地全面合围的时代,"钱"确实已成为衡量人的重要标准。在普通人的"钱眼"中,人只有两种:有钱人和穷光蛋。后者是罪有应得,所谓的"穷",要么因为懒惰、无能,要么因为运气、天命。所以,一贫如洗意味着被遗弃、被嘲讽。韩少功对这种蛮横、粗糙但又颇为流行的划分不以为然。在商品大潮的激荡下,其实形成了四种人:第一种,能赚钱而不迷钱,可谓全人或至人;第二种,不能赚钱亦不迷钱,还可称为雅人;第三种,又能赚钱又迷钱,就只能算作俗人了;第四种,不能赚钱但偏偏迷钱,这种人不好怎么说,恐怕叫作废人才合适。确实,"我们应该有现代的时装,现代的楼房,现代的轿车等,但更应该有一代代真正的现代人——这个国家至少不应成为废人充斥的垃

---

❶ 南帆:《诗意的中断》,出自《敞开与囚禁》,山东教育出版社1999年版,第239页。

圾场"❶。这么高的道德论调，若出自装腔作势、故作清高的庸人之口，势必招人耻笑。韩少功在商海打拼多年，显示了非同寻常的"赚钱"能耐，但他"不迷钱"。赚来的钱，数目不菲，却没有成为他的个人私产，可谓四种人中的"全人"。在《海念》中，韩少功对拜金主义者的憎恶溢于言表。这些人"惹不起恶棍甚至还企盼着被侥幸地收买。真理一分钟没有与金钱结合，他们便一哄而散"。韩少功肯定不反对赚钱。因为，在他眼中的"至人"就是"能赚钱而不迷钱"的人。不过，就是不能赚钱，也还有成为"雅人"的可能，"有些西方人即便沦为乞丐，也不失绅士派头的尊严或牛仔风度的侠义"。但国人当中却"不时可以看到一些腰缠万贯者，专干制造假药之类的禽兽勾当"❷。这类禽兽不如的人，韩少功干脆将他们尊崇的人生信条称之为"个狗主义"。

　　现实里头还有一种常见的、失去本真状态的"伪君子""伪小人"。在一举一动都要寻求利益与报酬的社会中，人们有时会毫不犹豫地以出卖心灵的方式来换取高额经济回报。韩少功在《伪小人》一文中就一针见血地指出，所谓的真君子和真小人其实都是较为稀少、罕见的。大多数的人都在"装君子或装小人"。这样做的目的"无非是从众心切，给自己增加安全感和防卫手段；或者是向行情看涨的时尚投资，图谋较高的利润回报"。伪君子大多凭借"礼"的伪饰，最为常见，差不多是芸芸众生的常态。至于伪小人则是后现代语境的畸形产儿。譬如王朔，处处声明自己如何反道德、反体制，这毋宁是为了降低世人对他的期待，希图为自己日后之作为留下撤退空间。饶有趣味的是，韩少功笔下的伪君子、伪小人常常来自知识阶层。《世界》一文中，那帮黑眼睛、黄皮肤的人在境外开学术会议时，竟然竞相回避使用母语，以求抹去弱国小民的文化特征，来抬高自身身价。《熟悉的陌生人》中，提到一个"我"在巴黎见到的"中国人"，"他比我所见到的任何西方人都要厌恶中国，虽然他侨居十载还只能说中文而说不好法语，只能在那里的华人区混生活"。这个卑微的侨民，整日游走在贫困线以下，却要极力回避现实，他的所作所为不过是要为自己的懦弱、无能找到开脱的借口。不难发

---

❶　韩少功：《人之四种》，出自《性而上的迷失》，山东文艺出版社2001年版，第36—38页。
❷　韩少功：《个狗主义》，出自《性而上的迷失》，山东文艺出版社2001年版，第66页。

觉，城市比之乡村，是作伪的绝佳场所。它培育出远离自然、本真的最大人群。这种远离有时不取决于当事者本人，而是文化的强制性规定，是文明急速前行的必然后果。在时尚的怂恿下，许多都市人，尤其是年轻的前卫一族，"购买名牌衬衣常常并不是为了暖身，而是要以名牌显示自己的高贵"，"购买新款手提袋也常常不是为了携物，而是要以新款强调自己的前卫"，至于"装饰自己丰富而堂皇的书房并且使《莎士比亚全集》或《四库全书》赫然排列，常常并不是为了求知，而是要以此标榜自己的文化品级"。令人惋惜的是，经由如是密不透风的重重伪装，人的本真面目也就散失殆尽了。

"废人""伪小人""伪君子"的批量产生令人不安，它给整个社会蒙上摆脱不掉的时代阴影。对人自身精神状态的关注不同于客观写实，它直接关涉作家自身的精神状况，是无法诉诸所谓"零度写作"的。一个拜金作家，也许可以将非法敛财、一夜暴富的故事写成曲折的奋斗史，但没法掩盖其对于金钱的痴迷与挚爱；一个浅薄、下流的作家，也完全可以将色情叙事合乎逻辑地纳入弗洛伊德学说的理论框架，但掩饰不了他对"乏味的偷情"变相地兴致高昂。许多学究好发牢骚，甚至大肆讨伐道德沦丧、世风日下，而自身却并不干净，专干损人利己的勾当。这样的人比之于"伪君子""伪小人"，有过之而无不及，但他们却热衷于对人们进行道德化的劝谕。这种境况暗示，韩少功对各类病态者的抨击，无形中也给自己构筑了高高的道德楼台，稍有不慎，就可能跌入"伪君子"的泥淖。蒋子丹曾经写过一篇行文诙谐的短文，专谈她对同事兼好友韩少功的种种印象，其中有一段尤为精彩："若以中国人世代相袭的道德观念作准绳，韩少功无疑是极符规范的一个。诸如治学则博闻强识学贯中西，为文则金相玉质不落窠臼，出言则持之有故崇论宏议，处世则思深忧远宠辱不惊，居家则不丰不杀，待客则不卑不亢，以及和谐于伉俪之间睦处于四邻之内尊其长恤其幼之类的优点，简直罄竹难书。然而好比一个社会生产过剩就要发生经济危机一样，一个人优点过剩的后果是重如泰山的信誉负担，这对韩少功来说，似乎已成为无可逃遁的定局。此生此世，他非要背着这副辉煌的十字架艰苦跋涉了。"❶

---

❶ 蒋子丹：《〈韩少功印象〉及其延时的注解》，刊载于《当代作家评论》，1994年第6期。

由此足见，不论是为人为文，韩少功都堪称模范。这些举动甚至已成为"重如泰山的信誉负担"。所幸的是，韩少功一直都举重若轻，并没有被道德的"信誉负担"所压垮。

注重作家"德行"，在韩少功早期的文论中已被言及。1982年创作的《难在不诱于时利》一文就说，面对政治、商业的重重浪潮，作家特别需要稳住阵脚，"体察生活""潜心攻读""创作求新"都需要"甘于寂寞"。在与林伟平的对话中，作家人格醒目地成为两人谈话关注的焦点。他以为，"一种伟大的艺术必定是一种伟大的人格的表现"，而"所谓人格就是作家独到的精神世界"❶。也就是说，作家的精神境界直接关系到文学艺术的品质。这些表明，韩少功心目中的理想人格在早期就略具雏形了，即应当甘于寂寞，有独立的人格，同时又应当有出世的精神，要敢于担当，为民请命。这就决定他不可能在纯文学的世界里玩"文"丧志，整天流连于纸上游戏。对于模仿国外作品的前卫艺术，他曾批评道："这不光是一种简单的模仿，缺乏创造性的问题，而且表现出他们的一种心态，是故作姿态，是哗众取宠。"更严重的问题还在于，在他们的作品里，看不到"心灵的颤抖"，看不到"带泪带血的呐喊"，看不到"对社会对人生对我们这一块土地是怎样一种感情"❷。

作家是人文知识分子的重要组成部分，其人格最终影响并关涉知识分子的品格。而知识分子则在根本上关系到民族的精神状态乃至前途。韩少功不无痛惜地指明："一个民族的质量很大程度上取决于这个民族的知识分子的质量。我们这个民族一直挨打，一直落后，原因之一是我们这个民族的质量有毛病，中国知识分子质量上有毛病。"❸传统知识分子的毛病就出在人格上。他们主要有三条出路：一是当小丑，即所谓的御用文人。二是当隐士，极力回避社会矛盾，独善其身。这当中大部分是沽名钓誉，比如山中宰相之类。也有些是真正的隐士，像陶渊明，历经坎坷，终于看透官场。后者人格虽然比较高尚，但对社会的发展、进步起不了多大作用。三是鲁迅所说的二丑。他们"当着老百姓的面偷偷地说一下当官的坏话，当着当官的面又偷偷说一下老百姓的坏话，就是

---

❶ 林伟平：《文学和人格——访作家韩少功》，刊载于《上海文学》，1986年第11期。
❷ 林伟平：《文学和人格——访作家韩少功》，刊载于《上海文学》，1986年第11期。
❸ 林伟平：《文学和人格——访作家韩少功》，刊载于《上海文学》，1986年第11期。

跳来跳去的人物"❶。近百年来，确实有大量知识分子为民族国家的振兴抛头颅、洒热血，做出了杰出的贡献。但是小丑、隐士、二丑一样普遍存在，乃至于使整个国家都曾误入歧途。"文革"差不多就是内讧，知识分子在权力的重组与争夺中，扮演了并不光彩的角色，甚至是黑势力的主导。进入 20 世纪 90 年代，情况进一步恶化。后现代已如期而至，知识分子开始为王朔的流氓做派、卫慧大跳文学"脱衣舞"呐喊助威。在海南商界的搏杀，更能切实体验这一状况。这些促使韩少功在随后的散文中进一步深化思考：在知识分子争先恐后"堕落"的情形下，谁还能为时代树立精神的标高呢？此时，韩少功的视线穿越古今中外，搜寻到一些堪称精神楷模的理想者。

新时期的张承志、史铁生等作家，将小说作为精神的旗帜，为拯救灵魂而战。他们被韩少功引为知己是料想之中的事。这样的作家是"圣战者"，是"心诚则灵，立地成佛"的精神突围者。凭借"心"的力量，"他们已经走向了世界并且在最尖端的话题上与古今优秀的人们展开了对话"❷。对于历史人物，韩少功欣赏的也是人格健全者。比如苏轼，就是一个乐天派，是个"每次想起他的形象，便感到亲切并发出微笑"的人物。历史上命运坎坷、遭遇不幸的文人确实不少，但是有几人能像苏轼那样坦然面对呢？韩少功不由得发出感慨："如果说陶渊明还多了些悲屈，尼采还太容易狂躁，那么苏东坡便更有健康的光彩。"❸ 几十年来，受阶级理论影响，人们习惯于按出身来分配立场与精神境界，工农意味着立场坚定、高风亮节，"黑五类"则决然相反。于是就有了"阶级立场"这样一个耳熟能详的复合词。对人进行客观、全面地认识并非易事。即便在当下，许多人对于历史上的保守党、反动派的评价，依旧没有跳出一棍子打死的思维模式。实际的情形是，不同的人往往会有不同的阶级立场与政党归属，同一阶级的人也有可能思想迥异、立场相左。甚至于同一个人在观念上也完全可能朝秦暮楚。尽管如此，只要有完美的人格，即便处在对立的阵营，依旧是值得钦佩的。对左派格瓦

---

❶ 林伟平：《文学和人格——访作家韩少功》，刊载于《上海文学》，1986 年第 11 期。
❷ 韩少功：《灵魂的声音》，出自《文学的"根"》，山东文艺出版社 2001 年版，第 124 页。
❸ 韩少功：《处贫贱易，处富贵难》，出自《性而上的迷失》，山东文艺出版社 2001 年版，第 15 – 16 页。

拉的尊崇并不妨碍韩少功对右派吉拉斯的由衷赞美。他以为,"同情心,责任感,亲切的回忆,挑战自己的大义大勇,不独为左派专有"。历史上有这么一类人,他们所站的立场,"并不妨碍他们呈现出同一种血质,组成同一个族类,拥有同一个姓名:理想者"。难怪韩少功会"讨厌无聊的同道,景仰优美的敌手,蔑视贫乏的正确,同情天真而热情的错误"❶。在后来的《我与〈天涯〉》一文中,也有类似的表述:"嚣张的左派和嚣张的右派都是嚣张,正直的保守和正直的激进都是正直,而且一个认为大款嫖娼是经济繁荣必要代价的人,当年很可能就是认为'红卫兵'暴殴是革命必要成本的人;一个当年见人家都戴绿军帽于是自己就非戴不可的人,很可能就是今天见人家都染红发于是自己就要非染不可的人。"❷ 正直、天真、热情、优美等形容词一一浮现出来,共同组成了"理想者"的精神特质。

谈到"伪小人",还要提及"文化汉奸"。这是韩少功指斥部分崇洋者的"专有名词"。此类汉奸的行为虽然不再像往昔一样攸关国家的生死存亡,但其嘴脸着实可恶,他们以在洋人面前使用母语为耻,争先恐后卖弄几句外语以显示自身的不同寻常。显然,语言问题不只是关系到文学创作与日常交流,还与种种思想文化冲突有着千丝万缕的联系。

语言是韩少功持续关注的话题。在早期的散文中,它就作为创作层面的问题引起了韩少功的重视。1980年写作的《学生腔》一文,就对文学创作语言表示了特别的关注。年轻的作者最容易染上"学生腔"的恶习。它具体表现为:过多地使用虚词、半虚词,形容词程式化,修饰语太多以至于句子太长等。它还有两种变体,"洋腔"和"古腔"。这些都是需要在写作中尽力避免的。应当说,从创作的早期开始,韩少功就有意识地拒绝模仿,力求自铸语词。寻根文学时期,他曾在《文学的"根"》中声明,"文学之'根'应深植于民族传说文化的土壤里"❸。那时,他显然有意于寻找一种近乎永恒的文学价值载体。文中大篇幅引用丹纳的相关论述就说明了这一点。丹纳在《艺术哲学》中认为,人携带的文化特征具有层次性,有些只能活跃几年,有些可以存在一个完全的

---

❶ 韩少功:《完美的假定》,出自《性而上的迷失》,山东文艺出版社2001年版,第153页。
❷ 韩少功:《我与〈天涯〉》,出自《然后》,山东文艺出版社2001年版,第228页。
❸ 韩少功:《文学的"根"》,出自《文学的"根"》,山东文艺出版社2001年版,第77页。

历史时期，比如观念和习俗。不过，即便是貌似顽固、持久的观念、习俗之类，经历上百年之后，随着文化的演进、社会结构的变迁，终究是要消亡的。譬如清朝的一些规矩、礼制、习俗，在民国时期可能就已行不通，甚至被禁绝。如同文化岩层，比这些观念更难被时间洗刷掉的，"是民族的某些本能和才具"。韩少功力图在寻根文学中表现的正是这些"本能"与"才具"。而创作实践显示，究竟怎样去鉴定和表现它们，殊非易事。汉民族与几千年古文明一样悠久，比之于某个具体王朝，确实具有更大的稳定性。但这些都不足以否定它的阶段性——在不同的时期，汉民族有迥异的内在规定性。追问事物超历史的本质是个可疑的举动，对于民族亦不例外。比如闭塞、守旧，可以算作晚清汉民族乃至境内所有民族的特征，但在唐代，这一结论可能就不牢靠。在韩少功的"寻根"创作中，我们除了在《爸爸爸》中看到"某些本能和才具"外❶，在其他作品中就若有若无了。文学之"根"的探寻无疑困难重重。后来，这一念想最终落实到语言上面。它堪称民族文化的持久载体。《马桥词典》选择方言作为词条就意味深长："方言虽然是有地域性的，但常常是我们认识人类的切入口，有时甚至是很宝贵的化石标本。"❷ 方言作为民族的"化石标本"，地域性突出。它既是整个民族文化的具体体现，也是其内部分歧、差异之所在。譬如马桥方言，作为汉语的变体，当然是汉民族文化的体现形式之一，但又与汉民族标准语有着诸多分歧与冲突。尽管如此，语言最终还是成为文学"寻根"寻寻觅觅之后暂时的落脚点。

在全球化语境下，语言的文化功能，尤其是意识形态功能逐步凸现出来。文明的冲突作为现实存在及思想资源都于20世纪90年代进入学术界的视野，直接影响到语言文化功能的表现形式。亨廷顿认为，冷战后的世界是"一个超级大国同时兼有几个地区强国的世界格局，全球政治在历史上第一次成为多极的和多文化的。"❸ 这意味着，在后冷战时

---

❶ 主要通过山寨和人物来表现。山寨是个凝固的历史场景，它与外界隔绝，可以看成是国族的整体象喻；丙崽冥顽不灵，只会说对立的两个词语，则被许多批评家指认为民族痼疾、劣根性的形象再现。

❷ 韩少功、崔卫平：《关于〈马桥词典〉的对话》，刊载于《作家》，2000年第4期。

❸ 亨廷顿：《文明的冲突与世界秩序的重建》，周琪等译，新华出版社1998年版，第2页。

代，国家间潜在的对手与敌人会出现在主要文明间的断层线上，即"文明间的冲突将主宰全球政治，文明间的断裂带将成为未来的战线"❶。亨廷顿据此进一步指出，人们的文化身份在将来会越来越重要。世界在宏观上会由七到八种主要文明相互影响、作用而形成。这些文明有西方文明、儒教文明、日本文明、印度文明、伊斯兰文明、斯拉夫—东正教文明、拉美文明以及可能的非洲文明。未来的最大冲突将沿着这些文明的断裂带展开。亨廷顿将冷战后世界文明间的结合、分裂和冲突模式定义为"文明冲突"范式。在这一范式中，核心国家的冲突将发生在不同文明的主要国家之间；而地区集团间的文明断层线冲突在信奉伊斯兰教和非伊斯兰国家或集团之间特别普遍，包括核心国家在内的亲缘集团会集结起来支持参加者。亲缘集团的出现是20世纪末断层线战争最重要的特征，它的出现使断层线冲突具有了更大的升级潜力。亨廷顿划分八种文明所依据的是种族、宗教的差别。很明显，语言差异是种族、宗教区分的重要根据。八种文明所辖区域绝大多数都有自己的语言。不同的种族，其语言大多也如同其肤色、形体一样，表现出了差异性。类似于白种人与黑种人之间的不平等，语言之间也存在着意识形态强加的高低贵贱之分，并彼此展开了激烈的角逐。英语在美国是第一语言。依傍这个超级大国，英语自然也随之身价百倍，成为国际语言，备受尊崇。德、法、日等国，作为主要的文化或资本输出大国，其语言也成为人们竞相学习的对象。这些强势语言，在世界各地旅行，历来如同尊贵、高傲的来宾，虽目中无人、横行无忌，却一路绿灯，备受欢迎。它们在一定程度上如同昔日的强权，对弱小的语种形成了多层面的威压。近年，汉语的地位较之20世纪八九十年代已有所提高，但根本性的改观尚待时日。相比而言，世界上其他小国的语言更是"无地自容"，沦落为世界范围内的方言。在许多人眼中，它们偏于一隅，卑陋低级，不足为训。单从负面来看，全球化愈加深入，语言的歧视也就愈加泛滥成灾。这时，弱国的子民是舍弃自身的母语，还是采取另一种姿态呢？这并不是一个轻而易举就能回答的简答题，它需要几代人才能给出一个尚不明晰的答案。

---

❶ 亨廷顿：《文明的冲突?》，刊载于《国外社会科学文摘》，1994年第8期。

晚清以降百余年,泱泱大国备受凌辱,苟延残喘、脸面丢尽。中华文化作为儒教文明的代表也因之迅速贬值,直至成为封建糟粕,被亿兆民众所唾弃。汉语从这时起,就只能卑躬屈膝、低声下气地面对英、日、德、法等语种的强势进驻。"五四"时期,钱玄同就强烈主张废除汉字,代之以拼音文字。此一主张竟得到官方与民间的热烈响应。确实,在兴亡图存的坎坷路途上,民族国家尚且危如累卵,遑论语言的尊严。这种自卑不幸成了一种文化基因,影响了几代中国人。直到今天,崇洋抑汉的语言观念依旧根深蒂固、阴魂不散。我们并不反对语言交流,但是长期以来,不对等的交流并没有引起部分国民的警觉。在德、法、俄、西班牙等国,英语的入驻并不会带来这些语种地位的迅速下滑。但在中国,西方强势语言的进驻是以民族国家曾经的懦弱无能为前提的。汉语宽容西方语言一方面是为了激发民族的活力,复兴中华;另一方面则伴随着羞辱与自卑,以致需低声下气地接受这些语言的盛气凌人、不可一世。假若这种羞辱与自卑情绪,还进一步演变成国民的心甘情愿,就值得高度警惕了。韩少功敏锐地察觉到部分国民的这种自卑心理。在他看来,一种语言的尊严,除了来自民族国家之间力量的角逐,还取决于使用者捍卫的姿态与立场。在境外,汉语经常会遭遇这样一种窘境:面对英语的强势,她的子民竟然羞于使用她。这种子民,韩少功鄙夷地赏给他们一个"文化汉奸"的称号。在《世界》一文中,他对此类"文化汉奸"的愤懑之情更是溢于言表。直至当下,中国虽然在国力方面大有长进,但比之于超级大国,依旧有诸多弱项。那些"文化汉奸"要显示自己如何与弱势祖国划清界限,最好的方式就是不说她的语言。这类人会想尽一切办法来消泯自身的民族特性,对语言的背叛只是表现这一动机的方式之一。在外国人面前,表现出对自己的祖国真正或伪装的敌对情绪,亦能显示自身的异类立场。于是,这些人在国外的讲台上竞相炫夸中国的苦难以博得金发白肤者的好奇,并满足高阶民族的虚荣。这时,韩少功选择了缄口不言,因为他"不能与下贱的语言同流"。

不过,随着国力的增长,韩少功的这种语言焦虑还是得到了一定程度的纾解。在《母语纪事》中,他提到一个令人欣慰的现象:20世纪80年代中期的时候,普通话还在香港地区遭受蔑视与排挤,操持它甚至会招致意想不到的麻烦。但是，进入20世纪90年代中期以后，这种境况就有了极大的改观，一些香港人也开始学习普通话了。这种语言自信在21世纪初进一步强化。在清华一次冠名《现代汉语再认识》的演讲中，韩少功就从组造新字词能力、因特网时代输入速度、理解的方便、语种规模等四个方面对照汉语与英语，认定汉语是一种很有潜力与优势的语言。如果再按一位西方语言学家的说法：衡量一个语种地位和能量的三个指标是人口、典籍和经济实力，那么可以说，汉语正"由弱到强"，处在"重新崛起的势头上"。同样，在《大题小作·语言拼图》一文中，韩少功表达了同样的乐观态度，即"看不出汉语有什么危机"。因为，现在全球有两千多万外国人在学习汉语，而且与英语相比，在各种性能上，汉语也是有独特优势的。尤为可贵的是，凭借庞大的语种规模，汉语可以有效地完成跨国文化的快速交通与融合。在翻译方面就是如此。一个小语种的国家，譬如蒙古，要完成翻译的系统工程，往往因为成本太高而没法进行。韩少功对待汉语的态度表明，他更倾向于一种语言－文化上的民族主义。较之于常见的政治民族主义，语言－文化层面的多了一些宽容，少了一些壁垒森严的政治区隔。这与他提倡的理想人格相类似。一个"文化汉奸"，即便是黑头发、黄皮肤，或与我们同处一个党派，但依旧不能引为文化意义上的同类，不能成为语言－文化"想象的共同体"中的一员。

  韩少功的散文形成了独特的艺术风貌。区别于各类学者散文、文化散文、美文，韩少功散文是能动介入社会问题的凝聚高密度思想的艺术综合体。我们可以从文体形式、精神气韵、语言修辞三个方面，来认识韩少功散文的艺术魅力。

  第一，它形成了一种独特的文体样式，或者说是散文领域的"文体试验"。如依其特征，可将其称之为"天涯体"。很显然，依照传统散文理论范畴，《性而上的迷失》《世界》《佛魔一念间》《第二级历史》等长篇作品都将面临具体归类的难题。说成是理论小品、评论或学者散文似乎都可以，但又都不足以完全地概括它的特征。这些散文是文学与理论、现实与思想的完美结合，而不是侧重于某一方。这与韩少功主办《天涯》的经验有直接关系。在《我与天涯》中，韩少功提到，他坚决反对把《天涯》"办成一般的学报"，也就是说"不要搞'概念空转'

和'逻辑气功'"。据他判断，凭依20世纪90年代新的再启蒙的大好语境，作家完全可以释放"挑战感觉和思维定规的巨大能量"。实际的操作表明，在形式方面这类文章于"一定程度上再生了中国文、史、哲三位一体的'杂文学'大传统，大大拓展了汉语写作的文体空间"❶。这种散文观给予韩少功宏大的散文视阈，瞬即摆脱了抒情言志、状物写景的小家子气。如《完美的假定》，就直接反思吉拉斯、格瓦拉时代的历史，认为"左""右"两种倾向的革命者都是有理想的，是人类永久的精神财富。当然，理想并没有高纯度的范本，它在各种体制下表现出了各种各样的历史形态——往往在拯救和吞噬生命之间徘徊。文章没有陷入廉价的高声赞美和一味地痛切批判，而是以一位思想者的眼光读取历史给予的丰富信息。这种艰深烦琐的思辨又是以文学感性的形式形诸笔端的。比如写到录像带中记录的格瓦拉形象时，其笔触并不亚于最优美的抒情散文——"在他的镜头下，格瓦拉消瘦苍白，冷漠无情，偏执甚至有些神经质，是一个使观众感到压抑和不安的游击战狂人。即便如此，狂人在雨夜丛林中的饥饿，在群山峻岭中衣衫褴褛的跋涉，在战火中的身先士卒以及最后捐躯时的从容——还有孤独，仍然深深烙印在我的记忆里"❷。这种文学的感性想象与思辨性的论述是融为一体的。

第二，韩少功散文体现出笃行者的问题意识与实践品格。同时，因阔大高远的人格境界，文本蕴藉着从容通脱的大我品格。如同鲁迅先生的杂文一样，韩少功的散文也直面现实的"丛林"，与流行的文化散文或学者散文风格迥异。韩少功曾经如此解释过："我有时候放下小说，用散文随笔的方式谈一些自己对某些现实问题的看法，甚至偶尔打一下理论上的'遭遇战'，是履行一个人的文化责任，是不得已而为之。"❸问题的产生，与我们的时代有密切的关系。我们的现代化进程，是以市场经济为主要特征的。在这一进程当中，有些旧的问题还没有完全消失，比如以前的作家就批判过的几千年的官僚政治和极权主义问题；有

---

❶ 韩少功：《我与〈天涯〉》，出自《然后》，山东文艺出版社2001年版，第206页。
❷ 韩少功：《完美的假定》，出自《性而上的迷失》，山东文艺出版社2001年版，第150-151页。
❸ 韩少功：《超主义的追问与修养》，出自《在小说的后台》，山东文艺出版社2001年版，第175页。

些问题则正在产生,比如消费主义和技术意识形态的问题。这些问题中有些是中国式的,比如传统文化资源的现代转换和运用问题;有些则是全球性的,比如经济一体化和文化多元性的问题,等等。面对这些问题,韩少功都积极地以散文形式进行了介入。正如他自己说的,这些散文是"问题追逼的文学"。《夜行者梦语》《性而上的迷失》等散文集中收录的篇章莫不是此类文学。即便是散文集《然后》中收录的,虽大多谈论的是身旁的人、事、物,但依旧"以小见大",有所旨归。《我家养鸡》《笑的遗产》等类稍远离现实问题的篇目并不多。所以,有评论者说,"韩少功的散文随笔从题旨和效用看,几乎都可称之为'问题散文'"。❶ 这些"问题散文"的话题大多是沉重的,涉及政治、经济、文化、生态等领域的系列问题。这些批判之所向,却在各类花哨刊物或消费性媒体上得到了合法性的陈述,于是我们更多地看到作为理想者的韩少功孤身突围的壮烈和寂寞。虽如此,在篇章的整体意蕴上,韩少功并未完全远离诗性和抒情,也没有太多批判的冷峻和无所傍依的凄苦。比之于张承志的孤愤、决绝,韩少功更倾向于平和与宽容;较之于张炜断然前行的玄想,韩少功更愿意多些践行的步履。韩少功的淡定从容,更体现了佛性的大我精神。这与他承担的话题的重量似乎不相称,张承志就不满意他的言说方式。在《我与〈天涯〉》中,韩少功就曾这么形容张承志的态度:"见我还在四处乐呵呵地滥用宽容,他好几次批评我的思想'灰色',似乎恨不得在我屁股上踢一脚从而让我冲到更前面一些。"❷显然,两人虽关注话题有一定程度的近似,但言说方式依旧有巨大的差别。韩少功以出世心看入世事,从容而淡定。

第三,语言修辞上风格独具。首先,韩少功的作品形成了一种简净素朴、精准凝练的语言风格。韩少功具有很强的语言自觉意识,语言一直是他关注的问题。在语句中有意识地排除不必要的虚词和过多的修饰语,自然使得语句精短,明快有力。反对"习洋"与"泥古"不化,又使得文笔流畅,没有掉书袋的毛病。即便在《佛魔一念间》这样的直接谈论佛学的散文中,也没有大量烦琐的引证,而是巧妙地化为己有,不

---

❶ 陈润兰:《思辨艺术与感性想象的完美融合》,刊载于《求索》2005 年第 6 期
❷ 韩少功:《我与〈天涯〉》,出自《然后》,山东文艺出版社 2001 年版,第 221 页。

留痕迹。其次,精彩比喻独出机杼,别具一格。在《夜行者梦语》中,许多比喻表现了韩少功非凡的想象力。例如:"人类似乎不能没有依恃,不能没有寄托。上帝之光熄灭之后,萨特们这支口哨吹出来的小曲子,也能凑合着来给夜行者壮壮胆子。"❶ 又如:"萨特们的世界已经够破碎了,然而像一面破镜,还能依稀将焦灼成像。而当今世界则像超级商场里影像各异色彩纷呈的一大片电视墙,让人目不暇接,脑无暇思,什么也看不太清,一切都被愉悦地洗成空白。"❷ 用口哨声和小曲子来比喻萨特的哲学,既贴切,又体现了比喻的幽默效果;而用"一大片电视墙"来比喻"后现代",更是精彩。这里的妙处在于只用一个恰切的比喻,就将连篇累牍亦未必能说清楚的理论问题说清了,而且给人留下了深刻的印象。还有些比喻因喻体属性的彰显,反讽的语气立时散溢开来。比如对某些雅好各种主义来装点门面的人,他这样讽喻,"至于主义,只不过是今后的精神晚礼服之一,偶尔穿上出入某种沙龙,属于业余爱好"❸。"精神晚礼服"即穿即用的功能,确实形象地反映了某些人不能真心做学问却又割舍不下那份虚荣心的窘态。又比如在谈到金钱对精神的腐蚀作用时,他这样揶揄,"金钱就这样从物质领域渗向精神领域,力图将精神变成一种可以用集装箱或易拉罐包装并可由会计员来计算的东西,一种也可以'用过了就扔'的什么东西,给消费者充分的心灵满足"❹。"易拉罐"与"集装箱"在形象表现精神物化、消费化的同时,还说明了其目的在于"计算"功利得失。这样的喻体可谓巧妙绝伦。韩少功在批判"消费文化""技术主义"等类现象时,往往"以子之矛攻子之盾",反以商业术语来组构种种独特的喻体,极大地加强了反讽效果。比如"文学的熊市""文学的牛市""勇敢不是包赚不赔的特别股权""上帝不是幸福的免费赞助商""人性的质检证书""技术主义的整容""通向非人化的快车道""文学从来不是富豪的支票"等比喻均是如此。

---

❶ 韩少功:《夜行者梦语》,出自《性而上的迷失》,山东文艺出版社2001年版,第26页。
❷ 韩少功:《夜行者梦语》,出自《性而上的迷失》,山东文艺出版社2001年版,第27页。
❸ 韩少功:《夜行者梦语》,出自《性而上的迷失》,山东文艺出版社2001年版,第33页。
❹ 韩少功:《处贫贱易,处富贵难》,出自《性而上的迷失》,山东文艺出版社2001年版,第13-14页。

最后，韩少功散文的标题也形成了一种美的修辞效果。如《处贫贱易，处富贵难》《作揖的好处》《伪小人》《个狗主义》《熟悉的陌生人》《饿他三天以后》《性而上的迷失》等篇目，均用词别具一格、趣味盎然。

韩少功的散文与其小说一样，思想题材的标高与艺术探索的深广，两者兼备且完美融合。在谈及韩少功与一些固守精神高地的作家时，有评论家这样描述，"韩少功站立在海南边地、以散论作为鞭子无情地抽打了那些垂死的灵魂，同张承志们一起不时地刮起思想的风暴，洗涤文坛的空前污浊，从而使他们这类作品有了一种醍醐灌顶的冲击力"。[1] 这种评论大概并不为过，尤其在今天这个消费主义文化空前高涨的时代，这种思想的锋刀更弥足珍贵。而这种灌注了充分思想汁液的文本并非枯燥的说教，它恰恰是"思辨艺术与感性想象的完美融合"。评论家南帆这样表述他散文的内在文学品质，在思想的"遭遇战"中，"韩少功以富于个性的言辞表述了他如何遭遇这些问题，亲历这些问题，或者如何从一些生动的生活片断之中察觉这些问题。这有效地保持了这一批散文的文学品质——它们并非堆砌了一大批概念和理论术语的学术论文"。[2] 也就是说，"诗"与"思"在韩少功的散文中取得了完美的统一。

---

[1] 孟繁华：《庸常年代的思想风暴——韩少功九十年代论要》，刊载于《文艺争鸣》1994年第5期。

[2] 南帆：《诗意之源——以韩少功二十世纪九十年代的散文为中心》，刊载于《当代作家评论》2002年第5期。

第三章　作者丙崽化的文学史意义

李庆西在《说〈爸爸爸〉》一文中曾提及,"这部作品的主题思维的丰富性和复杂程度足以支撑一部结构宏大的长篇巨制"。❶ 并据此不无遗憾地认为,这个作品的缺点就在于不珍惜这块难得的材料,没将其铺陈为一个长篇。且不管这个忠告在操作层面是否可行,所谓作品主题思维的丰富和复杂这一说法则是不无道理的。韩少功在作品中凝聚的审美手段、思想理念都是高密度的,甚至成为文本的沉重负荷。可以说,这是一部充满了矛盾与张力的中篇杰作。整个作品都暗合了《文学的"根"》中的相关理念——作者要从凝结于乡土的传统文化中"释放现代观念的热能"。对于寻根的大致内涵,他曾乐观地描述:"这大概不是出于一种廉价的恋旧情绪和地方观念,不是对方言歇后语之类浅薄的爱好;而是一种对民族的重新认识、一种审美意识中潜在历史因素的苏醒,一种追求和把握人世无限感和永恒感的对象化表现。"❷ 也就是说,韩少功意图形成一种新的叙事观与审美形式。不过,颇耐人寻味的是,这么谨慎的说辞依旧被扣以保守的帽子❸。

"对民族的重新认识"以及审美意识的发掘,作为一种有待实现的总体性意念,最终需实现于创作者自身。当作家告别革命历史宏大叙事,站在历史的新入口处时,有了"风景的发现"(柄谷行人语)。这意味着,一切都有待改写,创作者需对历史、现状进行重新评价与想象。不同于柄谷行人笔下的夏目漱石,中国这个时段的作家几乎无人有执守传统的底气。在日本,俳句等陈旧的文体可以一息尚存,甚至焕发出生机,但在20世纪80年代的中国,类似的举动则几乎是不可能的。对于

---

❶ 李庆西:《说〈爸爸爸〉》,刊载于《读书》1986年第3期。
❷ 韩少功:《文学的"根"》,山东文艺出版社2001年版,第79-80页。
❸ 如李光龙、饶晓明的文章直接就冠名《试论"寻根文学"的文化保守主义表现》(《湖北省社会主义学院学报》2003年第6期)。

前行的历史，中国作家普遍性地陷入了时间布下的迷魂阵。也就是说，柄谷行人所谓的内面、素颜，在日本有其确切的现代形态以作参照。而对于从历史的阴霾中走出来的中国知识分子而言，则仍旧是一个有待实现的远景。随后，政治家就精辟地总结，一切都是摸着石头过河。所以，鉴于现实的不确定性，对那段不幸的历史，即便基本上有了消极评价，但是每个评价者都是透过不一样的"颠倒装置"来看取的。这种观念的相异意味着知识阶层想象现代的方式依旧分歧繁多、矛盾重重。所有这些都反映在了创作者的身上，使得他们在20世纪80年代中期既无力救世，也无心审美。于是诞生了象征作家主体身份危机的"丙崽"。丙崽的形象又辐射到其时另一些作品中，产生了意味深长的美学后果。

一

面对一种文学的裂变、革新形式，许多评论者一开始往往无所适从，面临言说的困境。在谈论《爸爸爸》时，他们依旧大多纠缠于显见的艺术形式与个别的人物形象，而对于蕴含的"块面"性的思想主题则避而不谈（"块面"区别于历来的"线性""单一"性主题）。这也许是文本本身的模糊性，导致了言说的困难。正如韩少功所说，《爸爸爸》"主要是一种主观精神的体现，它并不是说这个世界是什么样，我们一定要真实地表现它，而是把许多事情凑在一块，历史的现实的，把时间空间打破，没有时间界限，没有空间界限"❶。这种时空失据，必然导致一些理念的隐遁与模糊。当然，也可能是因为新时期部分文学评论有意规避意识形态，以凸显自身纯审美化的鉴赏趣味。

尽管如此，作家本人仍冒险将小说定义为社会历史小说："《爸爸爸》的着眼点是社会历史，是透视巫楚文化背景下一个种族的衰落，理性和非理性都成了荒诞，新党和旧党都无力救世。"❷ 这种概括不一定可靠，毕竟文本向我们展示了意义的多重可能性。但这仍不失为一种进入的角度——新派人物"仁宝"和旧派人物"仲裁缝"的表现确实令人

---

❶ 林伟平：《文学和人格——访作家韩少功》，刊载于《上海文学》1986年第11期。
❷ 答美洲《华侨日报》记者问（代创作谈），刊载于《钟山》1987年第5期。

失望:"仁宝"放辟邪侈,集恶俗陋习于一身,仅知现代皮毛;仲裁缝在山寨的颓势中聆听到先祖召唤,但他装神弄鬼,观念陈腐,并无救世良方。在这种情势下,作家没有让鸡头寨"进化"到浅薄轻浮者的"现代",也没有轻易许诺一个传统救世的桃花源。在老弱病残"殉道"之后,青壮年唱"简"走入了深山老林:前景如何,无人知晓。这个看似与具体历史现实无关的寓言,其实暗含了当代知识分子一种深切的焦虑——主体身份的游移与救赎的无能。进入20世纪80年代中期,经济改革从农村蔓延到城市,很快呈现出燎原之势,社会思想文化的同质性迅即消解。计划经济、阶级政治与一元文化之间曾有因果性总体关联,现在这三个领域各自发展分化,并于相互间呈现出初步的紧张与对立。传统与现代的意识形态实践,作为对立的价值观与行为模式,冲撞由来已久。对这两者,到底如何甄别与取舍,百年来一直萦绕于知识分子心头。若为传统守灵,在当时的语境下其实没有几人有真正的底气("寻根"的倡导,虽旨归在"释放现代观念的热能"的尾巴,但仍有人为的文化保守主义)。至于取现代的视角,经由"颠倒的装置"对传统包蕴的一切进行审视和纠错,则为启蒙的理路。"伤痕""反思"就植根于"新启蒙主义"的思想土壤。但"寻根"对两类创作的不满与超越,已经暗含创作者对"启蒙"大前提的怀疑与谨慎态度。

饶有趣味的是,为何作者会将历史的合目的性转变为一种疑问重重的虚无?是什么致使充满激情的一代在革命谢幕时的巨大场景面前缄默不语?要回答这些问题,只有通过探寻作者自身身份的动荡与变迁,才能触摸到历史若隐若现的真实。

中国当代作家身份变迁的激烈程度并不亚于"五四"时期的文人。"仁宝""仲裁缝"身上都有他们或深或浅的影子。而这些作祟的影子都在几十年中扮演过形形色色的闹剧。"仁宝"有个历史的谱系,"阿Q""根满"(《回声》)都是展开非理性历史行动的典型。乌托邦远景的诱惑令农业国子民躁动不已,但多数历史参与者并未获得主体意识,并不明了历史行动的真正内涵与意义。阿Q无师自通地将革命转换成了物质利益的变相获取。根满则将革命与个人欲望的满足、泄私愤的渴求混为一谈。遗憾的是,这些人都在革命实践中扮演了急先锋的角色。到20世纪70年代末,形势急转,革命的实践与激情在现实中遭遇困厄。革命总体性图景因物质欲望的腾升、权力机构的重组而变得支离破碎,难以为继。从乌托邦的幻景走出来的创作者,遭逢政治、经济、文化领域的彻底革新,难免无所适从,陷入阐释的焦虑之中——"所谓'阐释中国的焦虑',就是知识分子不知道应如何去把握这个社会,尤其是,再也不能像以前一样用一种单一的阐释角度与价值标准对这个社会做出完美的、准确无误的解释与评价,因为我们所处的不是从前那样的同质化的社会,而是高度异质化的社会"。❶

作为知识分子中具体而微的个体,韩少功对新旧意识形态的焦虑与怀疑也源自这一历史语境。20世纪80年代初,他曾介入长沙"学潮"。在此过程中,陷入被夹击的"窘境":批评校方的官僚主义为校方所不满;劝返了静坐绝食的学生,批评激进情绪和违法行为同时又招致激进学生不满。学生的表现尤其让人失望:他们在运动中很快建立"官僚体制",反讽性地显示了中国式"民主"反复无常、旧瓶新酒的坎坷命运。这里形成一种近乎悖论性的局面:表面对立的政治理念其实有许多共通的东西,譬如"民主"就与既有体制形成了有趣的同构,两者同质而异形——封建主义思想皇帝有,现代精神斗士也有;官本位思想,当权派有,造反派也有,民主派同样有。文化劣根性是共通的,是一些跨越了政治鸿沟的时代病灶或者国民病。这一政治实践过程伴随着心灵的挣扎与绝望。这之前,《吴四老馆》《月兰》等的创作,锋芒毕露,将民族、国家与个人的苦楚化作了喷发的怒火,意图摧毁布满罪孽的历史囚笼。《月兰》是韩少功第一个悲剧性作品,有着惊人的控诉力量。小说的目的与早期创作的《红炉上山》《对台戏》形成对比:针对极"左"的社会运动与思潮,一者为控诉,一者为颂扬,两者其实都是意识形态化的文艺实践形态。正所谓怒其不争,哪怕是控诉,心中亦有革命乌托邦作为隐晦的憧憬。在文本的结尾部分,我们看到了叙述者近乎绝望的呼喊——到底是谁导演了这曲无主名的悲剧?在《回声》当中,伪革命者滑稽地出场,又以阿Q的方式结束了所有革命盲动。当伪革命者被钉死在历史耻辱柱上时,宏大革命叙事也就滑落到了崩溃的边缘。《爸爸爸》就是以寓言形式出现的进一步解构历史的锋刀。

---

❶ 陶东风:《社会转型与当代知识分子》,上海三联书店,1999年9月第1版,第2页。

《爸爸爸》显示了创作主体面对历史的茫然与无助。"仁宝"除无师自通地学会了一堆时髦的新名词，另外别无所长；"仲裁缝"以殉道的方式，郑重其事地坚守行将就木的传统价值观念。最后，思想龙种收获了现实的跳蚤❶——"仁宝"连个像样的媳妇都娶不到，"仲裁缝"只能选择"坐桩"来告慰先人。可见，"寻根"恰恰是以意识形态实践意义上的无助、幻灭（"失根"）为前提的。这之后，作家平静地打发了参与历史的欲望，选择了书斋作为介入时代的方寸舞台。文学过去所依据的历史叙事已多义而含混，不再是确定性的观念来源。乌托邦远景业已淡去，人们也已丧失迎接弥赛亚想象性降临的激情。

二

文学创作与文学史书写都要谋求某种合法性。在创作主体面临"失根"窘境之后，寻找新的叙事合法性成为必要。不过，当时的创作在艺术上也面临着前所未有的迷茫。正如韩少功所说，伤痕文学的时期已经远远过去。比题材，比胆量，比观念，比技巧，诸如此类的冲锋陷阵和花拳绣腿已不足以为文坛输血。"国内这十年，匆匆补了人家几个世纪的课，现在正面临一个疲劳期和成熟期。照我估计，大部分作者将滞留徘徊，有更多的作者会转向通俗文学和纪实文学，有少数作者可能建起自己的哲学世界和艺术世界，成为审美文学的大手笔"❷。这一描述对于认识当时创作的艰难状况和新希望的蛰伏是不无裨益的，且切合韩后来的创作实践。但某些方面似乎不适合描述创作的整体状况：比题材、比胆量后来似乎就还有风行之势。不过，从先锋文学的勃兴到新写实的招摇过市，都与寻根脱不了干系。这种不自觉的先锋做派一方面源于"伤痕文学的时期已远远过去"的意识形态实践层面的"失根"，另一方面导因于文化审美上的"失根"。也可以说，文学的毫无依恃，对于其回归文学本体也许有正面的作用。

文化审美层面的"失根"，如同意识形态之"失根"，亦是全局性

---

❶ 韩少功：《夜行者梦语》，刊载于《读书》1993年第5期。
❷ 林伟平：《文学和人格——访作家韩少功》，刊载于《上海文学》1986年第11期。

的。韩少功曾在《东方的寻找和重造》中表达了对创作现状的不满："当代中国作家中，中年层受苏俄文学影响较重，像张贤亮，明确提过苏俄文学是最好的文学。蒋子龙的作品中，可以看出柯切托夫等作家的影响，虽然他们另有独特的发现和发展。至于青年一层，读书时正是中苏关系交恶，所以受欧美现代文学影响较大……对屠格涅夫、契诃夫什么，反而较为陌生和疏远。这两种影响都是好的，意义重大的，可以说，没有这些影响，就不会有中国文学的今天和明天。但向外国开放吸收以后，光有模仿和横移，是无法与世界对话的。复制品总比原件要逊色。吃牛肉和猪肉，不是为了变成牛和猪，还是要成为人。"❶ 这种创作上对苏联、欧美文学的反思，其实并非完全是审美形式层面的。至少在韩少功这里，这两个地域还意味着两种不同的社会制度形式与观念形态。至于我们应该走一条怎样的路，在韩少功的表述中并没有呈现出清晰的理论图景。当然在文学层面，他又有明确的所指。他对于模仿与横移的文学心怀不满——中国作家如要在世界文坛有立足之地，纯粹的吸收远远不够，自身的特色才尤为重要。这也是当时文坛的共识。蔡翔认为"文化"是当时"杭州会议"不约而同的话题，是一个关键词。这里的"文化"是作为抵御舶来品的盾牌而醒目存在的："其时，拉美文学'爆炸'，尤其是马尔克斯的《百年孤独》对中国当代文学刺激极深，由此则谈到当时文学对西方的模仿并因此造成的'主题横移'现象。有意思的是，这些作家和评论家都曾受西方现代主义影响，像李陀，曾是'现代派'的积极鼓吹者和倡导者，而此时亦是他们对盲目模仿西方的现象作出有力批评。"❷ 醉心"现代"的李陀笔锋一转，批判横移，可见现代主义的进驻有其草率、仓促的一面。韩少功也有类似的表述，"大家都对几年来的'伤痕文学'和'改革文学'有反省和不满，认为它们虽然有历史功绩，但在审美与思维上都不过是政治化'样板戏'文学的变种和延伸，因此必须打破。"❸ 两者立论基点有异，一者不满"现代派"，一者不满政治化，但焦虑与不满却是共同的。

---

❶ 韩少功：《东方的寻找和重造》，出自《文学的"根"》，山东文艺出版社 2001 年版，第 85—86 页。
❷ 蔡翔：《有关"杭州会议"的前后》，刊载于《当代作家评论》2000 年第 6 期。
❸ 韩少功：《杭州会议前后》，刊载于《上海文学》2001 年 2 月号

《文学的"根"》一文，就是在这么一个大的背景下产生的。而寻根的代表作《爸爸爸》也是基于这种理论准备而创作。据作者后来的描述，《爸爸爸》等寻根小说有寻找东方的思维和审美优势的愿望❶——这种优势在文中被表述为思维方式的直觉方法与审美形态的主观情致。而这种找寻以楚文化的审美形态为目标，力求在创作中体现神秘、奇丽、狂放、孤愤的境界。❷但韩少功后来坦陈：楚文化上述的四个因子在创作中"都体现不足"。❸这种表述是发人深思的。显然，一种"发展主义"的审美意识形态在分裂创作者本身：在现代社会，沉迷于远古文化思维，总难免与现代性构成内在冲突。科学与技术作为意识形态，早已无孔不入地渗透到每个角落。现代文明的利刃干脆、决绝地割断了远古艺术的血脉。"神秘""奇丽"，侧重于客体对象本身的描摹。作品只要立足山寨、蛮荒，还是比较容易流露这些质素的。而"狂放""孤愤"则不同，更多地体现了一种主观的情致。屈原放逐汨罗的颠沛流离，自然有了"孤愤"的生命体验。再者，他本人崇尚楚地巫鬼习俗，当然就能上天入地，"狂放"自得。了解了这种情境，就不难体会到，这个时代的写作者在回返传统时面临太多的困境。现代性观念早已深入人心。本身已经世俗化、理性化的审美观念意欲潜隐进而彰显传统审美思维，总显得遥远而空幻。意识形态实践也曾给古典的同一性审美理想以巨大的压力。"文革"对作家审美心理造成了灾难性后果。这对于抒情性的前景几乎作了终审判决。也就是说，对于从"文革"走来的知识分子而言，他们深知：未经审验的浪漫与狂放，很可能蜕变为滥俗煽情的变体。而更重要的是，何为楚文化的审美本质依旧是一个值得商榷的议题。楚文化有没有稳固、本质化的审美属性呢？韩少功所追求的"神秘、奇丽、狂放、孤愤的境界"又是楚文化的哪个面向？这些作家并没有明确界定，其实也难以学术化界定。在这种前提下，韩少功的创作与其意欲达成的目标有很大差异，似乎是不可避免的。

在无法完全实现神秘、奇丽、狂放、孤愤审美境界的时候，审丑则作为一种必不可少的补充，扮演了十分重要的角色。南帆曾将这种变迁

---

❶ 韩少功：《寻找东方文化的思维和审美优势》，刊载于《文学月报》1986年第6期。
❷ 韩少功：《文学的"根"》，刊载于《作家》1985年第6期。
❸ 林伟平：《文学和人格——访作家韩少功》，刊载于《上海文学》1986年第11期。

形象概括为"诗意的中断","惊惧""猥琐与畸形"等情景已经在《爸爸爸》以及随后一些文本中泛漫开来。"审丑"与"寻根"的理论宣言形成了巨大的反差,这可能是作家自己亦始料未及的。在《爸爸爸》中,作者以一种近乎自然主义的态度将各种丑的物事展示出来:丙崽,在椅子上拉屎,抓癞头脓疮,抹鼻涕,舔鼻涕,搓鸡粪,戳蚯蚓,吸死女人的奶头,吃人肺、牛粪;丙崽娘,被人灌过一嘴大粪,晒胞衣,吃胞衣,偷猫食;仁宝,猥亵地窥探大姑娘洗澡、小女孩撒尿,用木棍对一头母牛的某个部位进行探究;仲裁缝,喝鼠尸灰,坐桩自杀;还血淋淋地描述砍牛头,切、煮、分吃一具冤家的尸体,形象地描写群狗吃人肉的惨象……

在古典美学理想中,审丑是作为"美"的对立面存在的。偶尔的审丑,旨归亦在于呼唤与衬托"美"。大篇幅、有意识的审丑是不允许的。哪怕是现代小说的先行者鲁迅,也对审丑抱谨慎的态度。他曾在《半夏小集》里说:"殊不知这并非大晦气,因为世间实在还有写不进小说里去的人。倘写进去,而又逼真,这小说便被毁坏。譬如画家,他画蛇,画鳄鱼,画龟,画果子壳,画字纸篓,画垃圾堆,但没有谁画毛毛虫,画癞头疮,画鼻涕,画大便,就是一样的道理。"❶这里显然还有古典审丑观的遗留。丑象在文本中的大面积出现,源自西方现代派。自19世纪末开始,一股审丑的艺术风潮席卷西方。在现代派看来,丑并非无意义的消遣与玩弄,相反,它具有深远的美学企图:"丑在传统美学中只是一种否定的力量,而到了20世纪现代主义的美学中,则丑与荒诞代替了崇高与滑稽,成为非理性的审美理想的标志。"❷也就是说,在现代主义艺术中,丑是与异化人的工具理性相对立的,其意旨在于揭发理性遮蔽下的世界真相。不过,《爸爸爸》更进一步,似乎与后现代主义丑学更为契合。丑的展览不过是在告知一个无法修补的世界的到来,显示出无目的、无中心、无本源的后现代景象。文本刻意描绘充满恶臭与污秽行为的山寨,形同"波普""恶臭艺术"派的作为,将烂布、小便池之类当成艺术品来展出。后现代丑学具有强烈的荒诞意味,它无情地放

---

❶ 鲁迅:《半夏小集》,出自《鲁迅全集》(第六卷),人民文学出版社2005年版,第620页。
❷ 蒋孔阳:《美学新论》,人民文学出版社1993年版,第380页。

逐了现代主义刻意追求的非理性的在场形而上学。

荒诞的形成与主体"失根"状态密切相关。加缪说："一个能用理性方法加以解释的世界，不论有多少毛病，总归是熟悉的世界。可是一旦宇宙中间的幻觉和照明都消失了，人便觉得自己是陌生人。他成了一个无法召回的流放者，因为他被剥夺了关于家乡的记忆，而同时也缺乏关于未来世界的希望；这种人与他自己的生活分离，演员与舞台分离的状况真正构成荒诞感。"❶"荒诞"就是人告别"家乡"产生的幻灭感。尤奈斯库以为"荒诞"是"缺乏意义"所至，当"和宗教的、形而上学的、先验的根源隔绝以后，人就不知所措，他的一切行为就变得没有意义，荒诞而无用"。❷ 两者的认识其实是一致的，人不能没有精神的依托，不能失去宗教、形而上的启迪。革命乌托邦的破灭在一定程度上使得作家失去了精神根基，诉诸"丑"与荒诞，其意旨仍在于探寻精神的出路。

三

我们可以预想，若新派的"仁宝"或旧派"仲裁缝"某方可以救世，笔墨定然在上面泼洒更多；再若叙述者沉迷于审美或审丑，也可能会有更圆浑单纯的艺术色调。两者任何一面的实行都足以改换丙崽的面貌。

在合目的性线性历史叙事中，丙崽定然是个彻头彻尾的蠢货，甚至无法走进文本世界。十七年与"文革"文学，彻底扫除了历史的阴霾与不确定性，主体的犹疑不定意味着怯懦与退却。在韩少功创作的初始阶段，也就是《对台戏》《稻草问题》等文本面世时期，我们见到的是童铁山、珍英之类的正面典型与范德钦、"铁算盘"之类的败类与待教育者。这类文本容不下一个既顽又痴、形容猥琐的丙崽。而在沈从文、汪曾祺抒情诗一般的小说文本中，我们看到的是一系列充满诗意的人物形象。沈从文笔下的翠翠、傩送、傩佑，都是淳朴忧郁的人儿。汪曾祺塑

---

❶ [法]加缪：《西西弗的神话》，杜小真译，三联书店1987年版，第6页。
❷ 伍蠡甫、林骧华：《现代西方文论选》，上海译文出版社1983年版，第358页。

造的老锡匠、王二、明海等人物亦真亦幻，如同来自另外一个世界。丙崽也不可能在这样一个世界里存活。

作者在"意识形态"话语实践与现代理性"审美"实践两个层面上的退却，最终使自身蜕化为"丙崽"这一突兀的形象。我们都忘不了严文井那句惊世骇俗的话："我是不是一个上了年纪的丙崽？"❶ 多数评论家可不想像严文井一样"自轻自贱"。在他们的视野中，丙崽纯粹是愚顽的民族劣根性的象征，与自身绝无关系。事实上，失去历史救赎与审美超越能力的智识者已经处在与丙崽一样的边缘地位。我们且看一个咒语般的历史事实：智识者在得宠的时候，多么相似于吃饱了，挂着鼻涕见人就亲切地叫声"爸爸"的丙崽。而浩劫过后，"伤痕""反思"，骂声一片，又多么近似于丙崽遭人瞪眼后白眼一翻的"X 妈妈"。韩少功对智识者的人格有清醒地认识，虽然他自己并不能完全超脱这一处境——"我们这个民族一直挨打，一直落后，原因之一是我们这个民族的质量有毛病，中国知识分子质量上有毛病"❷。确实，这是一群衣冠楚楚的高智商丙崽。我们来看《爸爸爸》中第二段话："（丙崽）能在地上爬的时候，被寨子里的人逗来逗去，学着怎样做人。很快学会了两句话：爸爸，X 妈妈。"❸ 可见，这是种完全被动的人格，正与我们的智识者一直所践行的一样。

青壮年都"过山"了，丙崽留在山寨里，并无多少悲伤，他还冲一个不认识的影子喊了声"爸爸"。作为清醒者，韩少功自然不愿沦为如此无助的丙崽，但又无力回天。在《女女女》的结局里，我们看到一个意味深长的场景："我"骑着摩托，见到了一个肌肉强健的小伙子。"我"本来就期待见到一个从未见过，但在等待的人。但"我"还是径直往前驶去了。"我"觉得"时间已经不早，回去首先是吃饭，吃了饭就洗碗，没什么好想的"❹。小伙子代表什么？"我"又有什么样的期待？它缘何逐渐淡去，以至于全无呢？所有这些和作者救世之心的冷却、沉寂是不无关系的。他明白，自己并不能代别人，甚至是代自身发

---

❶ 严文井：《我是不是个上了年纪的丙崽？》，刊载于《文艺报》1985 年 8 月 24 日版。
❷ 林伟平：《文学和人格——访作家韩少功》，刊载于《上海文学》1986 年第 11 期。
❸ 韩少功：《爸爸爸》，刊载于《人民文学》1985 年第 6 期。
❹ 韩少功：《女女女》，刊载于《上海文学》1986 年第 5 期。

言。作者的丙崽化，意味着作者在文本中功能的丧失与消亡。可以说，从《爸爸爸》中，我们可以醒目地看到中国文学作者之死观念的萌芽。对于中国文学，这无疑是一个姗姗来迟的行为。在西方，则是一个长久而牢固的话语事实。以"客观主义批评"著称的新批评，就以"意图谬见"为由放逐了作者。结构主义则从语言学的层面彻底摧毁了作者的中心地位：语言在说人，而不是人说语言——"普希金的诗歌创造了普希金"。在这样的背景下，罗兰·巴特最终明确地宣告了"作者之死"。在他看来，尽管作者的王国依旧十分强大，但是许多作家长期以来都在孜孜不倦地动摇这个王国。马拉美、瓦莱里、普鲁斯特，乃至超现实主义者都算这个行列中的叛逆者。在他看来，"写作，就是使我们的主体在中销声匿迹的中性体、混合体和斜肌，就是使任何身份——从写作的躯体的身份开始——都会在中消失的黑白透视片"❶。《爸爸爸》中，"写作的躯体的身份"遭到了全面质疑，在徘徊不定中，慢慢幻化为作者的消遁。

在韩少功随后的系列作品中，读者的阅读遭遇巨大的阻滞。但同时，读者得以获取真正意义上的新生。文本不再是作者强加的封闭空间，而是意味着一种多向度的敞开。文本由多种写作构成，内部纷争此起彼伏。逻辑因果性的表面消弭，促使文本在读者的视阈中获得其自足的目的性。巴特为这种颠倒欢呼——"为使写作有其未来，就必须把写作的神话翻倒过来：读者的诞生应以作者的死亡为代价来换取"❷。《女女女》《归去来》《诱惑》《老梦》以及随后的《谋杀》《人迹》《鼻血》《空城》等小说都展示了一种文本的开放性。《女女女》就展示了文本的多元含混性。人物的癫狂，事件的不可捉摸，都让读者兴味盎然。作者无意倾诉、灌输某种不可动摇的信念或思想，他与读者一样在文本的世界里畅游，找不到语意流的入口与彼岸。《归去来》中，黄治先对自己的身份，乃至于名字都处于疑问状态，而他的山寨之行纯无目的，也许仅仅是一个无关紧要的梦。在这种近乎混沌的阅读印象中，作者已经悄然退场，读者则获取了巨大的求索空间。

---

❶ 罗兰·巴特：《作者的死亡》，出自《罗兰·巴特随笔选》，怀宇译，百花文艺出版社2005年版，第295页。

❷ 罗兰·巴特：《作者的死亡》，出自《罗兰·巴特随笔选》，怀宇译，百花文艺出版社2005年版，第301页。

四

毋庸置疑，在文学史中，作者消遁的时间、位置，均导致了深刻的美学后果。

20世纪80年代初，李泽厚等文论家就对主体性进行了理论探讨。《批判哲学的批判》以马克思人学、康德主体性哲学为依托，建构起了这一时期的主体性美学体系。在刘再复看来，所谓文学的主体性原则，"就是要求在文学活动中不能仅仅把人（包括作家、描写对象和读者）看做客体，而更要尊重人的主体价值，发挥人的主体力量，在文学活动的各个环节，恢复人的主体地位，以人为中心，为目的"。❶ 这些论述充满蛊惑力。不过，作家主体地位的获得不可避免要与现实发生剧烈的冲突。刘再复的表述充满主体中心论想象，"作家总是充满了变革现实的激情，总是充满了补天的欲望"，"在心灵上简直把自己代替了上帝"❷。于是，鲁迅、司马迁自然地成了他的偶像。这类作家都是体制的积极破坏者。在意识形态日趋严密的监控下，主体中心论想象很快陷入了举步维艰的窘境。陈涌等人的批评文章使得论争与抗辩逐渐升级❸。可以看到，寻求主体的过程，是通过抗拒、否弃革命文学主体之被异化来实现的。在一定意义上，也是以西方自由主义主体为样板的。在反对者的声浪中，这种寻求逐渐具备了"精神污染"的特征。之前，韩少功的《月兰》《西望茅草地》等作品均曾遭受到意识形态的压力。《回声》则借鉴了现代派创作的一些技法。在形式与观念层面，创作均面临外部压力。作家纷纷退守到"寻根"，这种外部的迫力也是一种可能的因由。再者，"寻根"亦切合了知青的下乡经验，成为创作的灵感之源。

这种退守演变成一种复杂的文学创作范式的转换。陈晓明留意到，

---

❶ 刘再复：《论文学的主体性》，刊载于《文学评论》1985年第6期。
❷ 刘再复：《论文学的主体性》，刊载于《文学评论》1985年第6期。
❸ 相关的批评文章可参见陈涌：《文艺学方法论问题》，刊载于《红旗》1986年第8期；敏泽：《论〈文学的主体性〉——与刘再复同志商榷》，《文论报》1986年6月21日；程代熙：《对一种文学主体性理论的述评——与刘再复同志商榷》，刊载于《文艺理论与批评》1986年创刊号；郑伯农：《也谈文艺观念和文艺学方法论问题》，刊载于《红旗》1986年第16期。

一种转折在那时已悄然发生："在完成历史的修复/重建之后，文学叙事获得了新的历史起源，文学叙事主体也具有了主体性的历史地位"，不过，在80年代初，"如何使文学回到自身，回到文学本体，依然悬而未决，也就是说不是在意识形态实践的意义上来确立文学的存在价值和理由，而是在美学的意义上来建立文学自身的审美价值体系"。❶ 在他看来，"朦胧诗""现代派"都是美学借助意识形态实践创新的表现，并非真正意义上的文学本体的获具。至于"寻根文学"，"实则是打了折扣的创新，它不过是因拉美魔幻现实主义的映衬，才显示出它与世界潮流相去未远，而事实上，它不过是知青文学的某种思想深化而已"。❷ 这一论述将主体性的确立等同于文学本体地位的获具，本身是值得进一步讨论与商榷的。这里还隐含了一种不无偏见的误读。他将先锋文学作为新叙事革命到来的征兆予以肯定，这一先入之见导致其勾画出一幅脉络分明的文学地形图，也就无形中忽略了其中隐伏的草蛇灰线：以部分寻根文学，尤其以韩少功的创作作为个案，我们可以体味到作者的消遁与隐逸。研究者在大概念笼罩下，往往可能忽略部分若明若暗的文学事实。发人深省的是，有研究者从"表现主义"的影响层面得出了与陈晓明近乎相反的结论：陈村、韩少功等人在20世纪80年代中期的一些创作与先锋小说在表现变形、夸张、神秘、怪诞以及情节的迷离恍惚（如陈村的《象》《他们》）、叙事的圈套等方面有着惊人的一致性。❸ 不过，这一表述依旧粗糙，并未注意到《爸爸爸》致使韩少功"寻根"实践早产这一文学事件。

历来的文学史叙述，对于寻根文学的评价是暧昧不明的。从作者死亡的角度进行解读，无疑将发现寻根更为重大的意义。后来的先锋小说、新历史主义都离不开这次别具意味的开拓。在此之前，王蒙曾扮演了重要的角色，他的一系列内省小说，诸如《夜的眼》《春之声》《蝴蝶》等作品，就将并不纯熟的意识流运用到小说的创作中。可惜的是，王蒙并没有普鲁斯特、乔伊斯投入，而且一次次声明自己对于不加

---

❶ 陈晓明：《表意的焦虑》，中央编译出版社2002年第1版，第70页。
❷ 陈晓明：《表意的焦虑》，中央编译出版社2002年第1版，第70页。
❸ 徐行言、程金城：《表现主义与20世纪中国文学》，安徽教育出版社2000年第1版，第180—194页。

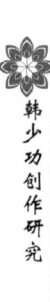

节制的潜意识的反感。南帆以为，相对于意识流的经典作家，"王蒙小说的叙事很大程度上仍然得到理性的支配，它们多半只能触及浅层的明朗心理"❶。在王蒙的文本中，读者能清晰把握叙述者意图，创作主体在理性执行一系列主张。刘索拉的现代主义与寻根文学差不多同时迎来了自己的凌晨。那一帮颠覆日常秩序的教授与学生们，在乌烟瘴气中诵读着"第二十二条军规"。作者意欲编导她的恶作剧，并戏弄尚未有精神准备的阅读者。但这部作品明显与语境脱离，有着强烈的形式主义意味。

《爸爸爸》表明韩少功创作范式的彻底转换，也暗示整个创作界的风格转换，即从主体论范式向形式本体论范式过渡。在库恩看来，范式的转换是世界观革命性的改变——"也就好像整个专业共同体突然被载运到另一个行星上去，在那儿他们过去所熟悉的物体显现在一种不同的光线中，并与他们不熟悉的物体结合在一起"❷。经过这种"载运"，看取世界的方式发生了根本性变化："与其说那些拥抱了新范式的科学家像诠释者，倒不如说他们像戴上了反相眼镜的人。虽然他面对的是与过去相同的世界，也知道是这么回事，他仍然发现这世界的许多细节彻底改变了。"❸《爸爸爸》扮演了"载运"者的角色，它将作者放逐，悄悄开启了韩少功创作的新维面。同时与陈村等作家一道，实现了新时期文学从主体论到探寻形式本体的转变。作者的无名使得一些作家开始了疯狂纸面能指游戏之旅。始于马原的一批作家给中国文坛带来一次空前的震荡。余华、格非、苏童、叶兆言、北村、孙甘露等人，如鼓噪的将士，一扫纸上江湖的寂静与落寞。罗伯·葛利耶、博尔赫斯这些作家是他们心中有意无意的楷模。在无"情"的叙事游戏中，我们看到了一座座临空建造的花园，既无雨露，亦无沃土，但依旧是遍地妖艳的花草随风摇曳。这是作者死亡之后的"失血"惨象与盛世景观。故事的圈套与随意拼贴，昭示读者的索解难度与无穷趣味。至于故事中，语言的自我

---

❶ 南帆：《文学的维度》，上海三联书店1998年第1版，第258页。
❷ ［美］托马斯·库恩：《科学革命的结构》，金吾伦、胡新和译，北京大学出版社2003年第1版，第101页。
❸ ［美］托马斯·库恩：《科学革命的结构》，金吾伦、胡新和译，北京大学出版社2003年第1版，第110页。

指涉，更使小说成为能指无边的嬉戏。残雪的审丑也是作者隐遁的另一线索。在她的文本中，四处弥漫着无头无脑、难以捉摸的阴郁与恐怖，各种物象远离理性判断，感官化纷然杂陈。所有这些，都是作者无意于判断的临时缺席所造成的。

第三章 作者丙崽化的文学史意义

第四章　词典体：形式与意义的双向建构

《马桥词典》的文体实验曾引起热切关注，还曾导致一场不小的风波。在稍显混乱的争执中，形式自身所敞开的意义则隐入暗夜，被人漠视。这里关系到一个核心问题：作者为什么要选择词典体？也就是说，我们关注的是这种选择有什么必然性，另外，它给创作带来了什么样的美学后果。细读文本，不难发现，词典体在形式、意义两个层面都有强劲的诗学力量。主观意图层面，词典体的选择无疑来自一种形式的自然生成，源自作者一以贯之的形式冲动。写作经验、变革意识、生活经验资源，以及创作个性都在推动这种选择依循特定的路径。更为深层的原因可能在于，这种选择敞开了巨大的意义空间。正如作者所说的，"黑暗中沉睡的内容"，也被形式"唤醒"和"照亮"了❶。可以说，这既是自身"形式王国"的一次变革，也是文本意义最好的形式诱导与组合。它昭示了从作者、客体对象两个维度生成意义的可能。

词典作为非文学体式，并不遵循传统文学文本的内在逻辑，各词条之间差不多是并置的平行线。若转化为小说文体，就需链接成网状结构。这时，作者本人的思想、感情充当了节点的角色，形成了一种内结构。文本还适度地引入了超文本结构，进一步将形似分散的庞大作品联结成一个呼应的整体。这种形式努力，便于创作主体言说的自由与发散。词典与小说之间的杂交，尤其是方言词条的选取，同样极具意义生成性。"马桥""词典"，顾名思义，是特定村落语言变体的集中展示。但它又由汉民族标准语写成，这实际上在文本内部形成了两部词典：一部是马桥人的，另一部是外部世界的。两部词典形成了内在的紧张，这一方面敞开了马桥世界本被忽视、遗忘的意义，另一方面又隐隐显露了

---

❶ 韩少功：《精神的白天与夜晚——与王雪瑛的对话》，出自《在小说的后台》，山东文艺出版社2001年版，第145页。

"敞开"所受到的无形制约及两者之间的裂痕与冲突。

一

《马桥词典》的文体形式确实给人耳目一新的感觉：全书仿拟了词典的体式，"煞有介事"地附有"说明""条目索引""词典首字笔画索引""后记"等词典通常才囊括的部分。显然，作者在有意模仿词典的体例，同时又不无戏谑地将词典的规范性、严肃性破坏得一干二净。这种体例无疑是对西方固有现代小说体式的完全颠覆。形式的冒险，恰如卡林内斯库所谓的"美学极端主义"。这种"极端主义"将过去的体式破坏殆尽，产生了一种新的、别具一格的美学样式。在这个意义上，《马桥词典》堪称百年中国新文学史中长篇小说词典体的开山之作，也是长篇文体史上较为罕见的一次"美学极端主义"实验。

正因为是第一部，伴随着受众之讶异与慌乱的是蜂拥而至的赞誉之词。错综复杂的原因致使一个评论家抡起棍子，宣示强烈的"不满"："这部被一些批评者以热烈的歌颂称为'杰作''后现代主义'的文本的著作，却不过是一部十分明显的拟作或仿作，而且这是隐去了那个首创者的名字和首创者的全部痕迹的模仿之作。"❶ 这位论者所指的首创者是塞尔维亚作家米洛拉德·帕维奇，他曾于 1984 年出版了一本题为《哈扎尔辞典》的著作。为何断定韩少功"完全""模仿"呢？指控者振振有词——《马桥词典》如同《哈扎尔词典》一样，"也是一个又一个词条的排列，而词条之下，也有许多故事展开"。也就是说，披着已有的形式外衣，《马桥词典》只是一个拙劣的内容填充物："'哈扎尔'是一个特定地域中已湮没的民族。他们的精神世界及生活被以词条的形式加以表现。但在韩少功这里，词典的形式和由词条引出故事和哲理思考的方式被完全套用了。只是它不再是'哈扎尔'的词典。"❷ 张颐武的出击并非来自批评的客观立场，而是来自长久积累的文坛宿怨。张是后现代主义的热烈鼓吹者，有"张后主"之称。而韩少功则是后现代的

---

❶ 张颐武：《精神的匮乏》，刊载于《为您服务报》1996 年 12 月 5 日版。
❷ 张颐武：《精神的匮乏》，刊载于《为您服务报》1996 年 12 月 5 日版。

理性反思者，甚至有激烈的批判言辞。在《灵魂的声音》《夜行者梦语》等作品中，韩少功扮演了挑战后现代主义潮流的文学先锋。在随后的人文精神大讨论中，知识界进一步分化，阵营化的对立情绪日趋强烈。

韩少功是不是"完全""模仿"了呢？激烈的论争导致了大量情绪性话语。当然学理层面的交锋与辨析也不少。❶ 不过，即便是学理性的论文亦较少从韩少功小说形式变革的自主性、自觉性这一角度来阐释问题。早年翻译《生命中不能承受之轻》，就已给韩少功许多启示。恰如中国，捷克的文学传统中，散文也更有优势："不难看出，昆德拉也继承发展了这种散文笔法，把小说写得又像散文又像理论随笔。"❷《马桥词典》对文类固定范式的突破，可能于此有所师法。创作惯性总是束缚作家的手脚，昆德拉经常有意要挑战固有叙事模式的专制。昆德拉《生命中不能承受之轻》的部分章节采用了词条形式。第三章"误解的词"分为十一个部分，其中有三部分是按词条形式展开的。第三部分为"误解的词"，提及的词条有"女人""忠诚与背叛""音乐""光明与黑暗"；第五部分为"误解小辞典（继续）"，包含的词条有"游行""纽约的美""萨宾娜的国家""墓地"；第七部分为"误解小词典（续完）"，有词条"阿姆斯特丹的古老教堂""力量""生活在真实中"。以词条形式出现的三部分，亦如那个批评者发现的一样，"也是一个又一个词条的排列，而词条之下，也有许多故事展开"。这正好与《马桥词典》的文体形式有一定程度的相似性。

在后来出版的文集中，韩少功对《米兰·昆德拉之轻》一文的部分内容作了一些修改。有这么一段："不难看出，昆德拉继承发展了散文笔法，似乎也化用了罗兰·巴特解析文化的'片断体'，把小说写得又像散文又像理论随笔，数码所分开的章节都十分短小，大多在几百字和几千字之间。整部小说像小品连缀。"❸ 较之于起初作为小说前言的《米兰·昆德拉之轻》一文，这段话意味深长的修改就在于增添了罗兰·巴特

---

❶ 如陈思和的《马桥词典：中国当代文学的世界性因素之一例》、宋丹的《〈马〉、〈哈〉文本与寻根文学及昆德拉——兼同张颐武先生商榷》等文。

❷ 韩少功：《米兰·昆德拉之轻》，《生命中不能承受之轻》，作家出版社1989年版，第8页。

❸ 韩少功：《米兰·昆德拉之轻》，出自《韩少功散文》（上），中国广播电视出版社1998年版，第304页。

这么个人物。巴特历经结构主义洗礼，在承认其有限合法性的前提下，亦深知这一封闭性结构的意识形态效能。在他看来："不连贯似乎总比一种歪曲的秩序好一些。"❶ 譬如他的《S/Z》一书，亦近似于词典。全书就将巴尔扎克的中篇小说《萨拉辛》分解为 561 个阅读单位，然后用阐释、意素、象征、布局和文化 5 种代码进行归类分析。

  形式的自觉首先影响了散文创作。随后写作的《词语新解》，就是以词条的形式来展开文本的。当然，这不是小说的样式，每个词条下并不包含任何故事。但其叙事逻辑别有意味。如词条"浅薄"："大胆行动的宝贵能源，因此历史常常由浅薄者创造，由深刻者理解。"再比如"门窗防盗网"的含义是"良民与罪犯互换场地"。词条包含双重含义，两者间形成一种张力，导致了"语境对于一个陈述语的明显歪曲"（布鲁克斯语）这样的反讽效果。这好比《生命中不能承受之轻》中出现的词条：弗兰茨的生活境遇及思想层级，于萨宾娜而言，有太多的不同，双方对于种种现象的理解自然也就有了天壤之别。于是，两者形成了感知的交错与对峙。这里头，不同国度智者的慎思明辨有了某种意会与沟通。相比而言，《马桥词典》则形成了更大的语义张力场。每个语项的含义、物质形式均受制于地域语言变体，这与现代文明体制下习用的标准语形成不可通约性。从这种难以弥合的紧张中，作者才为我们揭示了一个奇妙的马桥世界。

  除翻译与阅读（比如巴特）带来的启发，《马桥词典》的形式革命，还依托了作家本身的生活经验资源。对昆德拉而言，农村生活是一个遥远而抽象的概念。国际的旅行让他熟悉不同标准语的差异，而对从属于标准语的方言变体则可能了解甚少或兴趣全无。地域方言是物理空间隔绝以及村落群居的产物，而同质化城市空间则是语言的杂居汇合地。体味方言，也就是与某一边地展开灵魂的交流。对于韩少功，乡村在某种程度上一直是诗意的栖居地。从 20 世纪 70 年代开始，其创作就鲜有都市的影子，至于乡野的面目黧黑者往往成了他作品中最活跃的角色。在农村的六年生活，让他学会了乡民们的言语。而湖南因历史移民、山岭险峻不便交流等原因，往往十里有三音。这种地域方言的多姿多彩，定

---

❶ 罗兰·巴特：《符号学原理》，北京三联书店 1988 年版，第 22 页。

然给关注语言生态的人以巨大的听觉冲击。他作为外来者,很自然会留意到标准语与边地语言变体之间形成了一种怎样的有趣对应与冲撞。知识分子与农民、主流意识形态与乡野观念、正统文化与流入密林深处的异文化,种种有趣的歧异与冲突,尽在语言的置换中显露无遗。

词典体的选择,也是作家创作个性使然。作为一个文学史符号,韩少功一直具有先锋的性质。先锋就是反抗,意味着对种种僵化的形式与艺术传统进行颠覆式检验。《信息时代与文学》是作家形式觉悟的开端,它对传统小说艺术在信息时代的出路深表担忧。形式的变革源自语境给予作家的迫力,借作家这个中介,"艺术之外的社会环境从外部作用于艺术的同时,在艺术内部也找到了间接的内在回声"❶作家当然不是完全被动的,很多时候,自由的快感也是内在驱动力之一。正如尤奈斯库所津津乐道的:"所谓先锋,就是自由。"❷韩少功在对话中曾描述过这种自由所带来的快感体验:"我在写小说时,常常会感到小说的模式在推着我走,于是在写《马桥词典》时,我有一种改变小说形式的冲动,把小说的因素与非小说的因素重组,这样写起来很有快感。"正如文本所昭示的,词典的体式及非小说因素如考证、议论、分析等的插入,确实给创作带来了很大的"自由"——这"可以让本来没有联系的东西产生联系,让本来不能中断的内容暂时中断","还可以在'特写''中景''远景'这三种描摹状态中迅速的转换,某些在记忆的黑暗中沉睡的内容,被新的形式唤醒了、照亮了"❸。

二

这种"自由"为敞开文本提供了观念基础,《马桥词典》最终获得巨大的言说空间。不难发现,韩少功在文本中充当了小说家、民俗学者、思想者等多重角色。很显然,小说成了一种"综合"的艺术品,可

---

❶〔俄〕巴赫金:《巴赫金全集》第二卷,李辉凡等译,河北教育出版社1998年版,第416页。

❷王忠琪等译:《法国作家论文学》,北京三联书店1984年版,第579页。

❸韩少功:《精神的白天与夜晚——与王雪瑛的对话》,出自《在小说的后台》,山东文艺出版社2001年版,第145页。

以尽可能彰显那些"黑暗中沉睡的东西"。昆德拉也有类似的看法,这种"综合""不是为了把小说改造成哲学,而是为了在叙事的基础上动用所有的理性的和非理性的、叙述的和沉思的、可以揭示人的存在的手段,使小说成为精神的最高综合"❶。眷恋固有小说模式的人难免要对这种"精神的最高综合"发出疑问:这还是小说本身吗?作家难道不应收缩自身功能,延续纯粹、单一的小说传统吗?回到《马桥词典》,打破既有叙事体制意味着整部小说将面临叙事元素重组的问题,即通过什么将这么多互不相干的人物、事件乃至不无混乱破碎的时空串联起来?

显然,这种人为的结构重组将是徒劳的,除非大规模地删除一些无法串联起来的叙事元素。我们难以发现盐早这个丙崽式的人物能与马文杰有任何关联,也没法将有关马桥两棵枫树的魔幻奇谭与铁香的风流韵事相互交织,并有机地将更多类似叙事元素组合在线性叙事系统中。网状结构成了更合乎内在要求的形式特征。可以说,就是不选择词典体,作者也会选择与其接近的文体结构,否则只能导致笔下这个繁富的马桥世界的简化。艺术的形式往往与内容有某种内在关联,这正如苏珊·朗格所认同的"情感与形式"之间的关系:"艺术形式与我们的感觉、理智和情感生活所具有的动态形式是同构的形式……因此,艺术品也就是情感的形式或是能够将内在情感系统地呈现出来以供我们认识的形式。"❷《马桥词典》繁富的内容所具有的"动态形式"询唤的正是词典体这样一种同构的艺术样式。

不过,通过形式与内容关系的勘查,不难发觉,词典只能容纳不相干的内容,众多词条正如盛装不同物体的器皿,分散而零乱。除了人为的编码,以及部分内容的相关,各个词条之间并没有逻辑关联。我们无法消除如下隐忧:词典体可否肩负重任,将小说连贯成有机的整体?显然作者早有用心,在文本中就巧妙地布设了超文本结构。许多词条在某个部位都会不失时机地引领我们去参阅小说中另一个有关的词条。如"老表"中,写到名词"包谷浆"时,立时提醒可"参见词条'浆'"。如果读者感兴趣,可以查"条目索引",找到"浆"所在的篇章,以做

---

❶ 米兰·昆德拉:《小说的艺术》,北京三联书店1992年版,第15页。
❷ 苏珊·朗格:《情感与形式》,中国社会科学出版社1986年版,第31页。

进一步的了解。这种形式上的超文本结构在一定程度上扮演了"节点"的作用，将一张庞大的文本之网有机地联络起来。但这种"节点"并不多，文本还须借助其内在的网络结构。民俗考察、现实反思、语言学探讨以及叙述者的感慨，这些学术、随笔性的内容弥漫在小说的每个角落。对于传统小说而言，这种碎片性的内容几乎是可有可无的累赘，但在这里偏偏成了文本最重要的粘合剂，也就是内在的超文本结构。整个文本的内在脉络由这些看似漫不经心的论述维系着。当然，更重要的，这种方式迎合了作者的创作个性与特长。在形式提供的巨大空间中，他不失时机地进行了一次理论与思想的长旅。

民俗学或人类学角度的考察在文本中相当醒目。作者不厌其烦地将一些碎片般、看似琐屑的生活痕迹详细地公之于众。与这方面有关的词条有"江""蛮子（以及"罗家蛮"）""三月三""老表""甜""马桥弓""碘酊""放锅""小哥（以及其他）""同锅""撞江""嬲"等。如此细密地关注马桥人的过去、现在以及相关的历史文化实践，是超乎一般读者的阅读期待的。而所有这些在作者笔下构成兴味盎然的文本空间。马桥人所谓的"江"竟然小到"一步飞越两岸"。"蛮子"则有血迹斑斑的历史，让知情者胆战心惊。三月三要吃"黑饭"，吃得一张张嘴"黑污污的"。在这一天，家家户户还要磨刀，"霍霍之声惊天动地"。历史上的马桥弓还曾有"莲匪"之乱：乾隆时，马桥府的马三宝遽然发疯，自命真命天子转世，一场惨烈的暴乱开始了。叛乱被血腥镇压，马桥农民死亡七百余人，从此，马桥由盛转衰。可以看出，虽然是在细细探勘历史与习俗，但风云之色丝毫未减，人情物理之趣依旧盎然。不过，民俗考察更多的时候只是铺垫，是为理论、思想的入驻做准备的。作者最为"放肆"的笔墨莫过于将对现实的反思与批判夹杂于这种考察之中。在这里，他任凭笔墨率性而行，学究式的言说规范早被置诸脑后。当阅读进行到"甜"这一词条时，就会豁然发现，这部小说几乎是没有言说边际的。就因为一个"吃"，作者就会拽着你上下古今、东南西北地溜达个遍。马桥人对所有好味，一言以蔽之：甜。这可能是食不果腹导致的后果。西洋人也好不到哪里去，对一切刺激性味道，胡椒味，芥末味，辣椒味，一律是"hot"完事儿。可能他们如马桥人一样，也有饥不择食、饥不辨味的历史。文章又从味觉的"甜""hot"，生发到人们知识上各色各样的盲感区位。直到今天，对于绝大多数的中国人来说，辨别北欧人、西欧人以及东欧人的脸型或西欧各国的文化差异还是一件极为困难的事。这在欧洲人看来不可思议。但他们何尝能轻易地分辨上海人、广东人以及东北人？政治上也存在同样的"盲感区位"。美国一份反共政治刊物，谴责某共产党是假马克思主义，背叛了马克思主义。有趣的是，马克思主义不正是他们讨伐的对象么？背叛了岂不更好？他们还愤愤地揭露共产党员搞婚外恋，但同时又嘲笑这个党派的自我禁欲压抑人性。当文章行进到这里时，可能让人难以置信这部小说是在为"马桥"立传的：它早已欣欣然跨洋过海谈论起美国人、欧洲人来了。再比如在词条"小哥（以及其他）"中，马桥的命名现象也仅仅是作为系列思考的切入点。在马桥，"小哥"意指姐姐，"小弟"则指妹妹。姑姑、姨妈也有类似的称呼方式，即在男性的称呼前冠以"小"字，女子几乎都是小人。话语从来都不是绝对客观、中性的，而是反映了形形色色意识形态、权力机制的规约——"女人无名化的现象，让人不难了解到这里女人们的地位和处境，不难理解她们为何总是把胸束得平平的，把腿夹得紧紧的，目光总是怯怯低垂落向檐阶或小草，对女人的身份深感恐慌或惭愧"[1]。在作者笔下，这种命名甚至与当前的女性主义有了一定的关联：英语中偶尔出现的男性化命名就会受到女权主义者的诟病，那么，面对马桥这个个案，她们会有什么样的反应呢？

作者在"枫鬼"这一词条中，曾信誓旦旦、野心勃勃地要为马桥每一件东西立传。但他终究不是一个"诚实"的传记家，立传更多的时候只是作为言说自我的手段。传记家应忠于他的对象，在谈马桥的"吃"时，定会穿梭于马桥的大街小巷，去寻找不可错过的美味佳肴。而这里，作者笔锋一转，去言说人们认知的盲区。谈到马桥的"小哥"们，并没有驻足她们被男性化的具体历史场景，而是荡开一笔，谈起了语言的偏见与女权主义的尴尬。显然，作者在拥抱一个更为内在、连贯的实体，这个实体属于他的生命。整部小说是他人生记忆、生命体验、文学虚构、思想批判及学术积累的总爆发。这种"爆发"恰恰成为文本内在结构的根本依托。叙述者"我"处处若隐若现，好比灵巧的丝线，将散

---

[1] 韩少功：《马桥词典》，人民文学出版社2008年版，第28页。

乱的珠玉串联起来，构成一个完美的艺术整体。

在翻检与述说马桥的历史、人物以及风土人情时，"我"并非无动于衷的旁观者，而是马桥一段历史的见证者与叙述者。回首那段无法抹去的沉重岁月，生命的奋进与求索、踟蹰与困惑，都遗留在了马桥这片被历史淡忘的角落中。在早期的《稻草问题》《对台戏》里，历史记忆与叙述内容叠合在一起。那些意识形态判定合法的素材，无形中主导着叙事。在这里，"形式的王国"早就荡然无存，叙事不过是历史的附庸。随着时间的流逝，记忆与叙事拉开了距离，乃至形成了紧张的对抗。《归去来》中，黄治先迷蒙中走进一个似曾相识的村庄，一切是古旧、静止的。山林的密叶与枯枝，人们的友善、憨厚乃至粗粝、鄙野，都晃动、萦绕在他周遭，并与以往的记忆重逢、对接在一起。不管曾经是杀人的凶手，遗恨招怨的情郎，还是处处施以援手的好人，一切都在似是而非的记忆里，无法靠近，也挥之不去。黄治先迷失在光阴的旅途中，终于迸发出来自灵魂的呼喊：我累了，妈妈！在《爸爸爸》当中，场景进一步虚化，故事的布景设置在形同湘西古寨的密林里、云层上。知青时期所见到的侏儒儿幻化出丙崽的形象，而"文革"时"武斗"的冲动、愚昧，与古远山寨的人们，在盲目信条的鼓动下所喷发的勃勃杀机又是何其类似。叙事所依托的个人记忆——区别于公共记忆——成为与历史沟通的渠道，但它总经不起时间的考验，就如飘落的败叶，滑入岁月的溪流里，流离失散，乃至于完全消逝了。这时，虚构显示了重续历史的力量。恰如卡尔·贝克尔所言，历史事实的确认已经是一种人为的挑选。"我"如同黄治先，开始在"马桥"寻找逝去的岁月，还有映照在岁月中的人们。知青生活的点点滴滴如同斑驳的影片，闪烁着历史的光影，亦真亦幻地叙说这里曾经的梦与醒、苦与乐。因为记忆的久远，也给文学叙事留有足够的虚拟空间。马桥的"四大金刚"与神仙府，翕然活跃起来；人称"九袋爷"的戴世清也有了现实里难以寻觅的威严与阔气；铁香的淫荡挟风鼓浪，惹得整个马桥躁动不安……这些因是因非的历史与当知青的个人记忆、民俗考察以及批判性思考，共同形成了一个庞杂的话语对象。过去与当下构成了一种胶合状态，正如弗洛伊德所说的:"作品自身展示为最近的诱发场合和旧时的记忆两种因素。"❶ 而词典体刚好提供了记忆与叙事之间冲突、融合的空间,将种种零散的修辞碎片融会到艺术家审美叙事的大手笔里。

三

作者的不"诚实"立传并没有妨碍马桥世界自身意义的展开。这与词典的编撰原则是有关系的:并不是随意选取"马桥"的物事作为词条,而是选择了他们的"言语"。这一选择是经过深思熟虑的。"语言是存在的家,人以语言之家为家。"❷ 只有通过窥探马桥的"语言之家",才能尽可能地接近其"存在的家",也才能有效阐释一些标准语没法言及的角落,恢复马桥世界的丰富性。

在《马桥词典》的"编者声明"中,作者对于"马桥"方言的挚爱表现为一种情不自禁的阅读指导:一方面担心它的读者因方言太多,可能遭遇阅读障碍,另一方面又力荐"有兴趣的读者"做更深入的理解,他们"可以在阅读过程中,运用本书已经提供的方言知识,在自己心目中对释文中某些相应的词进行方言转换,那样的话,可以更接近马桥实际生活原貌"❸。显然,作者在引领读者接近"马桥"这一神秘世界的"生活原貌"时,对于汉语标准语表达了不信任的态度。在他看来,只有在一定程度上借助"方言转换"才可以更接近这一实体的本真状态。

不难看出,在这一独特的时空里,方言才能充当有效的阐释工具。在《马桥词典·后记》当中,韩少功提到一个发人深省的事例。在海南菜市场,他这个不懂海南话的移居者,兴致勃勃地用汉语标准语向卖主打听那些不知名的鱼。卖主说是鱼。追问是什么鱼时,对方瞪大眼说是海鱼。再追问下去,对方不耐烦地说是大鱼。并非渔民们无知,而是标准语限制了方言的有效表达。实际的情形是,在海南话中,"真正的渔

---

❶ 西格蒙德·弗洛伊德:《作家与白日梦》,出自《论文学与艺术》,国际文化出版公司2003年版,第106页。
❷ 海德格尔:《诗·语言·思》,文化艺术出版社1991年版,第4页。
❸ 韩少功:《马桥词典》,人民文学出版社2008年版,第2页。

民，对几百种鱼以及鱼的每个部位以及鱼的各种状态，都有特定的语词，都有细致、准确的表达和描述，足以编出一本厚厚的词典。"❶ 也就是说，哪怕是皇皇巨典《康熙字典》也就收有四万多汉字，自然"把这里大量深切而丰富的感受排除在视野之外，排除在学士们御制的笔砚之外"❷。当你站在边缘地带或贩夫走卒的立场上时，会毫不吃惊地发现普通话确实扮演了遮蔽者的角色。底层民众生动的说辞，限于一个窄小地域或阶层的丰富词汇以及存留在言语中的文化碎片，都游离于标准语的视线之外，成了人们有意无意忽视甚或鄙视的对象。眼下，迫于社会追求效益最大化的功利需求，方言不可避免成为交际中的重要障碍，甚至成为排斥乃至消除的对象。任何人在都市的交际圈中顽固或被迫操持方言色彩浓重的标准语时，往往会招致嫌恶乃至不屑的目光。一种语言间的歧视已经悄然兴起。语言的等级观念开始束缚它的每个子民，人在语言面前逐渐消泯了自我的主体性，成了异化的对象。韩少功买鱼的经历，让他突然震惊：自己已经完全标准语化了。于是，遥远的故土也日愈一日地遥远起来，空留下淡淡的感伤。他"固执"地认为，远离了方言，我们没法感触到故乡的丰富与血肉。于是《马桥词典》成了寻求故土的有效路径，"动笔写这本书以前，我野心勃勃地企图给马桥的每一件东西立传……"❸（见词条"枫鬼"）。其实，这也就是为故土的词语"立传"，将它们从历史的暗夜中照亮、唤醒，显露出部分的真实面目来。在对"马桥"方言近乎"零乱无章"的阐释中，文本向我们敞开了这一地域曾经隐伏的一些维面。时间与历史、文化心理、生活情态，以及语词崇拜与权利等，都在马桥人的"言语"中显露出独异的姿彩。

  马桥人叙述历史的方式，与标准语有着显著的差异。大滂冲有一块田叫台湾丘。这个别具一格的命名包含了只属于马桥人的历史。茂公抗日时当过维持会长，又有很多田地，后被定性为地主汉奸。中华人民共和国成立后办初级社时，茂公又犟着不入社，只剩下他的那丘田还是单干。本义最后带着一伙人，趁茂公哮喘，抬着打谷机一个吆喝就把这丘田给解决了，说是"解放台湾"。于是有了"台湾丘"的命名。这里，

---

❶ 韩少功：《马桥词典》，人民文学出版社2008年版，第356页。
❷ 韩少功：《马桥词典》，人民文学出版社2008年版，第356页。
❸ 韩少功：《马桥词典》，人民文学出版社2008年版，第62页。

"解放台湾"的概念发生了异变,指称的事实亦完全不同。如果按字面的意思去索解,自然会造成误读。马桥人夸大自身行为的难度,以类比、误置的方式造成历史错位,并以此作为立此存照的民间记忆方式。在现代的意义上,马桥人还混淆乃至失去了时间。这帮人不知道何谓"一九四八",也不用公元纪年。一些曾经发生过或者若有若无的事迹是马桥人表述、记忆历史的重要手段,如"长沙大会战那年"。即便是这个命名也是有误的——"他们的长沙会战是一段迟到了将近六年的新闻,被他们误以为是一九四八年的事"❶。这种错置对于编年史似乎有着天然的解构能力。编年史因其形式的僵化,数字面容的冷漠,曾被克罗齐讽喻为"历史的残骸",一种"无生命的尸体"。马桥人通过鲜活的事迹,倒在一定程度上赋予时间一副血肉之躯。他们无视纪年的严肃性,一个无足轻重的事件甚至也可以作为记载的凭据,如"光复在龙家滩发蒙的那年"。不过,其指称一样漏洞百出——光复天资不高,一个初小就读了七年,长大后为掩盖这段一再留级的劣迹,便在履历表上把发蒙时间后推了三年。可见,这个世外之地,真可谓"不知有汉,何论魏晋"。不知情者,往往会陷入时间的迷宫。我们可以设想,一个外来者突然闯入"马桥"世界时可能遭遇到怎样的窘境。外来者若不对他们的言语细心体会,详加探究,也许永远无法确知这弹丸之地过往的历史。当然,马桥人的时间不牢靠,并不表明他们不需要时间。错漏百出之中,依旧顽强地去表达,恰恰表明时间对于边地也是必不可少的。时间是知觉世界与自我的方式。马桥人认知自身的具体方式与外界有异,但是根本性途径却是一致的,即一样需要借由时间认识自身——"假若我们知道什么是时间的话,那么我相信,我们就会知道我们自己,因为我们是由时间做成的。造成我们的物质就是时间"❷。马桥人的错讹,寓意深刻。它作为一种隐喻暗示了时间的不确定性——外界自诩的精确时间只不过是自身的一种幻觉。在马桥人看来,这种所谓的精确好比他们眼中的"科学",同样是可笑的固执与盲目自信。时间观体现自我的认知立场,现代人的自大、狂妄也从自认为精确的时间身上反映了出来。

---

❶ 韩少功:《马桥词典》,人民文学出版社2008年版,第100页。
❷ 豪·路·博尔赫斯:《作家们的作家》,倪华迪译,云南人民出版社1997年版,第3页。

考察语言变体与标准语之间时间认知的不同，我们可以进一步看到叙事者自身独特的时间观。他有意"拆散与时间相关的精神推断"（利奥塔语），获取一种属于作家自身的时间美学观念。叙事者引领读者走入一个颠覆历史的时间轨道——既然历史可以存在于不同的时间区间，其严肃性也就纯粹寄托于语言自身了。希利斯·米勒否认有客观"宇宙论时间"，"不存在这样消极地等待人去记下时间、加以描述、并准备让人用作衡量历史叙述和小说叙述的标尺"。时间是漂移的，尤其是在充满后现代性的文本之中，"我们的一切经验都是彻底地渗透着语言的"[1]。作者的时间经验经由马桥人之口，以及文本叙事语言的组装，很明确地传达了出来。

有些词语则深刻地表露了马桥人的文化心理与生活情态。"醒"字在汉语词典里表示睡眠状态的结束或神志的正常，是与睡、昏乱、迷惑相对的。但在马桥人眼里，它偏偏指一切愚行。屈原的投江殉道，在他们看来，竟也是一种"醒"。还有，马桥人对外界任何地方，一律称"夷边"。这穷乡僻壤的人们，悠悠然有一种位居中心的感觉，竟于内心深藏顽固的自大与自信。更多的词条向我们展示了马桥人的生活情态。一个个鲜活的面影在我们眼前浮现："黑相公""马本仁""希大杆子""马鸣""马本义""万玉""水水""马文杰""盐早""铁香"等，都活跃在这片充满生机的土地上，演绎着意趣盎然的人生故事。这些远离现代文明的人们，无法进入正史，但以独特的方式留驻在马桥人的心中，成为他们自己历史的一部分，也成为韩少功"立传"的对象。铁香这个形象尤其引人注目，她喜欢将自己的性征显露出来，言辞、神态、作为，都十足淫荡，超乎伦理规范之外。这些陈述不仅使得马桥世界更为奇谲、有趣，也使得文本的空间更趋丰富。如同"打车子"这种对性的形象说辞一样，情色的愉悦，因为"接近身体"，更能去除种种意识形态的无形规约，带领文本"脱离反动理想主义"[2]的牵制与干扰。

马桥人对语词有着崇拜情绪。在他们眼里，语词可以有效地嵌入现实，产生不可控的神秘力量。在《嘴煞（以及"翻脚板的"）》这一词

---

[1] 希利斯·米勒：《事情恰如我们所想象的吗？》，刊载于《外国文学报道》1988年2期。
[2] 罗兰·巴特：《罗兰巴特论罗兰巴特》，刘森尧译，台湾桂冠图书股份有限公司2002年版，第103页。

条里，复查因为一句"这个翻脚板的"，就觉得对罗伯的死负有不可推卸的责任，日后惶惶不可终日。在马桥人眼里，"凡被名称所固定的东西，不但是实在的，而且就是实在"❶。语言具有不可捉摸的魔力，甚至可以置人于死地。这是一种原始巫术观念的遗存。正如列维·布留尔在《原始思维》所说的，对于原住民，"言语有魔力的影响"，人们对待它"必须小心谨慎"❷。既然语言有如此"魔力"，操控它自然成为值得争夺的权力资源。在马桥人眼中，言语和身份是纠缠在一起的。"话份"是对这种情形的形象概括，好比说，在交谈中，言语是分成了"份"的，没有身份的人连说话的"份"都没有。郝德森就指出："人们使用语言，是为了将自身置于某种多维社会空间中。从说话者着眼，此乃交流有关其本人的信息——关于他是（或有可能是）哪种人，以及他在社会里面地位如何的一种方式。"❸ 在马桥，言语是身份的表征，"女人""年轻人""贫困户"都是没有话份儿的。也就是说，权利/话语的严密监控不只是存在于现代都市，它一样弥漫在马桥这样一个边远的村落里，弱势群体在言语的丛林中很可能连表达的机会都没有。

四

一个立体鲜活的马桥世界呈现在了我们面前，作家力图破除遮蔽的努力显然取得了成效。不过，语言的搏斗远未结束。这些方言词汇本来是封闭性的，但在外界（"知青"）介入的情形下则有可能彰显出与标准语的巨大歧异乃至冲突。随之，种种不可言说的尴尬以及局限也就表现了出来。这种不可通约性，其实从反面说明了马桥世界的丰富与自足。

《马桥词典》的有限性在于，马桥世界还有更多无法诠释与译解的地方，它们也许将永久沉入语言的暗夜。譬如马桥人关于"性"的言说（虽然提及形象性很强的"打车子"）、各式各样的咒语等，也许是无比丰富多彩的，但因为转译的困难、文明的禁忌等因由，或许会成为永难言及的死角，只能任凭它们如珠玉般散落幽暗的深潭。不过，更深层的

---

❶ 卡西尔：《语词的魔力》，出自《语言与神话》，三联书店1988年版，第80页。
❷ 列维·布留尔：《原始思维》，商务印书馆1985年版，第171页。
❸ R·A.郝德森《社会语言学》，华夏出版社1989年版，第230–231页。

冲突还在于，两种言说方式所各自代表的文化意识形态，在内涵、形态、价值倾向方面都有巨大的裂痕，以致无法弥合。作者只能以委婉曲折的方式，将两种语言文化实践暗中的不合绕线般串联起来。譬如对"科学"的理解，马桥人扮演的是历史"倒退者"的角色。当知青们因湿柴太沉，劝说罗伯将柴晒干后再往回挑时，竟遭遇到了意想不到的麻烦。科学对他来说并非好东西："什么科学？还不就是学懒？你看你们城里的汽车、火车、飞机，哪一样不是懒人想出来的？不是图懒，如何会想出那样鬼名堂？"❶ 在罗伯看来，所有科学的事物不过是"学懒"，是人类身体素质退化的表征。两种意识形态对撞时，形成了语义上的反讽——科学反倒成了"鬼名堂"。这好比 D. C. 米克形容反讽时所说的："既有表面又有深度，既暧昧又透明，既使我们的注意力关注形式层次，又引导它投向内容层次。"❷ 面对科学在言说层面的窘境，我们在解颐喷饭之时，也隐隐察觉到科学意识形态确实包含的某种负面性。这个远近闻名的老革命罗伯，在做哲学报告时更是难以避免"十八扯"。党支部安排"我"对他进行调教，但终归失败。且听他说，"我早晓得哲学不是什么正经事，呀哇嘴巴，捏古造今。"❸ 谈到土匪马疤子，又说："马疤子算什么坏人呵？正经作田的人，刚烈的人。可怜，好容易投了个诚，也是你们要他投的，投了又说假投，整得他吞烟土啊……"❹ 至于修正主义，罗伯切齿痛恨，它不但要谋害毛主席，还害得大家要开会，耽误工。庄稼汉眼中的"科学"与"哲学"，不再与主流意识形态保持完全契合的关系，而是有了某种让体制不安的异变。在卡西尔看来，党派的哲学、修正主义等"政治神话"侧重的是语言的情感功能："整个强调的重点倒向情感方面，描述性和逻辑性的语词被转化为魔语。新的名词被杜撰出来，旧的名词的意义也大为改观。"❺ 但这些名词概念在罗伯这里遭到了意想不到的辛辣嘲讽，其情感意义面临解构的可能。这种异变——从不雅顺的言辞到突破规范的言说——在马桥其实无处不在，

---

❶ 韩少功：《马桥词典》，人民文学出版社2008年版，第37页。
❷ D. C. 米克：《论反讽》，昆仑出版社1992年版，第7页。
❸ 韩少功：《马桥词典》，人民文学出版社2008年版，第241页。
❹ 韩少功：《马桥词典》，人民文学出版社2008年版，第243页。
❺ 卡西尔：《我们的现代政治神话技巧》，出自《符号·神话·文化》，东方出版社1988年版，第202页。

只是因面临种种禁忌,无法经由叙事完全突出地表达以进入受众的视野而已。

在这里,知青尤其是叙述者"我"是外界文明的代表。这一"外来者"的身份不由自主地构成一重无法抹去的遮蔽。其实,言说对象与言说者间的区隔以及弥合这一区隔的努力,贯穿了整个百年文学。从鲁迅、周作人、王统照等五四作家,到赵树理、柳青、浩然,再到汪曾祺、韩少功、贾平凹、李杭育,形成了一个漫长的系列。每一代的言说,都形成了一个自具体系,但又裂痕乖张的审美空间。不过,断裂已经发生,"启蒙""革命"的主题在后革命时代正遭受越来越多的质疑。言说对象与言说者间的关系发生了深层次的变动。知青在面对乡村时,可能更为从容、亲切,也可能更为隔膜、生疏。韩少功显然采取了不同于赵树理、鲁迅的方式。他力图回归到语言,以勘探乡土更深的文化岩层。但是,反思历史、探寻文化深层因子的努力,依然遭逢强大的拒斥力。《马桥词典》曾在"蛮子"等词条中,凭借官修史书的记载,将马桥的历史上溯到春秋时代。不过,我们依旧可以察觉到,整部长篇基本是立足于"文革"时期的。也就是说,中间浩漫的历史处于空白状态,马桥的历史、人文被极大地简化。这些不能简单归咎作家本人。白话本身的发展史还不到百年,因时代的关系,其语汇、观念承载以及经典体系沉淀了太多"启蒙""革命"话语。一套话语体系往往决定话语的视阈。在阐说"佛"的义理时,必须依赖经文、佛典及其漫长的文化流程。面对马桥这个历史的"沉淀物",白话显示了太多的稚嫩与苍白。譬如"枫鬼",这个可怖、阴森的鬼魅,在作者的笔下,已经没有了马桥人言说它时的那种股觫与战栗。在村民眼里,魑魅魍魉也许是躲藏在某个阴暗角落里真真切切的存在。白话是现代性的产物,在很大程度上已丧失了描摹鬼态的能耐。它是进化论的年轻产儿,是伴随着科学、民主的呼声成长于我们笔下的。只要翻看一下蒲松龄的《聊斋志异》,我们就会知道,文学里各色各样的"鬼""魅"已渐行渐远,不复存在。

正是在这个意义上,作家与每个力图解读马桥的人面临同样的困境与悖论。那么,当如何面对这种困境呢?在《马桥词典》"后记"里有一段发人深省的话:"从严格的意义上说,所谓'共同的语言',永远是人类一个遥远的目标。如果我们不希望交流成为一种互相抵消和互相磨灭，我们就必须对交流保持警觉和抗拒，在妥协中守护自己某种顽强的表达——这正是一种良性交流的前提。这意味着，人们在说话的时候，如果可能的话，每个人都需要一本自己特有的词典。"❶ 交流并非透明的语言互动，而是隐藏"抵消""磨灭"等种种风险。正如福柯指出的："交流关系意味着决定的活动（即便只是将意义成分正确地投入使用），而且通过修正同伴之间的信息域，产生权力效应。"❷ 确实，马桥作为被言说的对象，往往面临被强行"修正"的危险。上述种种冲突与"误读"当然留下不少遗憾，但也恰恰意味着良性交流空间的预存。阐释马桥并非要求标准语与方言形成一种"共同的语言"。甚至于，每个试图进入马桥的外来者，都可能形成一部自己的"词典"。无数的词典又有多少交集呢？又是哪部词典探测到了马桥世界最深处的秘密？这些都不得而知。《马桥词典》的作者也没有武断地自我加冕，他期待言说的世界更加特异与丰满。在与马桥方言的临时合谋与紧张对立中，我们看到了文本极大的张力与丰富性。巴赫金称赞陀思妥耶夫斯基的小说，不是因其色调、情节的单一，偏偏源自难以把握的众声喧哗——"有着众多的各自独立而不相融合的声音和意识，由具有充分价值的不同声音组成的真正的复调，这确是陀思妥耶夫斯基长篇小说的特点。"❸ 在《马桥词典》当中，方言与标准语也有着"各自独立而不相融合的声音和意识"，它们相互争辩，乃至冲突对立，这不正给文本带来了无尽的想象空间与言说自由吗？

---

❶ 韩少功：《马桥词典》，人民文学出版社2008年版，第358页。
❷ 德赖弗斯、拉比诺：《超越结构主义与解释学》，光明日报出版社1992年版，第283页。
❸ 巴赫金：《陀思妥耶夫斯基诗学问题》，北京三联书店1988年版，第2页。

第五章 《暗示》：承续与转折

《暗示》中出现了大量的恶"象"。这当中，社会生态的失衡、个人的沦陷、人间景象的衰败都分外醒目。毫无疑问，"言"（在《暗示》中可代指广义的符码）与"象"在《暗示》中表现出一种无可抗拒的紧张。在"言"与"象"的膨胀、失序及喧嚣中，韩少功仍然力图在"混乱"中寻求到"真理"或"意义"。如何削弱乃至去除"言"的遮蔽以及意识形态效应，怎样将"言""象"协调起来，不仅是古典理想主义式美学的追求，也是韩少功自身能否突出重围的严峻考验，即在现代的符码硝烟中，能否寻找到一种更为纯粹、简洁的生活方式。我们在文本中确实搜寻到了丝丝迹象，"月光"等节就显露出"言""象"和谐的境界。作为一个过渡性作品，《暗示》表露了对都市"言""象"失调的不满，同时探测到了某种协调的可能。可以说，它在写作情理与时间的向度昭示了日后创作《月下两题》《山南水北》等作品的潜在可能性。在这个系列中，回到简单、干净的乡土生活，意味着减少符码的粗暴入侵以及"象"的轮番轰炸。这也以反证的方式阐释了"言""象"不协调的因由：都市是符码膨胀及各类非自然之象恶性增生的地域，只有在乡间，才会有干净简洁、和谐融洽生活的可能。

一

在海德格尔看来，人只能生活在语言（在信息时代也可以说是符码）的世界里，语言是人存在的家园。然而，我们有种种隐在的不安：巨量的信息溢出语言之外迎面而来或呼啸而去，操持各种符码的人们往往于不知不觉中遗落了无数的信息。面容，场景，声调，气息，山水，草木，鸟语花香，都在符码的世界里隐去声息，如薄透干枯的纸片轻舞飞扬。因此，在《暗示》的"前言"中，作者不无担忧地声明："一旦离开语言,我并不比一条狗或一个小孩更具有智能的优势。"《暗示》要提醒人们:在符码充斥的世界里究竟于无意中遗漏或增添了什么,在哪些层面或角落有可能被符码织就的面纱无情地蒙骗。

庞大的符码体系,作为一种力求与原表象等效或对之想象性表达的感性材料,其本身并不是透明的。也就是说,符码并非认识客体的不偏不倚的中介。很多时候,它们会以形形色色的方式强行介入现实,影响客体的存在方式,甚至成为现实客体之一部分。在一定程度上,我们完全可以质询:在符码密布的后现代空间里,周围的事物,乃至我们自身还能在多大的程度上回归到本真的状态?对此,谁都不敢乐观地予以回答。发达强劲、无孔不入的大众传媒——这一符码体系的最大王国——正在轻松地没收人们直面事物的感知能力。它们甚至以虚拟空间的形式,本身就已悄然演化为现实重要的组成部分。网络游戏、QQ空间,甚至影视、互联网的声像效果都能造成现实在场的幻觉。在"虚词"一节中,韩少功向我们展示了符码是如何惊心动魄地全面进驻并改变我们的生活的。其中,语词就相当强劲地介入到人类的生存空间中。大量的语词作为现实的替代,使我们习惯于纸上江湖的遨游,并慢慢疏远了现实客体的真实情形。在任何一种语言里,出于语法的需要,词和现象都难以做到尽数一一对应。譬如虚词,就不指涉具象,是人类为了组构逻辑之网而形成的。其功能差不多同数学里的负号一样。不只是虚词无象,大量的实词也失去了日常之"象"或真实之"象"。"鲸"在字形上给我们鱼的假象。质子、中子、基因密码这些名词对应的物质,均逃逸于我们感知的触须之外。现实里头的"象"在符码的介入下,也早已"面目一新",乃至"面目全非",此象非彼象矣。

符码对现实的侵入及改写往往包含着强大的意识形态效能。这首先表现为一种根深蒂固的理论先行冲动。在极端的意义上,甚至于整个人类在一定程度上都是理论教条主义的受害者。"残忍"一节中,作者敏锐地发觉:那些只从书本学习理论,了解阶级斗争的知青,往往在批斗中最为凶狠,而那些贫雇农们,因与地主、富农朝夕相处,反而会心慈手软,甚至网开一面。阶级斗争的这一场景恰切地表露了文明某种持久的畸变。文明人操持形形色色的符码,形成了宗教、国族、阶级或者人种的诸样理论,而这些高谈阔论在历史上无一不带有某种狭隘的地方主义或种族主义色彩。随之而来的各色理论之间的拒斥与冲突，往往是血流成河的前兆。符码的意识形态效能还表现为对人生万象之真实可感的遮蔽与掩盖，这意味着真相的暂时遁形与隐逸。它使得人们远离血肉之躯所能直接感触的快感或痛楚，人与人之间的隔膜在失血的文字与影像中得到了成倍的放大。譬如，过去不久的"文革"，它在每个亲历者那里，依旧如梦魇一般，不时揪紧、鞭笞着他们的内心。不难想象，那些只听故事、看文本的青少年，不可能与眼、耳、鼻、舌、身、意，尽皆在"文革"的血与泪中煎熬过的人一样，会对"文革"有着痛切与深刻的感触。前者在解码过程中的平静、冷漠乃至误读，在很大程度上可归因于其获取的信息主要来自纸面上各种似是而非的符码。

二

《暗示》要反抗"言"的遮蔽，自然需要诉诸多样的具象。只有通过展现具象的无尽丰富性，才可能还部分物象以本真面目，也才能有效去除"言"对于客体的渗透乃至曲解。但是，在通读文本之后，我们会惊异地发现，从头至尾呈现得更多的是一幅幅"人心不古""世风日下"的混乱图景。可以说，这些"象"是畸变景象的集合，是灰色社会的倒影。文本刻画的系列人物形象差不多就是"文革"至当下社会的"群丑图"。

"场景"一节中，借着火光、油灯、女人、柴烟等组成的家居气氛，书记终于和颜悦色地在"我"的招工推荐表上签了字。与此类似，人情通常不是产生于办公室，而是产生于让某些官员们吃出脂肪肝、高血脂或心肌梗死的餐厅里。紧接着的"家乡"一节里，这个给"我"签过字的书记锒铛入狱了。这个"阎王"曾在县委书记任上检查卫生，发现水泥广场被一老汉吐了口痰，他竟勒令犯事者趴在地上将痰舔去；他一出行，就是警车开道，呜呜鸣响彻县城。最终因贪污两百多万元，了结了自己的官员生涯。这里头，官僚主义、贪污腐败都有了最鲜活的形象载体，这些恶"象"无疑是作者批判的对象。再比如"眼睛"中，作者无意写幼童眸子的纯净无瑕，抑或母亲眼光的眷眷关爱之类，而是将老木这个黑心的家伙扯了出来。这个边瞎子竟一度戴上了墨镜。此一举动不是为了保健,如遮挡强烈阳光什么的,也不是出于遮丑,而是为了阻挡和规避与"我"的直视。果然,一个月后,他将"我们"共同加工白铁桶的钱黑去一半。

类似的人物还有小雁之流。作为"人文界女精英",她们除了对资本主义和斯大林主义一并大举讨伐外,大概还具有一些近似的特征,比如笨得不会做饭菜、汽车脏了或坏了从不介意、说话时拿腔拿调、扭扭捏捏等。文本里头提及的人物还有不少,但是基本上以反面出现。喜欢发布丑闻,旋即又反复声明这不是他搜集与编造的高君("讪笑");罗织罪名,将江毕成逼入绝境的周麻子("朋友");母亲死后,挤不出半滴眼泪,没有任何哀感的多多("母亲");在丧失亲近感以后又善于伪作亲近的"我"("亲近");借助舆论的力量,当上劳模的竟是知青中的有名懒汉大头("传说");以扮演"地下艺术家"招摇撞骗、沽名钓誉的S君("感觉惯性");聪明过头、自尊也过头的大川("聪明");以模仿强者、鄙视弱者作为人生全部追求与目的的跟屁虫("观念");"学潮"中,应用官僚形式最为得心应手的民主运动领导者大川("学潮");等等。这些人物各尽其"能",将社会的阴暗、人性的病态演绎得淋漓尽致。

很显然,《暗示》是后革命时代社会生态持续恶化的形象写照,是对韩少功现实主义批判原则的承续。在韩少功的创作中,这些恶"象"其实有一个历史序列,它们涉及商界、官场乃至学界。"革命"后高歌猛进到来的新时期,并没有立时带来与许诺一个人间天堂。政治、经济、文化各个领域依旧埋伏着无尽的冲突与畸变。各色人等,追腥逐臭,"革命"精神的"流风余韵"早已丧失殆尽。商界的污浊与革命精神的流丧有着密切的关联,正是在商业大潮的冲刷下,革命理想中某些合理的成分才变得"愚不可及"。《兄弟》中,罗汉民在"文革"时期的冤死,反倒成了其兄罗汉国眼下炒作获利的噱头,成全了他的声誉与银两。官场蝇营狗苟、鸡飞狗跳。《暂行条例》中的M局长担任着一个独特的、前所未有的职务:语言管理局局长。与他们唱对台戏的还有玩具管理局。这类无中生有、纯属赘疣的基层单位之兴旺发达,恰切地讽喻了官僚体制的臃肿与庞杂。而且他们的上班、开会以及所谓重要工作的开展都尽显人浮于事的本色。学界并不逊色,也在上演幕幕丑剧。

《是吗》中，A、B、C、D和M等几个史学界的学者，暗地里展开了颇有心计的斗争，其激烈、狠毒程度不亚于政客间相互的倾轧。有意思的是，所有这些恶"象"，无论是来自商界、官场，还是学界，都好比"言"的膨胀与畸变一样，均是在都市环境下滋生，并在当下达到其巅峰状态的。

三

索尔·贝娄曾说："对于这个社会的丑恶，对于其官僚机构、偷窃行为、说谎欺骗、战争争端以及残暴蛮横，艺术家是永远不能与之调和的。"❶ 显然，与索尔·贝娄一样，《暗示》的作者作了类似的抵抗。他从"言""象"两个层面揭出了社会的不协调乃至"丑恶"，在近乎嘲讽的笔调中，表示了与某些类型的"生活"进行斗争的不"调和"姿态。不难发现，比至于索尔·贝娄，韩少功的"斗争"明显有所保留，即不是一味地反抗，而是身体力行，寻找一种"调和"的方式，一种更为健康的生活。这不是刚性的反抗，而是一种"撤退"式的抵抗。只有这样去理解，才会毫不诧异地发觉，《暗示》中竟然有"月光""乡下"这样干净、澄明的篇章，甚至让人觉得它们与其他的章节合在一起有某种不协调。

比如"月光"一节，就让我们感触到了一个唯美的夜世界：月光如水，灌到窗内，流淌到每个角落；远处的树叶清晰得历历在目；湖水、山峦、云雾在月光里融为一体；蛙鸣、狗吠，伴随着远方的树"咣当"倒地声……一切的光景与声响让人的血管都在月色下熠熠发光。作者深情地说，一个人二十多年前离开了这片月色，但仍会带走那充满月光的梦——"月光下的银色草坡，插着一个废犁头的草坡，将永远成为他的梦醒之地"。与这些纯美之"象"对应出现的是几句咏月的诗词，如"床前明月光，疑是地上霜""澄江涵皓月，水影若浮天""香雾云鬟湿，清辉玉臂寒"，等等。窗外的月光因闪烁着诗词的节拍更动人心魄。

---

❶ 王宁主编：《诺贝尔文学奖获奖作家谈创作》，北京大学出版社1987年版，第438—439页。

对于那些只熟悉路灯、霓虹灯的人们来说，只怕是不能像一个整天浸泡在月光里的人那样，可以细细品啯咏月诗词的美的。在月色里，"言""象"的和谐成为切实可感的实存。鉴于此，有评论家就指出，"对于语言符号与实在世界之间关系的焦虑有意无意地驱使韩少功返回一个想象：一个简单的、纯净的、没有种种繁杂的语言符号污染的世界"。❶ 这个"简单""纯净"的实体就是韩少功念兹在兹的乡土世界。这里头有明净、清洁的"象"，也有唯美、充满古典意蕴的"言"。在这种"象"与"言"的和谐中，作者自身的焦虑亦得到了一定程度的缓解。

不难理解，"言"的过度膨胀以及相伴随的阐释能力匮乏，这一看似矛盾的现象只可能发生在符码过剩的都市。在乡村，人们之间的日常对白就是"言"存在的基本形态，它虽有畸变的可能，但不会散射强大的意识形态效能。再则，在这里，人们每天较少面对人造的种种符码，譬如影视、网络、广告、摩天大楼、立交桥、汽车标志等。而遍布每个角落的是山峦、流水、月色、星光，以及花鸟虫鱼、鸡鸣狗吠，这些自然光景既是"象"，也是"言"，是乡村最为常见的天然符码。《暗示》中的恶"象"，多存在于官僚、商人以及一些所谓的知识精英身上，这些人作为都市的中流砥柱，直接影响了都市自身的意义形态。在乡村，一切都回归静寂，只有月光缓缓地流泻，映照着草坡上的一个"废犁头"。农人们过的是向土地讨生活的日子，人与土地间建立了一种直接、简明的劳作关系，都市人际中的无数阴谋、猜忌、勾心斗角，以及各类组织、团体间的攀比、隔膜与忌恨，都在这里失去了存在的根据。

四

《暗示》文本内部的裂隙与紧张，无疑表明韩少功的创作正发生一个微妙的转折：乡村开始能动地成为文学意义生成的主体，而不再作为都市的美学陪衬，或是当作想象性的文本"旅游景观"——这在"寻根文学"、乡土文学及当下许多作家笔下十分常见——予以偶尔地惠顾。在多数当代作家笔下，乡村是美学意义上的"非物质文化遗产"，是博

---

❶ 南帆：《文明的悖论》，刊载于《文艺争鸣》2003年第1期。

物馆里封存的文化化石,仅仅作为文化想象的对应物而存在。在伤痕与反思性作品《月兰》《西望茅草地》中,乡村作为被离弃的对象,已逐渐成为复活历史记忆的布景。它是一段阴暗历史的见证者,也是知青们遗恨的场所。这时,乡村的地位逐渐消淡,成为一种无关痛痒的背景。随后的寻根文学,虽立意在"民族文化",但本质上是对乡土的一种想象性回望。彼时韩少功、贾平凹、李杭育、郑万隆等人的创作都在建构一种美学意义上的乡村,它可以抵抗西化潮流的冲击,在本土中找到文学自立的生存依据。

经过二十余年粗放型改革开放,都市生态日趋恶化,乡村具有了另一种显在的意义,即成为从都市劣质生存突围的一种可能选择。因为,这个地带在眼下可以暂时逃离语言符号的污染,回避高楼、人群、汽车、噪声的挤压,以及人际间的险"象"环生。在韩少功的眼里,乡村生活具有了新的美学意义,它甚至有机会成为拯救都市恶性循环的可行性出路。可以说,韩少功《暗示》之后的新乡土写作已经完全不同于之前的乡土想象,已经成为言行合一的存在论意义上的美学实践。

与《暗示》同期创作的短篇小说《老狼阿毛》在这方面是个代表性作品。宠物狗阿毛在都市的环境里终于丧失兽性,无法回归野性张扬的群体。这显然是个隐喻性极强的作品:都市在禁锢自然性的同时,还极严厉地否弃了前现代与现代相互兼容的可能性空间。随后创作的《山歌天上来》也表达了对都市的拒斥与不满,再现了都市与乡村的美学对立。毛三寅这个天才式的民间艺人,并不适合都市的生活方式与人际圈子,他因此频频遭遇尴尬(进女厕、课堂上打呼噜等),并与都市的生活节奏格格不入。最后,都市舍弃了他。毛三寅在乡村孤寂地死去。文本固然没有表露对乡村有多么热烈的向往,但很显然,通过描摹城市的阴暗,分明反衬出了乡村的宁静与安详,及具有激活艺术创造力的潜在动能。在《暗示》以及《老狼阿毛》《山歌天上来》等作品中,都市与乡村的裂隙与紧张是鲜明、突出的。它表明一种更为健康的生存美学已经呼之欲出了。在《暗示》的"月光"一节中,作者就已念念不忘他的"梦醒之地"。从随后的创作来看,这一"梦醒之地"就在有一派湖光水色的汨罗。韩少功终究禁不起那迷人月色的蛊惑,"弃甲归田",在汨罗八景乡自在地"晴耕雨读"起来了。短篇《土地》《月下桨声》,尤其是散文集《山南水北》告诉我们,这一带的"言""象"是多么的和谐、融洽。很明显,种种多余的符码、不堪入目的恶象已经大面积消失。一种简单、清静的生活画卷已经徐徐展开。当然,这并不表明乡村纯净如水,宁静如画,种种不安与冲突依旧潜伏着:乡村的人们是那样的诚恳朴实,而命运又常常并不公正地对待他们。尤其是随着城镇化进程的日益加快,文明的冲突在宁静的山水间亦渐渐现出端倪,并造成了一系列出乎意料的后果。确实,在都市飞速扩张的嚣张气焰中,乡土美的前景究竟如何,不得而知。

第六章 《801室故事》：形式探索的历史蕴含

《801室故事》是韩少功晚近的一个实验性文本。它在小说艺术的探索方面表现得相当突出。小说情节简单：河边惊现一无名女尸，身上的一串钥匙成为侦查的重要线索。据此，警方搜索了一个小区的801室。行文至此，若依据侦探小说的逻辑，应当展开复杂曲折、惊心动魄的调查。但作者似乎有意让我们"失望"，笔锋一转，马上开始"不厌其烦"地介绍一个有关801室的装修方案。这一方案是警方搜索到的。方案内容的详尽罗列几乎占据了文本篇幅的三成左右。随之又介绍警方的搜查报告，内容也相当翔实。搜查从报告可以看出，801的室业主是个善于钻营、略具资财的中产阶层人士。因商场尔虞我诈，致使心力交瘁、精神负担过重。大堆的药物表明，业主有胃病，睡眠亦有严重障碍。另外，在多处家具上留有新旧刀痕，可见家庭暴力的频繁与激烈程度。不过，所有这些表述似乎都只是作者"老谋深算"地虚晃一枪。装修与搜查方案最终只是含糊不清地证明，抛尸案基本上与801室业主无关。在文本结尾部分，作者还不失时机地告知：这算不上一个故事，充其量只是一个故事的场景。当读者四处寻找人物的踪影，并为其缺席困惑不解时，文本末尾又给予提示——每一件物品都有故事，或者有某个故事的痕迹。所以，我们没有必要斤斤计较于人物的缺失以及整全叙事结构的暂时落空。

很显然，无论是情节设置、人物安排，还是结构组合、氛围营造，《801室故事》几乎都达到了小说叙事艺术探索的极限。这几个层面也展示了韩少功小说艺术的历时性特征。从这个文本里，可以发现韩少功小说创作的一系列常用艺术手法，比如简洁明快的横截面法，出奇制胜的情节安排，物品的隐喻性显现，病态人物的"粉墨登场"，以及神神鬼鬼惊悚氛围的营造等。这些手法既使韩少功的小说在形式上出类拔萃，同时又兼具较强的可读性。

一

在小说叙事中，不同类型的作家往往有着迥异的叙事习惯。通俗作家比较注重叙事的连贯性。这一方面保证了文本的通俗易懂，另外还能尽量扩展文本内容，产生较为可观的篇幅经济效应。金庸武侠、琼瑶言情，都是连贯性叙事的典型。如果采取留空、跳跃的方式，也许《天龙八部》《烟雨蒙蒙》都可以写成一个中短篇。当然，不只是通俗小说，明清以降的传统小说叙事，基本上都讲求连贯性与完整性，文本结构处于相对封闭的状态。四大名著以塑造典型人物著称。刘备、武松、贾宝玉、潘金莲等人物的容貌、来历、遭际都被作者交代得十分详尽。人们对于"花开两朵，各表一枝"的表述策略早已耳熟能详。这也表明叙述者力求完整、连贯的良苦用心。不过，在现代小说叙事中，这种"苦心"已屡屡被弃置一旁。在鲁迅的文本中，特写、近景开始大量出现，时空大幅的切换亦成为常见的情形。比如《阿Q正传》，就不在乎人物的详细来历，也不去考究某一事件的来龙去脉。只是通过几个典型的事件，就将不同层面的内容浓缩在一起。《故乡》也是如此。作者通过"我"的"回乡""离去"，以及与几个人物的见面来组构整个作品。也就是说，基本上是大开大合地截取几个关键对象来展开叙事的。这种叙事手法——好比锯取树木的横截面，借此可以读取它的年轮，并按纹路推测树的成长究竟遭遇了怎样的坎坷一样——具有窥一斑而知全豹的美学效果。我们为了论述方便，可以把在小说叙事中截取几个关键场景、事件以取代连贯、完整叙事结构的手法，称之为"横截面法"。

小说《801室故事》很注重场景的切换和跳跃。场景的变化导致文本时空的更替与情节的稳步推进。整个文本涉及两个主要的场景：河滩边出现无名女尸，801室内部情况。后一场景还可以细分——对801室每一个处所、物件的聚焦，都可以算作一个小的场景。这里，场景的空间位置是固定的，但它的呈现次序具有开放性，并没有特定的逻辑。

无疑，横截面法可以使得文本结构精简、整凑。从《801室故事》所涉内容来看，如何处理文本结构确实相当重要。它详尽地介绍了装修方案、搜查报告的内容，若放置在平铺直叙的文本中，必然枯燥冗长、索然无味。贾平凹、莫言等作家，文本叙事结构承袭传统较多。在他们的叙述中，是不太可能出现《801室故事》这种文本结构的。他们更愿意不厌其烦地详述人物琐细的行踪、故事零散的始末。此种情形下，对于固定场景的描绘或某个特写，只能一笔带过，不宜过于滞缓。贾平凹的《秦腔》就是结构细碎、绵长的典型。在这样的长篇中，必不允许某个信件的详细解读，抑或对某一物件的精雕细琢，即便是故事关注的秦腔，其具体作品也没有机会得到巨细无遗的展示。也就是说，在过于拖沓的叙事结构中，已经不容许静态叙事的大量介入。

皮亚杰曾说："不存在只有形式自身的形式，也不存在只有内容自身的内容，每个成分都同时起到对于被它所统属的内容而言是形式，而对于比它高一级的形式而言又是内容的作用。"❶ 横截面法作为形式结构层面的因素，在整个文本中，又起到了重要的意义生成作用。不难看出，因横截面法的简洁、利落，所以在很大程度上拒斥了叙述者上帝式的全方位介入。他在许多层面好比一个外来者一样，扮演了求索、认知者的角色。这表明，《801室故事》的叙述者采取了隐退的策略。他好像对第三人称的"全知全能"讳莫如深，以尽可能回避对事件的完全控制与介入。也就是说，他并不比读者、警察多了解什么，也不打算预告、隐瞒什么。女尸是怎样被弃置河滩的？她的形貌、来历又怎样？是谋财害命还是情杀？那一串神秘的钥匙，除了可以打开801室，与女尸还有何种关系？业主姓甚名谁？真正的凶手又是何人？……这一连串疑问的浮现，都与横截面法密切相关。正因为作家关注的是特定场景的选取和转换，自然要省略大量的细节与中介。这些省略的部分导致了叙事"空白"的形成。

格式塔心理学认为，当不完整的形式出现时，就会引起人们视觉上的不满，随之产生追求完整、和谐的强烈心理趋向。鲁道夫·阿恩海姆以为："在很多情况下，即使是事物的缺席或隐匿的部分，也会成为知觉对象的一个积极的或肯定的成分。"❷ 这意味着，文本"空白"类似

---

❶ 皮亚杰：《结构主义》，商务印书馆1984年版，第24—25页。
❷ 鲁道夫·阿恩海姆：《视觉思维》，光明日报出版社1986年版，第152页。

于召唤结构，是一种积极的修辞策略：经由"填空"，读者成为阅读层面的创作主体，可以能动地参与审美创造过程。

横截面法在韩少功以往的中短篇创作中较为常见。比如《爸爸爸》，虽然以人物为中心，但对人物的成长过程明显兴趣不大。为叙说这帮山民的命运，作者单单选取了他们生命中攸关存亡的打冤、服毒及离寨远行等几个核心事件。小说随之留有大量"空白"：山寨有点像是民国时期的边远群落，但无以查实究竟处于哪个具体时空；丙崽的父亲究竟是谁？关于山寨的来历，到底该相信史官还是德龙的歌词？青年人离寨远行后前景又将如何？这些文本中都没有给出明确的答案，需要读者凭借自己获取的信息以及已有历史文化经验，来做进一步的推敲和思考。《女女女》以人物幺姑为主人公。文本对她的生平毫无兴趣，而是关注某些独特的方面，如言行的谨小慎微，生理、心理的病变与缺陷，以及与此相关的几次关键事件。从幺姑不可考的过去一直到她离奇的去世，被叙及的事情并不是很多。关键的几个片断就是：切手指的血腥幻觉，昏厥在浴室中，出院后对饮食的百般挑剔，送去乡下后大张旗鼓、肆无忌惮地折磨珍婴，再有就是离世前身形的奇特变化。所有这些构成了故事的梗概和框架。晚近的《山歌天上来》亦是如此。作品主要围绕人物老寅展开叙事。文本无暇详细交代他的身世。他一闯将出来就是个冒失鬼，大摇大摆进了文化馆女厕所，把一女性吓得惊慌失措、落荒而逃。"厕所事件"之后是"椅子事件"。他不识时务，不紧不慢地扛着椅子去见柳老师，就差点没被轰出来。随后的情节也是围绕几个核心事件展开，如惊世骇俗地蜷缩在床上进行创作，呕心沥血完成的《天大地大》不幸被小人窃取等。这两个文本同样留下许多"空白"：幺姑缘何有了鱼的形体？铺天盖地的鼠流从何而来，又表征了什么？结尾部分为何遭遇一个健壮的小伙子？老寅创作剧本的具体过程怎样？小芹又是怎样一步步走向堕落的？这些都不得而知，需要读者积极地去"填空"。

所有这些表明，韩少功处理小说结构的技巧已经相当娴熟。一个文本要有迷人的魅力，可能源自妙不可言的语言、情节，也可能来自精巧的结构。通过横截面法高明地留"空"而产生的召唤结构，必然询唤起读者的探求欲，将阅读变成复杂而又趣味无穷的解码过程。

二

　　传统小说一般应遵循四段式的情节模式：开端、发展、高潮、结局。这一认知早已深入人心，也在各类文学教科书中被反复言及。按惯常逻辑，这四个部分须层层推进、环环相扣，缺一不可。除了偶有插叙、倒叙，暂时性地影响情节的发展外，传统文本基本上遵循线性的叙事逻辑，情节的前行具有不可逆性。《801室故事》的情节设置与传统叙事迥然相异。它的情节相当考究，可谓出奇制胜。从题材来看，这应是一个习见的侦探故事。也就是说，若按侦探小说的叙事逻辑，应当出现一个出类拔萃的侦查人员，排除千难万险，终于让案件水落石出。而文本没有按这样的情节模式展开，直至结尾，侦查尚无结果，罪犯依旧逍遥法外。大篇幅的叙事内容不过表明：801室仅仅是侦查的一个重点场所。

　　在前面一节已经提及叙事"空白"的推动作用。其实，情节的处理同样涉及文本的动力问题，即如何通过情节设置使得文本具有适当的节奏，以消除读者的麻痹厌倦情绪。不难理解，若单列搜查报告与房屋装修方案，定然节奏缓慢，味同嚼蜡。但关键在于，两个内置于文本中的"文本"（装修方案、搜查报告），均来自警方。这意味着从这些看似枯燥的材料中完全可能发现某些重要的线索。于是，情节促成的探求欲成了必不可少的行动元，引诱读者马不停蹄地去阅读，去搜寻证据，正如现场侦探人员一样，不放过任何与案件有关的蛛丝马迹。但是，看完这两个内置"文本"，叙述就戛然而止。读者于茫然若失中惊觉，文本差不多设置了一个侦探"骗局"，真可谓"醉翁之意不在酒"。作者绕了个大圈子，不过图意指明：每个物件都是故事的载体，没必要固守传统情节模式，穷追不舍，查出凶手是谁，然后再首尾相合，成就一段离奇曲折的凶杀故事。此时，侦探故事迅即成为若有若无的背景，仅留下一些关于具体物件的陈述。作者毫不讳言，按照陈规，这只是一个不完整的故事，甚至就不是一个故事——在众人眼中，缺少情节的起承转合，没有性格合乎逻辑的变迁、演进，是无所谓故事的。在此种情形下，作者干脆按此逻辑顺水推舟，对侦探故事的不完整性予以进一步强调："既然没有故事，就不需要故事的结尾。"

稍作延伸，可以发现，从《爸爸爸》《暂行条例》，到近几年的《方案六号》《是吗》等文本，都有出人意料、独出心裁的情节设置。《爸爸爸》规避了传统的"大团圆"情节构造，在文本的结尾部分，并没有给山寨许诺一个明晰、乐观的未来。《女女女》中的幺姑，从一个病患者到具有猴子的体貌，再到近似于有鱼的形状，经历十分奇特。其玄幻离奇的情节内容足实与科幻奇谭相媲美。《暂行条例》为讽喻官僚体制的庞大与臃肿，凌空造出一个赘疣机构"语言管理局"。这帮人对外极力证明自身存在的合法性，而对内则拼命扩大官僚群体。后一行为致使小秘书 T 成为唯一的群众，因为只剩他未得提拔。颇具反讽意味的是，这个秘书凭借"群众"的头衔反倒成了事实上的"领导"。在这个故事中，叙述者对描述的现象虽不置一词，但更见批判的深度与力度。

情节的出奇制胜，在很大程度上表现了韩少功趋变、求新，不守陈规的创作个性。对于当下创作日愈一日的雷同化，韩少功颇为不满。他以为，如下情形的出现简直有些不可理喻：在一个个人越来越受重视，个人化越来越成为潮流的时代，"文学却出现了许多让人意想不到的情况"——所谓的抄袭案竟越来越多。而那些被指控的人所做的辩白更意味深长。他们抗辩，"那不是抄袭而只是近似和撞车，一个不经意的类同"❶。也许，申诉、辩白者中的相当一部分确实有冤情，并非有意在散布谎言。那么，这种不经意的类同又是如何出现的呢？韩少功确信，这与作家的生活状况有关。他们在今天过着美轮美奂的小日子，都逐渐开始了中产阶级化。这意味着生活方式开始同质化，创作必然面临潜在的困境——"都市化背景下的生活方式，沙发是大同小异的，客厅是大同小异的，电梯是大同小异的，早上起来推开窗子打个哈欠也是大同小异的，作息时间表也可能是大同小异的。我们在遵守同一个时刻表，生活越来越类同，然而我们试图在这样越来越类同的生活里寻找独特的自我，这不是做梦吗？"❷ 如是看来，文学创作前景确实堪忧。那还有没有可能规避雷同化呢？又应当如何规避？这是每个进行严肃创作的作家必

---

❶ 韩少功：《作家的创作个性正在湮没》，刊载于《探索与争鸣》2006 年第 8 期。
❷ 韩少功：《作家的创作个性正在湮没》，刊载于《探索与争鸣》2006 年第 8 期。

须回答的问题。韩少功的创作经历起码暗示了两条可能的路径：一是要有丰富的生活经验。作家应当多接触活生生的现实，而不应闭门造车。譬如韩少功定期去乡下居住，就可以触摸广阔的乡土，听到大自然呼吸的声音。这无疑有利于走出都市生活的小圈子，以防止生活经验的单一化。当然，更为关键的还是要在艺术上有求新、趋变的精神。即便是生活在农村，整日直接与自然、土地打交道，也不能确保去雷同化。十七年－"文革"文学就是例证，那时的作家们个个都黑汗水流，扎根基层，但因为极左文艺思潮影响，照样创作了大量模式化、类型化的作品。所以，归根结底要看作家的艺术眼光与手段。譬如《801室故事》，写的是侦探题材。这是一个通俗小说惯常描写的对象。若处理不当，就可能成为一个十分平庸、通俗化的文本。再比如《暂行条例》，意在讽喻官僚体制的臃肿、庞大，是反腐小说常处理的题材。但若作者只是描写某个部门内部的权势斗争、人浮于事之类，则完全可能又成为雷同化、模式化的小说。韩少功出一怪招，将它写成一个寓言性的文本。其情节虽离奇古怪，却又合乎情理，自然也就跳出窠臼，规避了雷同化。

三

《801室故事》挑战了系列叙事成规，传统的人物塑造模式也被它完全颠覆。人们掩卷沉思，定然无法克制这样的疑问：作品的主人公是谁？对于多数小说而言，这几乎是一个节外生枝、近乎无聊的问题。但在《801室故事》中却是实实在在的情形。毫无疑问，主人公不是无名女尸，也不是801室的神秘业主，更不是某个神通广大的探员。这些人物要么面目隐隐绰绰，若有若无，要么偶有露面，亦只是一晃而过。对此，作者在文本的结尾部分，给出了一个出乎意料的解释："其实，每一件物品都有故事，起码是某个故事的痕迹，甚至可能成为某个故事的物证。但从物品中读出故事，需要有一定的生活经验，比如一个没有当过母亲或妻子的人，大概不会从一条男人腰带的尺寸，想到当事人的体重、性格、生活规律以及可能的处世态度。"❶ 到这时，读者方恍然大

---

❶ 韩少功：《801室故事》，出自《报告政府》，人民文学出版社2008年版，第191页。

悟，整个文本毋宁都在宣谕：物品有隐而不宣的故事，其自身就可以成为文本的主人公。同时，作者也吁请读者调动生活经验资源，以作出积极的回应，力求在"物品中读出故事"。

这很容易让人联想起罗伯-格里耶的小说《咖啡壶》。通读这个文本，我们会惊异地发现，它竟然没有人物、情节，整个故事所展示的只是一只普普通通的咖啡壶。作者不厌其烦地絮叨它的颜色、形状、位置，以及内部的构造等。也就是说，作品中没有活灵活现、有血有肉的人。即使勉强凑数，也只有两个"人体"模型。人的缺席，悄然为物的出场留下了广阔的空间——褐色的陶瓷咖啡壶于是大模大样地占据文本的中心位置。很多人定然在看罢迅即发出强烈的质疑：这绝对不是一部真正的小说，因为小说必须刻画人物。对于这些责难，格里耶作了详细的解释："由于我们的小说中没有传统定义所说的那种'人物'，于是人们就仓促下结论说在我们小说中根本看不到人。这是因为没有很好地阅读这些作品。书中的每一页、每一行、每个字中都有人。尽管人们在小说中看到许多'物'，描写得又很细，但首先是有人的眼光在看，有思想在审视，有情欲在改变着它。"❶ 可见，他写物是言在此而意在彼，终极目的在于写"人"，在于映射人的生存境况，哪怕人暂时完全隐去了面目、动作与言语。

可见，人物有限度的退隐，是格里耶、韩少功等先锋作家形式探索的重要维度。这时，物品常常一反缄默不语的现实存在形态，活灵活现地进入到了文本中，神秘地向人们诉说某些有待反省、证实、捉摸的事件。人物通过物品现形，悄无声息地实现了符号化的蜕变。人物的符号化完全打破了传统文学叙事所必须依循的艺术准则——它不再顾及人物性格发展的必然逻辑或相关背景，拒绝将人物还原到人格化、欲望化的生命层面上来，也放弃对人物进行全面、完整的典型化塑造。它意图凸现的毋宁是人类生存物化、碎片化的异质状态。

当然，《801室故事》《咖啡壶》是这方面探索的极端化例证。在更多的先锋性小说中，即便在这个层面有所体现，也只是通过个别或几件物品来体现。这和传统叙事中的物品是有区别的：先锋小说将物品当成

---

❶ 崔道怡等编：《"冰山"理论：对话与潜对话》，工人出版社1987年版，第521页。

寓意性符号，而传统叙事只是将其当成表现人物的中介与附属工具。在中短篇小说里，选取一些关键的物品，在它们身上寄寓多重意义是韩少功一贯的叙事风格。譬如《爸爸爸》中，仁宝搜罗的宝贝就具有重要的象征意义。他每都次下山会不遗余力、欣喜若狂地带回一些山寨人们没有见识过的破铜烂铁：废弃的玻璃瓶子、破马灯、松紧带子、旧报纸、被遗弃的照片等。他还像模像样地套着一双不知从何处捡来、完全不合脚的大皮鞋壳子。这些物件均与传统的农业文明无关，都是上世纪之交的舶来品。显然，"假洋鬼子"仁宝的照单全收、不辨好丑具有时代性与典型性。《女女女》中，作者对一双竹筷也给予了特别的留意——"两年了，世界上还有她遗留下的那双竹筷，用麻线拴着两个头，在门后悬挂着，晃荡，有一层灰垢，一推门它就发出懒洋洋的嗒嗒几声"。❶一个人劳累一生、受尽病痛折磨离世后，遗留的只是一双无关紧要的竹筷。生命消逝之后，除了留存记忆的模糊面影，还剩什么可触可感的东西以供后人惦记呢？也许就只有这蒙有灰垢、"懒洋洋"的一双竹筷了。它还有另一重意义，即表明"吃"对于人类是第一性的。幺姑先前的节衣缩食以及病后暴饮暴食，都与"竹筷"有着某种神秘的关联。《蓝盖子》的标题正是对一细小物品的指称。从这里已隐约可知，此一物品将是高度寓意化的。陈梦桃在苦役场抬死人，日日战战兢兢、如履薄冰，精神处于极度高压状态。起先一段时间，他还能勉强保持克制与理性。一次，为缓解心理压力，他赎罪一样地主动请同室的犯人喝酒。开酒瓶时，"嘣"的一声，盖子不见了。陈开始了漫无边际的寻找。他肯定不是为一个瓶盖微不足道的价值耿耿于怀。那究竟又在寻找其他的什么呢？这个分文不值的瓶盖竟于冥冥中成了最为可怕的谶语，逼使他一生毫不倦怠地搜寻下去。《鞋癖》的标题颇有意味——在那个四处逃荒的时代，恋鞋亦能成癖。这个文本还提到一些幽灵一样的物品：在父亲自舍之后，常坐的藤椅开始莫名其妙地发出"咯嘎"的声响，碗柜里他常用的那只碗也无端碎裂，墙上的水渍竟然呈现出了父亲的剪影……各种物品神不知鬼不觉地四处活动，誓将痛楚铭刻在生活的每个细节与角落里。

---

❶ 韩少功：《女女女》，出自《归去来》，人民文学出版社 2008 年版，第 107 页。

物的凸现，表明隐喻功能的泛化。《801室故事》里的大量物品，都成为值得解读的符码。物不再作为背景或陪衬出现，而是成为主要的信息载体。我们习见的是整体性的隐喻，譬如主要人物、作品主题之类。而物品的大量出现，颠覆了既有的叙事规则。对于隐喻，韦勒克、沃伦有很独到的见解："较老的理论仅是从外部的、表面的角度来研究它们，把它们的绝大部分作为文饰和修饰性的装饰，把它们从所在的作品中分离出来。而我们的观点则与此不同，认为文学的意义与功能主要呈现在隐喻和神话中。人类头脑中存在着隐喻式的思维和神话式的思维这样的活动，这种思维是借助隐喻的手段，借助诗歌叙述与描写的手段来进行的。"❶ 物品在文本中崭露头角，将隐喻的形式变为支配性或全局性的，无疑改变了传统叙事中物品（隐喻功能）的"文饰"与"修饰性"地位。物品在文本中已不再是可有可无的配角，它可以承载人类的思想，并弥散性地生成意义与功能。

四

《801室故事》中，虽人物隐藏于物品之后，面影模糊，但是依旧可以大致推测出业主的一些特征：这是个商界人士，参与过多种商业活动。精通钻营之术，惯于投机取巧。有胃病，精神衰弱，睡眠有障碍。而且室内餐桌、沙发上都有新旧刀痕，家庭暴力的迹象十分显眼。很明显，这差不多是一个都市中有着歇斯底里症的中产人士。

在文本中出现病态人物，往往与作者介入现实的积极态度有密切的关联。批判在商业经济环境下人性的扭曲与畸变，肯定是《801室故事》的叙事动机之一。比至于许多当代作家喜好描写社会外部的写作姿态，韩少功明显更倾心于关注人内心的巨大波澜，以及这些精神畸变背后隐藏的社会诱因。人心的扭曲都来自环境的胁迫。在现代中国，压迫性因素主要来自两个方面：政治与商业主义。商业主义对人的包抄、袭击，眼下主要发生在都市。801室的业主就是一个十足的物质主义者，对于物欲的完全屈从使得他整日如跳梁小丑，以致寝食难安，性格扭

---

❶ 韦勒克、沃伦：《文学理论》，北京三联书店1984年版，第209页。

曲。对这种伪饰的"现代人",韩少功十足反感。在他的另外一些小说中也曾出现这一类人,例如老黑。而《昨天再会》中的刑立简直是下乡年代老黑的翻版。还有《暗示》中的小雁,在成为都市精英阶层之后,也就完全处于"伪装"之中,变得人不人、鬼不鬼了。都市对人的扭曲在寓言性文本《老狼阿毛》中得到了集中的体现。宠物狗阿毛豢养于都市,渐渐失去了所有的兽性。它受到了同类的无情嘲弄,于是开始做最低限度的反抗。即便如此谨慎,它还是遭到了主人的嫌弃,被抛诸山野,成为地地道道的疯狗。阿毛好比人类,而豢养的环境则是文明本身。面对异化,人类可以做出多大程度的抵抗呢?当文明向人类发出警示时,人类是发疯还是另择他路呢?对于这些棘手的问题,答案都不得而知。政治胁迫致使人异变,在韩少功的小说中更为常见。精神分析学曾将精神压抑、焦虑归结到父亲的权威。儿子的乱伦倾向会遭到父亲的制止,因此导致"阉割恐惧"。这一恐惧随之转变成精神的焦灼、惶恐。韩少功的少年恰逢告别父权的时代,政治高高地凌驾于一切之上。一个常见的字眼"决裂"就表明,父权在政治高压下已苍白虚弱、不堪一击。政治之父的无所不能,同样导致一种极端的心理畸变。尤其对文人来说,是一种精神意义上的阉割。像王蒙一样,在韩少功的小说叙述中,也可以经常看见一些20世纪六七十年代风靡一时的政治辞令或大字报用语。这些粗暴的话语形式与人们的精神焦虑状态是相伴随的。在《蓝盖子》《女女女》《鞋癖》《领袖之死》等文本中,政治的迫力促使人物最终濒于精神崩溃,并表现出种种异常的举动。陈梦桃因冤案错断入狱。在劳改场抬死人,精神压力过大,最后全线崩溃。当瓶盖"嘣"的一声不见时,他愣了:"盖子呢?""盖子呢?"于是开始了难以歇止的搜索行动:把铺草须子掀了掀,把每只鞋都朝外倒了倒,又把墙角的耙头和扁担扒得哗哗响,朝空尿桶里看了看。"盖子呢?真有味,我的盖子呢?"——就这样,他疯了。幺姑的丈夫是"五类分子"。大半辈子她都克己、勤俭,低头作人。生病之后,她解除了所有的理性"武装",肆意释放自己,以致完全变了一个人——开始狼吞虎咽、索求无度,还不停地抱怨子女有意虐待她。《鞋癖》中也是如此,"父亲"迫于政治压力自尽,"母亲"随之经历了无尽的磨难。因焦虑无安身之所,她必须时时为远行做准备,于是不间断地做鞋子。老年时,条件已经好转,但她却依旧不厌其烦地要求买鞋,以至于家里的鞋堆积成山。《领袖之死》中的长科,因在领袖去世的追悼会上第一个哭出声来,很快成为人们学习的楷模。随后,大红大紫,四处表演,成了大忙人。

人们都熟知,陀思妥耶夫斯基惯于写作一些精神变态形象。《穷人》《双重人格》《罪与罚》都描写了一系列在现实高压下的精神变态者。在他看来,反映扭曲人格、神经病症候,更能穿透迷障,探查到"人的内心的全部深度"。鲁迅击节叹赏他的高明,以为注意精神畸变者,正可以很深刻地探索到现实的病灶:"医学者往往用病态来解释陀思妥耶夫斯基的作品。这伦勃罗梭式的说明,在现今的大多数国度里,恐怕实在也非常便利,能得一般人们的赞许的。但是,即使他是神经病者,也是俄国专制时代的神经病者,倘若谁身受了和他相类的重压,那么,愈身受,也就会愈懂得他那夹着夸张的真实,热到发冷的热情,快要破裂的忍从,于是爱他起来的罢。"❶鲁迅自己也热衷于写"病态"的人物。祥林嫂、阿Q、孔乙己、狂人,都是在问题社会发生了精神的畸变的。透过这些人物的言谈举止以及命运的惨淡,正可以看到社会的阴暗与腐朽。

韩少功文本中,大量变态人物的存在,正表明他对于政治病变与商业主义均抱有不满的情绪。陈梦桃、长科、801室业主等一系列畸形人物,好比鲁迅、陀思妥耶夫斯基笔下的病态人物一样,恰恰映照出了社会的扭曲与不正常。

五

《801室故事》浓墨重彩地介绍了装修方案与搜查报告。人们肯定不无担心:这样的叙事策略会不会严重减弱文本的吸引力?为解决这一问题,作者一方面诉诸情节的出奇制胜,另一方面,氛围的营造也是重要的弥补手段。小说氛围确实是个难以捉摸的东西,它没有切实可感的形式,而是源自阅读感受。以至于在许多小说中,它是被遗忘、忽略的

---

❶ 鲁迅:《陀思妥耶夫斯基的事》,出自《鲁迅全集》第六卷,人民文学出版社1973年版,第405页。

对象。不过，对于韩少功来说，它恰似烹饪中的核心佐料，若要做出美味佳肴，绝非可有可无的成分。相比而言，影视一般特别重视氛围的营造。音响、色彩、镜头，经由适度的调控，都可以营造出特定的氛围。某些骇人的氛围，常常无须血腥决斗的介入，就足以让人胆战心惊、毛骨悚然。韩少功深谙氛围营造可以导致的美学效果。《801室故事》一开头，就呈现了一幅毛骨悚然的景观：女尸横陈沙滩，尸身上一串钥匙成为唯一线索。警方按图索骥，"最后，喀啦一声，钥匙插入后慢慢地旋转，拧开了一张门"，进入了空空的801室。文本第一段，"女尸""钥匙"成为关键词，无形中已弥漫开一种紧张的气氛。"喀啦一声"，"慢慢地旋转"，房门洞开——陷阱、阴谋、暗箭都可能在某个隐秘的角落静待人们靠近……紧张、惊悚的氛围因叙事节奏的快捷得到进一步的加强。作者没有采取回忆的方式去详尽地叙说相关过程，而是直接描述探案的具体细节。现在进行时成为文本的主要叙述时态，故事时间与叙事时间合二为一。其震撼意义在阅读中凸显出来。也就是说，通过营造现场感，读者好比跟随在警察身后一样，见证了整个侦查的过程。在这种情形下，阅读文本也就意味着扮演侦探的角色，去提心吊胆、一丝不苟地发掘任何可疑迹象。当然，这当中也需谨慎地去防范可能遭遇的种种不测。

营造惊悚氛围是韩少功小说创作的常见手法。由《801室故事》就可以看出，韩少功喜好将人物置于险象环生的境地。死亡总是作为惊悚的诱因出现，相伴的是有惊无险的心理效应。在寻根时期的文本中，险"象"已经频频露面。《爸爸爸》中，大山里不仅有岔路鬼，蛇虫瘴疠也是实在的。古老的森林实在让人胆战心惊——"大岭深坑，山路崎岖，大树实在不易外运，于是长了也是白长，派不上多大用场，雄姿英发地长起来，又在阳光雨露下默默老死山中。枝叶腐烂，年年厚积，若有人软软地踏上去，腐积层就冒出几注黑汁和一些水泡，冒出阴湿浓烈的酸臭，浸染着一代代山猪和野豹的嚎叫"❶。至于出山更是危险重重，"碰上祭谷神的，可能取了你的人头。碰上剪径的，可能钩了你的车船，剐了你的钱财。这是第二条。还有些妇人，用公鸡血掺和几种毒虫，干制

---

❶ 韩少功：《爸爸爸》，出自《归去来》，人民文学出版社2008年版，第16页。

成粉，藏于指甲缝中，趁你不留意时往你茶杯中轻轻一弹，令你饮茶之后暴死于途。这叫'放蛊'。据说放蛊者由此而益寿延年，至少也要攒下一些留给来世的阴寿。当然是害怕蛊祸，此地的青壮后生一般不会轻易远行，远行也不敢随便饮水，实在干渴难忍，视潭中或井中有活鱼游动，才敢去捧喝两口"❶。文本中许多物、事都显惨烈之象。仲裁缝受到古人的召唤，要坐桩而死，于是上山去，此时"公鸡正在叫午，寨里静得像没有人，只有两只蝴蝶在无声飞绕。对面是鸡公岭一片狰狞石壁，斑斓石纹有的像刀枪，有的像旗鼓，有的像兜鍪铠甲，有的像战马长车。还有些石脉不知含了什么东西，呈深深赭色，如淋漓鲜血劈头劈脑地从山顶泻下来，一片惨烈的兵家气象"❷。文本中还有让人毛发倒竖的吃人场面。《女女女》中也笼罩着可怖的氛围。"我"多次断定幺姑在厨房切的不是菜蔬，而是自己的手指——"那声音还在怯怯地继续。已经不是纯粹的喳喳——喳，细听下去，又像有嘎嘎嘎和嘶嘶嘶的声音混在其中。分明不像是切姜片，分明是刀刃把手指头一片片切下来了——有软骨的碎断，有皮肉的撕裂，然后是刀在骨节处被死死地卡住。是的，只可能是切断手指的声音。她怎么没有痛苦地叫出来呢？突然，那边又大大方方地爆发出咔咔震响，震得门窗都哆哆嗦嗦。我断定她刚才切得顺手，便鼓起了信心，摆开了架势，抡圆了膀子开剁。她正在用菜刀剁着自己的胳膊？剁完了胳膊又开始劈自己的大腿？劈完了大腿又开始猛砍自己的腰身和头颅？……骨屑在飞溅，鲜血在流泻，那热烘烘酽糊糊的血浆一定悠悠然顺着桌腿流到地上，又偷偷摸摸爬入走道，被那个塑料桶挡住，再转了个弯，然后折向我的房门……"❸《蓝盖子》中的陈梦桃，在苦役场无法承受抬石头的重差，于是主动要求去埋人。抬死人一样让他备受煎熬，第一次就吓得魂飞魄散："那一天下坡，因为要避开一堆牛粪，他踏空了一步，使肩上的担子剧烈摇晃。死者的一只冷手从胸前滑落，大幅度地向前一荡，正好触到了陈梦桃的膝弯，好像冷不防在那里挠了挠。'娘哎——'陈梦桃高跳了几步，摔倒在地。碰巧死

---

❶ 韩少功：《爸爸爸》，出自《归去来》，人民文学出版社2008年版，第15-16页。
❷ 韩少功：《爸爸爸》，出自《归去来》，人民文学出版社2008年版，第30页。
❸ 韩少功：《女女女》，出自《归去来》，人民文学出版社2008年版，第107页。

者向前一滑，冲出了草袋，歪歪地压在他身上。他马上手脚四伸，晕了。"❶《空城》描写了朦胧的夜色中令人胆战心惊的墟场：肉案如同蹲伏的十几只巨兽，守住黑沉沉的夜，肉案上钉着一把钢刀偷偷地瞥来一眼，而身后咣当一声巨响让人以为什么大事即将在今夜发生。在《谋杀》与《会心一笑》这两个文本中，主人公都幻想或者梦见杀人。尤其让人惶恐不安的是，幻想与梦境中的事件竟离奇地延续到了现实之中。

不难看出，死亡、惊恐的步步紧逼还总伴随着某种不可捉摸的力量，恰如神鬼、魔幻现世显灵，强大地左右了人世的一切。毋庸置疑，在韩少功的小说中，适度地复魅是他营造惊悚氛围的又一技法。复魅意味着在文本中暂时地放逐无神论与科学主义，将神秘、魔幻、鬼神在纸上世界再次复活。20 世纪 80 年代中期以来，以马尔克斯、博尔赫斯为代表的拉美魔幻现实主义对中国文学产生了很大的影响。拉美魔幻现实主义文学的一个突出特点就是，在对历史与现实的思考、反省中，表现出浓郁的复魅倾向。马尔克斯曾揭示了魔幻形成的综合因素，这是"非洲黑奴的丰富想象同哥伦布发现新大陆之前的土著居民的想象交融在一起，之后，又同安达卢西亚人的狂想和加利西亚对鬼神的崇拜汇合起来"❷ 的结果。土著居民的迷信、图腾崇拜，在现代社会往往意味着愚昧，是被完全否弃的对象。但它恰恰迎合了文学世界的狂放不羁。楚地巫风源远流长，它与魔幻有许多内在的相通之处。当拉美魔幻现实主义传入中国大陆之时，湖南作家无疑是颇能洞悉其中奥妙的。有研究者就专门研究过楚地作家中的几个代表人物在这方面受到的影响："新时期以来湖南小说在叙事方面出现了一种含魅倾向，韩少功的作品其含魅倾向表现为对世界上不可知与不可言说事物的包含与宽容，孙健忠等人的小说将魔幻态现实与进行态现实融合在一起，残雪的小说用梦魇与呓语的形式将巫文化推向极端，造成一种独特的神秘的含魅叙事。"❸ 韩少功的许多作品都包含复魅因子。小说《真要出事》，标题就好像算命先生故作高深的言论，给人们带来即要出事的惶恐感。《爸爸爸》中的仁宝，

---

❶ 韩少功：《蓝盖子》，出自《归去来》，人民文学出版社 2008 年版，第 4 页。
❷ 袁可嘉：《现代主义文学研究》，中国社会科学出版社 1989 年版，第 889 页。
❸ 谭桂林：《论新时期湖南小说的含魅叙事》，刊载于《湘潭大学学报（哲学社会科学版）》2001 年第 2 期。

装神弄鬼，忙碌地进进出出，口中不停地絮叨："就要开始了"，或者"你等着吧，可能就在明天"。《归去来》的整个故事就好比一个梦，一个无从索解的谜团。《鞋癖》表征了种种无从解释的异兆，藤椅常常无端地咯啦一响，瓷碗、灯泡、镜子、玻璃，反正一切易碎的东西都会莫名其妙地炸裂，父亲身上的肥皂味和汗味悄悄地弥漫，走道上传来沙哑难辨的电话，又似父亲的声音，墙上一片水渍酷肖父亲的剪影……《北门口预言》一并始就通过缄默的乌鸦和陡峭的城楼向读者暗示，这里一定发生过什么大事——只是无从打听而已。在《马桥词典》中，复魅更是有集中的表现。马桥的两棵枫树，都有着惊人的魔力。马鸣曾经画过这两棵树，之后就右臂红肿发烧，剧痛三日。枫树最终被公社砍走打了排椅，结果附近的几十个村寨都开始流行一种瘙痒症。面对这些古里古怪的传说，作者神秘地猜测："我不会想到，正是它们，潜藏在日子深处的它们，隐含着无可占测的可能，叶子和枝杆都在蓄聚着危险，将在预定的时刻爆发，判决了某一个人或某一些人的命运。"❶《根》这一词条中，写到铁香最后抛弃体面的支部书记本义，跟"不体面"的三耳朵私奔了。这事很蹊跷，竟是命中注定的：铁香的父亲是个"九袋"（乞丐头子）。有一过路老人曾看过铁香的手心，说她"门槛根"（当乞丐的命）还没断。铁香已是书记的老婆，日子过得正红火，她哪会相信疯老头的话呢。但多年后，她还是跟随三耳朵——一个穷得差不多只能挨门槛的男人——在遥远他乡流落终身。《梦婆》词条写到一个古怪的女性水水。儿子被炸死后，她成了梦婆，于是有了一些特异功能：为人猜彩票中奖号码，几乎是屡试屡中，名噪方圆几百里。《走鬼亲》中的铁香更是神乎其神了。她竟于死后投胎转世为金福酒店的黑丹子，居然还认出了来到那里打工的儿子。此事流传开去后，几个干部押着她来到马桥核实，看她是否故意装神弄鬼。随后的情景令人惊异：黑丹子一走进本义的家，就神了，不仅熟门熟路，晓得吊壶、尿桶、米柜各自的位置，而且一眼就认出了半躺在床上的老人就是本义。更令人不解的是，她居然还叫出了一个连现在的马桥人都很陌生的人的名字。

在《801室故事》中，并没有这类复魅叙事。这里讨论复魅并非要

---

❶ 韩少功：《马桥词典》，人民文学出版社2008年版，第65页。

在两者之间做简单的类比。在韩少功的作品中，复魅叙事十分常见。不过，这一叙事方式有一定的风险，尤其是在20世纪90年代形成一种隐性潮流之后。当下，众多青年作家的湘西叙事往往沉迷于赶尸、巫术、神鬼等题材，这就将复魅叙事庸俗化、简单化。在韩少功笔下也有这类素材，但他很节制，甚至有意无意规避这类写法。他最成功的复魅叙事不在于讲述一个离奇的神怪故事，而在于将这一故事心象化。而心象化的叙事功能正在于营造一种与文本整体气韵相融合的特殊的叙事氛围。在寻根时期的叙事中，注重氛围营造就已成为韩少功迥异于其他作家的重要艺术特色。他认为，在一个媒体时代，纸媒作家已不可能与数字化媒介在叙事能力（强度、广度等）方面一较高下。文学作者的强项就在于形构一种心象化叙事，这也是中国叙事传统中最值得珍视的部分。在韩少功的笔下，景观往往与一种可怖、阴冷、险恶的心象关联在一起。这种景观的虚化与心象化是通过两种方式来达成的：一是对外在静态景物的心象化描绘，这在《爸爸爸》中有突出的体现；二是通过对人物行动的心象化书写，如《女女女》中幻化想象出来的幺姑自残行为。前一种方式在韩少功寻根作品中反复出现，有逐渐固化的弊病。而后一种方式则在《801室故事》中得以承续并获得进一步的发展。在《801室故事》中，人物行动（通过外物来隐性显现）、物品、环境都随有限叙事视角逐一呈现，在带来一种在场感的同时，也将叙述者的心象投射于周遭事物与环境上。一种叙事氛围究竟有何叙事功能与意义呢？经典叙事学并没有深入讨论过这一问题。韩少功的很多作品不是特别注重写人物的行动性特征，而是更关注人物身处的空间场景。这种场景又不是完全静态的，它与视角同一，与人物的处境、心境构成深层互文关系。很多时候，场景营造的氛围成为整个文本叙事前行的内在动力。在《801室故事》中，文本开头部分的可怖氛围形成了叙事模块，成为一种整体性行动元，推动叙事的前行与发展。当转移到书写室内场景时，一种由物产生的情绪、氛围又成为作品最为内在的质素。显然，《801室故事》将心象化-氛围叙事模式推进到了极致。在当代文坛，这种叙事方式空灵且富有生气。它无疑是独具一格的。不无遗憾的是，韩少功后续的作品已很少重返这类叙事形态了。

第七章　乡村"写意"：韵味的延留及残损

——《山南水北》阅读笔记

《山南水北》作为一个由片断文字、照片构成的发散性文本，延展开巨大的阐释空间——它零碎不堪，如同本雅明、罗兰·巴特睿智而又放纵的笔记，但虚构的幻象如幽灵飘忽不定，又透露了小说叙事的丝丝气息。这是脱离规范的写作冲动，任性地将种种文类的边界悉数破坏后所造就的异端产品。这种颠覆，如同《暗示》《801室故事》所表现的，蕴含了挑战陈规的隐秘快感。作者曾频频宣示，对于固有文类形成的专制，他有着十足的反感和厌恶。这些僵化的形式，伴随着物欲与消费主义的潮流，已经日趋媚俗化，并一举摧毁了严肃作家据以安身立命的语言"圣殿"。

《山南水北》与《月下桨声》《土地》等作品一起，构成了一个系列，是逆"潮流"而动的美学样式，也是对韩少功以往创作的一个反动。这些文本是作者挑战当下创作普遍性困境的具体体现。它们与乡土关系密切，而且凸显了山水的独特美感。这是都市所没有的"韵味"，是乡村"写意"的诗意形式。《山南水北》的乡村"写意"主要体现在两个方面：其一，表现为文字上对山水、风土人情的诗意展示；其二，显现于文本中所附的大量照片中。它们是作家乡土生活的写真，构成了另一个"写意"的功能系统。

"韵味"曾是本雅明对于传统艺术的形象譬喻，表明一种膜拜的光晕持续性地环绕着古典艺术品。中国传统的写意山水画就最能体现"韵味"的内涵。不过，韩少功笔下的山水并不完全等同于传统的"写意"，毕竟时代给"山南水北"造成了巨大的挤压。也就是说，即便是对乡村的灵性纪录，也不能造就一个没有文明规约、无意识形态染指的桃花源。这里反而留下了更为鲜明的前现代与现代之间的冲突痕迹。静态的诗性"写意"与动态的文明冲突叙事，两者在文本中构成了一种内在的紧张。

一

韩少功在世纪初写过《老狼阿毛》《方案六号》《801室故事》等以城市为背景的小说。毋庸置疑，这些文本展示出了叙事技巧的娴熟与老辣，但也显示了刻意求新的尴尬与困境。在多种场合，作者亦毫不避讳"小说越来越难写"的怨叹与隐衷。

小说的困境其实就是创作者自身困厄的显示。这一问题由来已久。20世纪80年代，作家们已从意识形态实践的虚幻之境中清醒过来，凭借天时地利人和，文学迎来了那段令人怀念的黄金时期。韩少功的《西望茅草地》《风吹唢呐声》《飞过蓝天》等好作品，就创作于这一时期。但好景不长，面对其他媒体的强势进驻，文学很快失去招架之力，眼巴巴看着自己的"地盘"被影视、非文学类报刊"贪婪"地蚕食掉。在《信息时代的文学》当中，韩少功就已窥出传统文学可能走向末路的端倪。他认为，解救之道在于走出传统现实主义的巨大影子，寻求现代艺术的心境空间。从那时起，寻根、先锋勃兴。中国作家扮演了如同马拉美、博尔赫斯似的艺术先知，混合着现代、后现代的迷惘，在纸上江湖演出着能指嬉戏的无尽曲目。显然，刚从虚伪的总体性解脱出来的作者，正为形式而癫狂，完全没有意识到一种新的危机正日趋迫近。它比传媒的紧逼更可怕，因为危机来自作家自身。刚迈过90年代的门槛，他们惊诧地发觉，自己的写作与别人的如同出自一个铸模，真假难辨，高下难分。叙事的"空转"与"失禁"开始全面泛滥，❶ 题材、方法，乃至于人物都似曾相识。

韩少功显然也为这种局面所震惊，他在创作时必须逃逸出如是怪圈。这种重复的危机，在他看来源自作家生活的中产阶级化。试想当年知青作家，虽然都离不开农村题材，但每个人笔下的乡村形态各异、差别很大。这和乡村、城市间的不同有关。城市生活更容易出现同质化："都市化背景下的生活方式，沙发是大同小异的，客厅是大同小异的，电梯是大同小异的，早上起来推开窗子打个哈欠也是大同小异的，作息

---

❶ 韩少功：《个性》，刊载于《小说选刊》，2004年第1期。

时间表也可能是大同小异的。我们在遵守同一个时刻表,生活越来越类同,然而我们试图在这样越来越类同的生活里寻找独特的自我,这不是做梦吗?"❶ 很明显,现代社会在造就一个越来越雷同的时空,从物件、生活方式,到每个个体的形貌、举止,都日愈一日地趋于同一。法兰克福学派对于这种整齐划一的文化形态痛心疾首,"文化工业终于使摹仿绝对化了","现在一切文化都是相似的"❷。甚至于,"在垄断下的所有的群众文化都是一致的,它们的结构都是由工厂生产出来的框架结构"❸。在都市背景下,作家面对的客体世界变成了电视墙似的景观,表面看来炫目灿烂,其实诗意全无。在这样的情形下,作家挖空心思地玩弄形式,也难以规避题材的趋一与雷同。

《山南水北》的意义于是体现了出来。在当下乡村,许多事、物鲜活生动,还没有经过文化工业完全的整编。据此创作出来的文本,自然避免了题材上雷同、撞车的危机。

在当下的语境中,最为致命的可能还是作家自身认知能力的锐减。在前现代时期,作家可以不无浅薄而又大致准确地"炫耀"自身知识的广博,比如曹雪芹、巴尔扎克,用他们的生花妙笔,极尽事物的一切摹态,尽情显示叙述者卓绝的见识与眼力。但在现代社会,分工的细化,使每个稍有知识的劳动者都成了某个领域的权威抑或话语的操控者。相比之下,作家可能对文学以外的各个领域相对比较陌生,只能对某些场景做想象性的书写。而传媒的发达进一步助长了这种势头。正如本雅明所言:"随着新闻出版业的日益发展,新闻出版业不断地给读者提供了新的政治、宗教、科学、职业和地方的喉舌,越来越多的读者——首先是个别地——变成了作者。"伴随着发言空间的拓展,紧随而至的是发言者权利的进一步加固,也就是说:"读者随时都准备成为作者,他作为内行就具有了成为作者的可能,而在一个极端专门化的劳动过程中,他必然好歹成为内行——即便只是某件微不足道工作的内行。"❹ 每个读者凭借"分工"提供的经验资源,都有潜力,乃至更有优势成为写作

---

❶ 韩少功:《作家的创作个性正在湮没》,刊载于《探索与争鸣》,2006年第8期。
❷ 霍克海姆、阿多诺:《启蒙辩证法》,重庆出版社1990年版,第112页。
❸ 霍克海姆、阿多诺:《启蒙辩证法》,重庆出版社1990年版,第113页。
❹ 本雅明:《机械复制时代的艺术作品》,浙江摄影出版社1996年版,第28页。

者。这似乎有些危言耸听,但又是写作者客观的处境。我们现在翻开任何一张报纸,都会发现,各行各业都有自己的言说版面,而这些版面是文学没法参与进去的。另外,我们还可以看到大量非专业的创作——手机段子、网上博客、报刊副刊,甚至于无孔不入的广告说辞——正在无情地蚕食作家的地盘。作家在这样的情形下应当如何从容应对,确实成了棘手而又不可回避的问题。有些如坐针毡、立即改行,有些于油尽灯枯中负隅顽抗,也有些茫然不知所措、将文学当成游乐场。一个充满活力的作家,显然不应在传媒盛气凌人的威逼下,成为时代的提线木偶。但恢复文学写作的活力,又绝非易事。

由此可见,《山南水北》意义重大。它是韩少功对创作大环境以及自身以往创作的回应。整个作品侧重乡村"写意"。其意图很明显,也就是要规避都市生活的同质化,以此恢复作家言说的活力。其实,《暗示》的创作就已表明,回归乡野,不只是拯救创作的可行性方案,还是作家生活本身的需要。作品表明,韩少功对于都市的"言""象"有诸多不满。"月光"一节暗示了言、象和谐之可能:只有在乡村,明净的月色才和咏月的诗词合拍,也才有心旷神怡的美景。在这里,韩少功就透露,乡下的月夜将是他的"梦醒之处"。

二

乡村与山水有着天然的联系。乡村"写意"首先表现在对山水的亲近方面。《山南水北》以其标题显示了山水的纯度与质量。作品一开始,山水的浓墨重彩就劈头盖脸泼洒过来:"我一眼就看上了这片湖水。汽车爬高已经力不从心的时候,车头大喘一声,突然一落。一片巨大的蓝色冷不防冒出来,使乘客们的心境顿时空阔和清凉。"❶ 显然,作者是时代的逆行者。当人们潮水般涌入都市时,他却选择了投入山水的怀抱。什么原因致使他对城市避之唯恐不及呢?肯定是因为"山水"。作者对城市中自然的稀缺颇有微词,那里的男女们"通常会在自己的墙头挂一些带框的风光照片或风光绘画,算是他们记忆童年和记忆大自然的三两

---

❶ 韩少功:《山南水北》,人民文学出版社2008年版,第1页。

存根，或者是对自己许诺美好未来的几张期票。未来迟迟无法兑现，也许永远无法兑现——他们是被什么力量久久困锁在画框之外？对于都市人来说，画框里的山山水水真是那样遥不可及？我不相信，于是扑嗵一声扑进画框里来了"❶。

不可否认，对于每个个体而言——当然包括建筑群中远离月光的城市人——山水并非遥不可及之物。旅游、曾经的阅历或者影像都可能给人亲近山水的机会。不过，偶尔的亲近与朝夕相处有很大的差别。即便是当初的"寻根"作品，乡村也是影影绰绰的。它是想象与回忆的产物。比如在韩少功的《爸爸爸》《归去来》《诱惑》《空城》等作品中，乡土就是大的回忆性背景。在《山南水北》中，"山水"成为切实存在，是生活实实在在的场景。在这里，"山水"作为生活的"场"，已非纯粹的表述客体，它无形中影响了主体自身及其观照方式，形成一种主体间性的美学效果。相对于艺术的门外汉，作家更擅长取景，并熔铸于怡人的美学样式。正如苏珊·朗格所说："艺术家是这样一种人，他向人们固有的关于体验的观念挑战，或者向人们提供关于体验的其他信息，并对体验作出其他的解释。"❷ 同样是面对山水，艺术家应当要挑战陈规，给予感知与众不同的艺术形式。人们对于杨朔、刘白羽等人的散文已经耳熟能详，他们更乐意在细小的物品、无足轻重的动植物身上发现微言大义。韩少功显然与前辈不同，在他眼中的乡村，无论巨细，都要复杂得多。在《山南水北》中，韩少功试图通过"写意"的形式对习见的山水以独异的审美观照。

韩少功发现，山水的独特性之于艺术的意义，颇类似于阿城曾发现的楚文化真意："那时的艺术源于祭祀，艺术家源于巫师，即一些跳大神的催眠师，一些白日梦的职业高手。他们要打通人神两界，不能不采用很多催眠致幻的手段。米酒、麻叶、致幻蘑菇，一直是他们常用的药物，有点相当于现代人的毒品——阿城曾目睹湖北乡下一些巫婆神汉，在神灵附体之前进食这些古代摇头丸。这样，他们所折腾的楚文化，如果说有点胡乱摇头的味道，有些浪漫和诡谲甚至疯狂，那再自然不

---

❶ 韩少功：《山南水北》，人民文学出版社 2008 年版，第 4 页。
❷ 陈侗、杨小彦选编：《与实验艺术家的谈话》，湖南美术出版社 1993 年版，第 402 页。

过。"❶而山水也起到了一样的致"幻"美学效果，它以其形态颠覆了一系列自以为是的美学陈规与条条框框："我在大学里背记过一大堆文艺学概念，得知现实主义的特点是'写实白描'，而夸张、变形、奇幻、诡异一定属于其他什么主义，必是文艺家们异想天开的虚构之物。我现在相信，这些概念的制定者们一定不了解捷克警察，不了解古代巫师，同样也没有见识过我家的窗口——推开这扇窗子，一方清润的山水扑面而来，刹那间把观望者呛得有点发晕，灌得有点半醉，定有五脏六腑融化之感。清墨是最远的山，淡墨是次远的山，重墨是较近的山，浓墨和焦墨则是更近的山。它们构成了层次重叠和妖娆曲线，在即将下雨的这一刻，晕化在阴冷烟波里。天地难分，有无莫辨，浓云薄雾的汹涌和流走，形成了水墨相破之势和藏露相济之态。一行白鹭在山腰横切而过，没有留下任何声音。再往下看，一列陡岩应是画笔下的提按和顿挫。一叶扁舟，一位静静的钓翁，不知是何人轻笔点染。"❷在这里，山水已被提取出来，犹如一剂致幻的药物，构成了创作的催化剂与动力源。可见，韩少功并没有满足于摄像式地观照乡村周遭的景物，相反，特别关注景物营造的独特意蕴。也就是说他欣赏的是"写意"，而不是"工笔"。

"写意"原为中国画法之一种，与"工笔"对举。"写意"时，主客浑然一体，写实则强调主客二分。前者体现了中国传统美学的极致。在《人间词话》第三则中，王国维提出了"有我之境"与"无我之境"两个范畴，"有我之境，以我观物，故物皆著我之色彩。无我之境，以物观物，故不知何者为我，何者为物。古人为词，写有我之境者为多，然未始不能写无我之境，此在豪杰之士能自树立耳"❸。可见，"无我之境"更见古典美学之精髓。此时，作品隐遁了"物""我"之分，"我"已迷醉于景物之中。《山南水北》侧重于写山水的"晕""醉"与致幻效果，而对现实主义固守的"写实白描"抱怀疑的态度。在这里，作家投身山水、云烟之中，早已进入了"无我之境"。

"写意"在现代与后现代交错的语境中更见紧要。它正是对无个性艺术的一种无形抗拒。"写意"的"醉""晕"，需要身体的在场，需要

---

❶ 韩少功：《山南水北》，人民文学出版社2008年版，第126页。
❷ 韩少功：《山南水北》，人民文学出版社2008年版，第127页。
❸ 王静安：《人间词话》，四川人民出版社1981年版，第4页。

作家心血的燃烧。《山南水北》对于山水的观照，强调的正是一种身体的介入，而不是斜卧沙发，慵懒地观赏影视或某次外出旅游带回的照片。罗兰·巴特不惮于说，"写作乃是发自于身体"。当然，这不是对当下"身体写作"或下半身写作所作的理论注解。种种源自身体的理论构想可能招致道德伦理的抨击，更可能导致难以避免的误解。其实，巴特所侧重的是身体的"在场"，而不是缺席。身体的在场之于文学，意义非凡。十七年－"文革"文学从观念出发，主题先行。某种程度上，正是拒斥身体感受介入文本所导致的恶果。后革命时代，作家生活已经中产阶级化，闭门造车成为流行趋势，他们甚至习惯于从报纸、影视上获取创作题材。这同样使创作远离了真情实感。所以，身体的在场是创作者远离纸上能指嬉戏的一种方式，它让创作呈现出生命的质量并有了脉搏的跳动。

韩少功潜入山水的迷幻世界里，以"写意"之态度观照山水，正是要规避那种身体"不在场"的写作方式。与自然的融合也就意味着生命的觉醒。梭罗甚至不无乐观地将自然当成了恢复人性的方式："假如我们真要以一种印第安式的、植物的、磁的或自然的方式来恢复人性，首先让我们简单而安宁，像大自然一样，把我们眉头上低垂的乌云抹去，注入一点儿小小的生命。"❶ 融入山水，还可以将种种在文明体制之外游离、消散的人、物以及念想，都化为笔下的艺术样式。黑格尔就说："作为感性上是客观的理念，自然界的生命才是美的。"❷ 在《山南水北》中，活跃着各种样态的人、动植物。另外，民间多样的生活形态、文化样式，也都进入了文本的视线。韩少功就像一个民俗学家，对于每一样乡野的事物都抱有浓厚兴趣，而不是以文明人的眼光贬抑或拒斥文化的前现代形式。罗兰·巴特也有类似的兴趣，"这是因为民俗学书籍中有所有他所喜爱的书籍的魔力：像百科全书，分门别类，即使是最无价值的一面亦包罗进去，最感官的一面亦然，这种百科全书不会窜改他者使他成为同者，占据心缩小了，'自我'的确定性亦随之减少。最后，

---

❶ 亨利·戴维·梭罗：《自然之书》，E. M. 泰勒编，陶文江、吴云丽译，中国妇女出版社2004年版，第21页。

❷ 黑格尔：《美学》（第1卷），商务印书馆1979年版，第160页。

在一切科学论述文中,对他而言,民俗学对他来说最接近虚构小说"❶。"占据心"是作家们常抱的"乌托邦"似的美学幻想,也是近代尤其是新民主主义革命以来小说美学的一贯思路。在《山南水北》中,各种琐碎、无从归类的现象弥漫于文本中,自然就破碎了这种"占据"的幻觉。而"'自我'的确定性"的减少往往导致非法诠释的削弱,万物更便于展示其原生态的一面。这反而成为作者身体在场的绝佳方式。"占据心"往往形诸文化的公共结构与固定图式。自我确定性的消淡使感官能够体触隐藏的细小枝节。这其实接近于静态美学,一种凝视中的悠闲与肃穆。"写意"的传统形式试图挽留的正是已逝古典美学的"韵味"。这种身体在场的"写意"美学,还产生了"陌生化"的修辞效果,进一步区别于千人一面的当下小说创作。

在《山南水北》中,纷呈的物象以及各类事件都迥异于都市世界的规整与单一。都市里的人们——作为《山南水北》读者的主要来源——也有自己的旅游哲学,即对风景进行走马观花式的娱乐性消费。对于汨罗八景这块风景,韩少功显然采取了不一样的视角。正如什克洛夫斯基所说的,"那种被称为艺术的东西的存在,正是为了唤回人对生活的感受,使人感受到事物,使石头更成其为石头"。也就是说,通过陌生化的手段,艺术"增加了感受的难度和时延"❷。比如说,一般读者因受主流意识形态影响,其心目中的农民形象,基本上有着固定的范式。《山南水北》显然唤起了品读者另一种独特的感受。在这里,农民的生活有了实在、鲜活的形态,同时又有虚构的艺术成分。譬如"塌鼻子""神医续传"两节中的郎中塌鼻子,就神神乎乎有一些特异功能。他精通医术,脾气古怪,武功高强,还能预知生死。

三

就我们的阅读经验而言,在阅读严肃的文学作品时,照片一般是不

---

❶ 罗兰·巴特:《罗兰·巴特论罗兰·巴特》,刘森尧译,台湾桂冠图书股份有限公司2002年5月第1版,第103页。

❷ 什克洛夫斯基:《作为手法的艺术》,出自《俄国形式主义文论选》,三联书店1989年版,第6页。

在场的。更多出现的是丁聪式的插图。《月光两题》在《天涯》发表时，配备的正是文学插图。《山南水北》一反常态，穿插了大量照片。显然，这些照片并非专业人士所拍。它们出自作者及其他一些非职业摄影师之手。照片涉及乡村生活的方方面面：有些是关于八景峒风景的，比如"八溪库湖一角""从梅峒流出来的溪水""湘东北的山脉拔地而起"等照片；有些是关于作者农家乐的，如照片"八溪乡老式民居""笔者的鸡圈里装上了卫星锅""今天的小农经济爱好者""与退休的大姐一起挖穴种瓜"；一些小动物、日常物件在照片中出场，如小狗三毛、大黄猫咪咪、椅子、茶壶、手套等；一些人物的照片也出现在文本中，比如荷兰的雷马克先生、乡下的老农；作者还展示了一栋很破旧的"知青小土屋"，里面曾住过《爸爸爸》中的主人公原型。

照片作为纪实的形式，带有天生的说明性。它向人表明事实的确凿无疑与客观存在。起初，作为一种影像叙事就与新闻报道有着天然的有机统一性。它们之间互相阐发，配合默契。文学插图也是叙事性的，不过与照片不同，它是模仿基础上的另一种艺术虚构与幻想形式，是第二现实。巴赞曾说："画家的美学世界与他周围的世界是异质的，画框圈出了一个实体上和本质上迥然不同的小天地。相反，印在照片上的物像的存在如同指纹一样反映着被摄物的存在。因此，摄影实际上是自然造物的补充，而不是替代。"❶ 这样看来，似乎照相天生就比绘画稍逊一筹，因为它不是区别于现实的另一重"小天地"，只不过是它的"补充"而已。据此，我们可以质询：《山南水北》不能配备插图吗？为何要用照片呢？有人可能直截了当地认为：这是纪实性散文，根本不适合文学插图。对小说来说，道理也一样，是不可能在里面插入纪实性照片的。以文类的不同为由做出上述结论是比较仓促的。《山南水北》就不太好做文类的区分，起码《村口疯树》《塌鼻子》等节更类似于《马桥词典》里的篇章。那么，可以推断，照片并不纯然是文本内容的附属物或解释工具。村口的疯树肯定源自虚构，是村民们的生动想象，不可能用照片对它进行说明和再现。同样，椅子、手套以及照片中的大部分人物都没有在文字里出现。所以，照片是一个独立的功能系统，它和文字系

---

❶ 安德烈·巴赞：《电影是什么?》，崔军衍译，江苏教育出版社2005年版，第9页。

统形成交相辉映的效果。

照片系统有怎样的文本功能呢？形式方面当然值得考虑，至少它在表面上比文字更有吸引力。也就是说，它的产生很可能源自出版策划方面的考虑。但这些显然不是作者所看重的。文学插图或其他著名景点的风景照在一定程度上也能达到上述的效果。作品提名《山南水北》，就已经透露出一些信息，作家对这里的山水是击节叹赏的，它本身就是绝妙的风景画。文本的第一节就是"扑进画框"，第一句话更是精彩——"我一眼就看上了这片湖水"。也就是说，在作者看来，这里的湖光水色、绵延山峦就已经是最好的画作了，何必再画蛇添足，配上插图呢？

不过，问题可能并不如此简单，毕竟照片当中风景部分并不多。大部分的照片是关于乡村生活的方方面面。很有意思的是，城市（海南海口）一样是韩少功生活的重要场所，但我们没有在他的其他作品中看到任何城市景观的照片，譬如摩天大楼、霓虹灯、立交桥、如织的车流之类。这些无疑还是他所要否弃的。很显然，作者在提醒读者：这里的生活是很有趣味的，"韵味"弥散在农村的每一个角落。

同时，我们也留意到，文本中的照片并没有回避一些现实问题。照片"进入21世纪以后流行的山区民居式样"，就展现了一幢颇似城市别墅的小洋楼。这样的洋楼，韩少功称之为"豪华仓库"，因为"很多楼主并不太习惯这样的新楼，于是在新楼旁边用木板搭起了偏棚，以解决烧柴、养鸡、养猪、圈牛一类现实问题"❶。这样一来，楼主全家大部分时间几乎就住在偏棚里，新楼倒成了仓库——"比如第一间房里关了一辆独轮车、两个破轮胎和几卷篾晒垫，第二间房里关了小山堆似的谷堆，第三间房里关了粪桶、水车、禾桶、打谷机之类的农具，还有几麻袋粗糠和尿素。有时候，仓库的窗帘开始褪色，夹板门套开始出现黑霉或柱粉"❷。再比如"长乐镇麻石老街"的照片就显示，老街大白天都已冷冷清清，差不多成为被遗弃的"古迹"。不过，新街的照片则有点骇人，热热闹闹的街面上横贯一条警示横幅——"对结伙抢劫持械抢劫者依法开枪击毙"。作者显然对这种景象颇感失望：这个古镇，屈原、

---

❶ 韩少功：《山南水北》，人民文学出版社2008年版，第211页。
❷ 韩少功：《山南水北》，人民文学出版社2008年版，第211页。

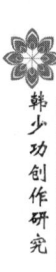

杜甫都曾来过，如今却"古意渐失"，"麻石老街冷落，龙王庙残破，码头边几乎垃圾遍地，一刮风就有塑料纸片飞上天。在另一端，新街虽然火旺，但仍不像城市，给人的感觉是删去了田野的乡村，再胡乱凑合在一起"。

四

照片中古镇的破败已经悄然暗示：乡村韵味的残损赫然在目，已成为不可回避的现实。这种残损在文本的文字系统中也有体现。

当作者忘情地"扑进画框"之时，没有忘记将都市作为一个对立面来显现："我一直不愿被城市的高楼所挤压，不愿被城市的噪声所烧灼，不愿被城市的电梯和沙发一次次拘押。大街上汽车交织如梭的钢铁鼠流，还有楼墙上布满空调机盒子的钢铁肉斑，如同现代的鼠疫和麻风，更让我一次次惊悚，差点以为古代灾疫又一次入城。侏罗纪也出现了，水泥的巨蜥和水泥的恐龙已经以立交桥的名义，张牙舞爪扑向了我的窗口。"❶ 值得注意的是，作者并没有否认城市的便捷与效率，只是对它造就的美学形式表示出了莫大的反感与不安。毋宁说，韩少功意欲摆脱的不过是"鼠疫""麻风"般的现代城市美学形式。在他这里，绝没有本雅明式的"拱廊街"，以供无聊或不安的文人、职业密谋家、浪荡游民聊以消遣。这种瘟病似的城市美学的替代形式就是乡村的、"写意"式的美学样式。这种纯粹的"写意"，就像瓦雷里津津乐道的文艺天堂——"去创造一种没有实践意义的现实。正如我们前面所说的那样，诗人的使命就是创造与实际制度绝对无关的一个世界或者一种秩序、一种关系体系"❷。不过，重建新的"世界"或"秩序"的想望很难维系和实现。乡村亦非净土。它既是传统美学形式的载体，也是现代与前现代文明对撞与冲突的场所。传统文明与现代的冲突并没有在城市燃起弥漫的硝烟，而恰恰在乡村表现出你死我活的搏斗。都市化进程也就是一步步夷灭乡村的过程。正因为如此，作者在乡村进行细心体察，往往能发现在

---

❶ 韩少功：《山南水北》，人民文学出版社2008年版，第3页。
❷ 瓦雷里：《纯诗》，出自《象征主义·意象派》，中国人民大学出版社1989年版，第70页。

都市看不见的秘密。甚至可以说，在这种远离现代都市的地域，更有机会看到现代化的初始形态，以及它是以何种野蛮的方式去肆意破坏那份前现代的宁静的。柄谷行人分析日本现代文学的起源时，就别具慧心地选择了日本的江户、明治时期作为切入点：在现代化的草创期，才可以回到历史现场，并透视颠倒的装置是如何发现"风景"，以及"内面""素颜"是如何成为可能的❶。

作为近乎一致的逆向行走者，我们几乎半自动化地想到梭罗——这个《山南水北》作者无意中的先行者，也热衷于发现乡村的前现代"风景"，以及作为现代美学反面的另一重装置。《瓦尔登湖》《山南水北》都意图区别于粗俗的城市美学形式，向读者提供了一种关照"山水"与乡村"韵味"的独特方法。"画家孜孜以求的是什么？就是揭示形形色色的能见方法，而非其他方法，通过这些方法，山在我们眼里便成了山。"❷ 所谓的"能见方法"近似于叙述者的立场与视角。韩少功与梭罗都亲身体验过乡村，然后反观城市，以此见出优雅与粗鄙的形态差异。不过，两个逆行者显然存在更显著的差异。简单的类同比较无异于抹煞各自的思想光芒。在梭罗那里，乡村意味着另一重意义上的"桃花源"，是超验主义的实践基地，抑或自助精神的发散客体。在瓦尔登湖的梦境中，城市作为寄生体，以完全的对立面出现，即它的运转方式、诗学逻辑都是恶性的。他偏执地欣赏一种纯粹的、静默的美，因此，可以以个人的方式，孤寂地、如鲁宾孙一般过远离尘世的生活。这正如古希腊的艺术家一样，要在规避喧嚣中"表现出一种伟大和平衡的心灵"❸。针对城市的复杂繁复、喧嚣躁动，梭罗表示了极大的不屑："谁知道呢，如果所有的人都自己动手造房子，又简朴又诚实地用食物养活自己和家人，那么诗的才能一定会在全世界流布，就像那些飞禽，它们的歌声遍布各地。"❹ 我们还应当警觉，梭罗的精英主义是根深蒂固的。对于饱经饥寒的农民，他觉得不可思议：面对广袤的土地，难道他们竟

---

❶ 柄谷行人：《日本现代文学的起源》，赵京华译，三联书店2003版。
❷ 梅洛-庞蒂：《眼与心》，中国社会科学出版社1992年版，第135页。
❸ 温克尔曼：《论古代艺术》，中国人民大学出版社1989年版，第41页。
❹ 亨利·戴维·梭罗：《自然之书》，E. M. 泰勒编，陶文江、吴云丽译，中国妇女出版社2004年版，第7页。

然不知道自立营生么？可见，梭罗的务农有点像行为艺术的某种替代形式。这样一来，自然就失去了体味农事艰辛的可能。在一定程度上，他的务农是体验式的——正如博克所说："如果危险或痛苦太紧迫，它们就不能产生任何愉快，而只是恐怖。但是如果处在某种距离以外，或是受到了某些缓和，危险和痛苦也可以变成愉快的。"❶ 梭罗对农民的艰辛是体会不足的，农事也只是一种自我证明方式，"危险"与"痛苦"并不紧迫。他后来回到城市，开始连篇累牍地向巨大建筑群中的大自然饥渴者讲述生存的秘诀。这绝不是一个以谋生存作为生命第一要务的农人所能料想的。韩少功曾经以政治实践的形式参与过农事，并被安排到最基层的农业组织当中。可以说，那时就完全消弭了梭罗式的超验、精英姿态。重返乡村，种种辛酸记忆造成的迫力还会不间断地挤压他的灵魂。于是，城市与乡村的角力自然地在笔下形成。农民如同兄弟抑或姐妹，他们在贫寒中的挣扎、内心的搏斗、灵肉的抗争都会成为书写的题材。这些无疑在消淡乃至驱散文本中"写意"营造的传统"韵味"。

不可否认，许多的乡村趣事都是文本追摹、夸张、变形的对象，但是我们还是更多地读出了隐隐的沉重。在《疑似脚印》一节中，可以看到一种无法弥合的裂痕在文本中扩散开来。刚一开始，作者着墨于孝佬的憨劲——对于土地，他近乎痴迷。但作者还是忍不住透露了一些秘密：所有这些都是文学的虚构，这不过是短篇小说《土地》里的一个"骗局"。孝佬是现实里吴某的变形与形象重塑：对于祖辈曾经安身立命的土地，吴某不仅开心大方、求之不得地将其卖掉，而且希望什么开发商再来买他的一块山地。在他眼里，土地并非家园，也不是什么缪斯的诞生地，而只是一种切实可感的商品价值载体。随后，没有土地的他就去煤矿当了工人，且鼓动自己的儿子"子承父业"。同样，何爹的理发绝技在眼下面临尴尬的处境，青年人已经不屑于理这种传统的发型。最后，只能在临终的老者面前留下一曲祭奠的悲歌❷。山里人也有了商业头脑，学会了斤斤计较，曾经的一块钱一摇，变成了锱铢必较的权衡和讨价还价❸。至于地里的瓜菜，以前可以随便摘取或送人，现在则成了

---

❶ 朱光潜《西方美学史》（上），人民文学出版社1979年版，第237页。
❷ 韩少功：《山南水北》，人民文学出版社2008年版，第171-174页。
❸ 韩少功：《山南水北》，人民文学出版社2008年版，第157-158页。

公私分明的禁地，待价而沽的市场库存❶。一种庸俗、无奈，又迫不得已的功利主义已经蔓延开来，成为农人的主导思想，并进一步将人际关系归结为简单的市场交换。农民在市场经济条件下的身份转换，正如伊格尔顿所描述的早期英国工人所遭逢的处境，"早期工业资本主义无情的纪律，从根本上消灭了整个社区生活，把人类生活变成工资奴隶制，对新形成的工人阶级强化一种异化的劳动过程，并且把任何事情都转变为开放市场上的一件商品来理解"❷。与此情形十分接近，中国农民世世代代形成的乡村"社区生活"，在当下也已经驯服于工业与信息社会的无情"纪律"。当货币变成了维系关系的纽带，并形成"货币联盟"时，它既会带来巨大的经济效益，同时，也会产生人际的分离与疏隔。可以说，"货币给予我们这唯一的机会，让我们可以与一种抹杀了所有个性和特殊性的联合体密切往来"，"相对于与他人的外部关系全都自发地带有个人特性的时代，现代货币经济使一个人的客观经济活动可能与其个人色彩、其真实自我之间更明晰地分离开来。"❸ 尽管西美尔强调货币之于个体独立性与自由的巨大作用，但是个体间关系的客观化、单一化也是他关注的一面。对于文学而言，人际关系的僵化或融洽是至关重要的。货币联盟祛除了人在社会交际网络中的个性，也就拒绝了诗意萌生的可能。

当然，《山南水北》并没有将这种人性的蜕变刻意掩盖。这就在文本中造成一种诗意紧张，形成更耀眼的美学锋芒。这种锋芒固然一定程度上破灭了"写意"的可能，但是，正因传统"韵味"须面对某种不可挽留的衰竭，才更显内在的抑郁与凄怆。同期创作的《月光两题》就明显超出同时代的许多创作。《月下桨声》中，姐弟俩迫于生计——父亲因病无钱治疗而身亡，母亲不知所终——冒着被没收渔网的危险在月色如银的水库里艰辛地打鱼。他们在交易中的诚实，让"我"深深感动。不过，渔网最后还是被没收了。贫瘠的肉身，在静谧的夜晚承负着沉重而又光灿灿的心灵。《空院残月》里的男主人公为了孩子，

---

❶ 韩少功：《山南水北》，人民文学出版社2008年版，第175—177页。
❷ 伊格尔顿：《现象学，阐释学，接受理论——当代西方文艺理论》，江苏教育出版社2006年版，第18页。
❸ 齐奥尔格·西美尔：《时尚的哲学》，文化艺术出版社2001年版，第97、99页。

忍受着妻子在外做有钱人情妇的苦楚。不幸的是，孩子在大学竟迷上了彩票。种种孤苦无告都在月光的"诗意"背景下悄无声息地产生，然后又默默消逝。"残月"成了特定的意象，无情地破毁着诗意的弥漫与延续。

第八章　公共正义的诗意构想

——《第四十三页》的延伸语义

有论者在论述韩少功的《第四十三页》时，批评他在政治观念上过于保守。甚至，《山南水北》这样充满诗情画意的作品在根本上也是逃避的。从表面上看，这种误读只是个别的。但学界大量的评论几乎都倾向于将韩少功界定为一个另类的"隐者"，有梭罗的气质，也有卢梭的范儿。无疑，这种"去政治化"的评价是一种更深层的误读。近年的韩少功其实有了诸多的变化，最为显著的当是执着于对公共正义的诗意构想。韩少功致力于的不是纯粹卢梭意义上的礼俗社会，也不是完全所谓自由主义意识形态追捧的法理社会。它是两者更高意义上的融汇。因此，韩少功既"保守"又"激进"。所谓"保守"者，他不可能再回到"过去"，倡导一种威权性质的道德（礼俗）社会。所谓"激进"者，他对新自由主义意识形态疑虑重重，并对道德理想满怀敬意。总之，在他这里，制度与道德构成了公共正义的基本前提。

一

在过去的十年中，韩少功的创作无疑出现了一些新质。这些新质究竟是什么，却难以一言两语讲清楚。比之于《山南水北》的"风光"，《第四十三页》这样的短篇要显得沉寂得多，但恰恰在这一作品身上，我们可以更强烈感触到韩少功思想中新的面向。可以说，它是进入新世纪韩少功的一个楔子。在有关这部作品为数不多的批评中，有些人将其看作是一部充满幻想性元素或呼唤美好人性的作品[1]。此类阐释对于熟

---

[1] 程永新在"首届郁达夫小说奖"终评评语中如是评价《第四十三页》："韩少功的写作睿智，理性，奇异巧妙的结构，充满幻想性的元素，而这恰恰是当下文学所缺乏的。"焦会生《对美好人性的深切呼唤——评韩少功的短篇小说〈第四十三页〉》（《名作欣赏》2009年第21期）一文，则完全从人性与叙述技巧的角度切入。

稔韩少功创作的人来说，显然难以餍足。周展安先生的分析则有效地激活了文本自身携带的文化政治因子。在他看来，《第四十三页》是一则有着明确现实指向的政治寓言：文本开头之所谓"主人公想家了"，就是意图回到毛泽东时代，回到社会主义时代。然而，这一"回归"并不容易。年轻的阿贝显然无力承受这一切，他于是选择了跳车，即中断回到"社会主义"的行动，复返由新自由主义意识形态所支配的现代资本主义世界。不过，这一复返场景所对应的词汇却是"跃入黑暗"。周展安先生认为，人物在这里陷入一种进退失据的状态：厌恶了资本主义却又无力摆脱资本主义的蛊惑，向往社会主义却不能检讨社会主义的历史。总之，阿贝的彷徨正是韩少功内心纠结的象征。作为当代作家里面少见的有强烈政治意识的作家，韩少功常被称为"左派"，但他一直以来又太过谨慎，甚至有些保守。像《山南水北》，美则美矣，但失却政治之魂。也就是说，"把诗意乡村置放在内心深处，让它成为滋养我们精神世界的资源是可以的，也是需要的，但要以之作为我们实践的目标，则可能只是向后看的、一厢情愿的想法，在根本上是逃避的"。这种逃避往往承"现代性反思"的余绪，实则含"否弃社会主义，流于在性别、环保等问题上打转转的弊端，甚至是在'传统'的外衣下隐遁"。显然，在周展安先生这一稍显激进的青年"左"派看来，批判资本主义并不是一件特别困难的事情，困难的是向前一步，"在对劳动和资本之关系的思考上、在社会主义的方向上拿出自己坚定的信念"："社会主义是'债务'，但更是'遗产'，是我们必须继承并且推进的"。"要么就是资本主义的，要么就是社会主义的。这两者之间任何形态的中间地带都应当是'过渡'地带，都应当是被克服的"❶。

在某种意义上，这一批判性论述和当年张承志的期盼一样，都恨不得在韩少功屁股上踹上一脚，以求他走得更远一些。但问题在于，张承志的道德理想主义并不诉诸政治实践，它更偏于一种宗教化的个人精神操守，因此与韩少功在理念上有着一定的错位，没有太多的可比性。周展安先生的批评找到了靶标，但他对韩少功的理解存在一定问题，并没

---

❶ 周展安：《翻过这沉重的一页——阅读作为政治寓言的〈第四十三页〉》，刊载于《文艺理论与批评》2008年第6期。

有击中靶心。这种误读主要表现在两个方面：首先，与大多数评论一样，将《山南水北》归为隐者的诗意，即所谓的"去政治化"；其次，陷入二元对立的政治思维中，忽视了韩少功更为复杂的政治哲学理念。

近年的韩少功其实有了诸多的变化，最为显著的当是执着于对公共正义的诗意构想。这即便在《山南水北》《赶马的老三》等"诗意"作品中亦有体现。韩少功致力于的既不是卢梭意义上的礼俗社会，也不是自由主义意识形态追捧的法理社会。它是两者更高意义上的融汇。因此，可以说，韩少功既"保守"又"激进"。所谓"保守"者，他不可能再回到"过去"，倡导一种威权性质的道德（礼俗）社会。所谓"激进"者，他又对自由主义意识形态疑虑重重，并对道德理想满怀敬意。在他这里，制度与道德构成了公共正义的基本前提。因此，对韩少功而言，在"资"与"社"之间做一个强制性站队，顶多是智力上的偷懒行为。

二

应当说，韩少功对道德理想主义、政治理想主义都保持了足够的警惕与戒惧。在他看来，人类社会也许永远是带病运转，动态平衡，有限浮动。人们努力的意义，不在于争取理想中最好的，在于争取现实中最不坏的——这就是现实的理想，行动者的梦❶。"争取现实中最不坏的"就可能排除以往常见的运动/暴力式结构大错动，只要现实还没有完全烂透。也就是说，"运动不是好办法，不能代替制度建设和管理发育……这就是当年一放就乱、一收就死、反复折腾的原因，大民主和大集中都不灵的原因。暴民的动乱与暴政的乱动，无一不是祸端"❷。因此，一个当下作为公平的正义社会的建构才是韩少功这个"行动者的梦"。毫无疑问，他的小说与散文创作都已经成为这一建构中的具体话语"行动"。

我们先从他对道德的一系列言说谈起。当下中国的道德危机是有目

---

❶ 韩少功与笔者通信内容。
❷ 韩少功与笔者通信内容。

共睹的。寻求道德建设的资源成为首当其冲的问题。我们的宗教传统有限，而儒家伦理那一套老的文化传统又在五四新文化运动时被大力破坏、摧毁，那么，道德教化上的空白如何填补呢？很长一段时间里，党与政府组织承担了道德教化职能。但这一做法有着很大的弊端，比如会对个人生活进行过多干预。一些党政官员自身的道德质量也很成问题，这就使得教化大打折扣，甚至起反作用❶。要进行道德建设，首先需要社会精英有更多的担当。也就是说，道德责任不应当平均分配，精英们既然享受良好的教育资源，就不可将自己等同于一般百姓，而应当克己节欲、先忧后乐。这种道德责任等级制要求部分人，哪怕是少数人，来承担导向性的高阶道德，与低阶道德形成配套和互补，以尽可能平衡社会的堕落势能，延缓危机的到来❷。其次就是礼失求诸野，在乡间反倒可以看到礼俗社会依稀的影子。这在韩少功近几年的小说中表现得尤为鲜明。《怒目金刚》中的吴玉和就是一个会办文书、写对联、唱丧歌的乡间智者形象，他誓死捍卫的正是最起码的人伦规范：不能背天理、败习俗，不能仗势欺人，官再大也要尊贤敬长等。在现实秩序中，他是一个弱者，但在礼俗层面，他又是一个不卑不亢的强者。这里，韩少功营构了一个礼俗的自足系统，它既能经受现代官僚系统的胁迫，又能在关键时刻有效击溃权贵。在《赶马的老三》中，人情伦理就常常盖过法理。何老三何尝不知何子善确实惹人嫌？何尝不懂依法办事的重要？但如果仅因盗伐树木这样的事就进了局子，他家里老少几口人怎么办？在乡村社会保障体系依旧阙如的情形下，这种袒护的人情至少可以起到维护社会正常秩序的作用。何老三不为两个年轻警察引路，其实还有一个在外人看来无关紧要，但对他来说又有关大旨的原因：两个警察没大没小，竟以"喂"来称呼老三这个比他们大出好几轮的长辈。显然，传统礼俗规范依旧是何老三评判诸种事物的核心价值标准。

值得注意的是，这些作品并不只是单单呈现了一个礼俗社会依稀的影子。在这里，道德人伦在礼俗社会体系中还具有实实在在的社会规约与治理功能。或者说，道德系统与制度系统在此发生了重合与交叉。在

---

❶ 韩少功：《中国的社会风气需要第二次转变》，http：//www.wyzxsx.com /Article/Class17/200801/31636.html.

❷ 韩少功：《重说道德》，刊载于《天涯》2010年第6期。

谈到制度创新的时候，韩少功不时回归传统道德资源，也正是这个原因。这与卢梭所倡导的亦有很大类似性：乡民之间的生活相对透明，形成了一种有效的监控体系。这正是礼俗社会优于法理社会的地方。现代法理社会中，个体通过名望和财富来表现自己，更容易隐藏自身，这无疑是对原初社会身份关系的异化。中国几千年的农耕文明使得定居者的世界相对窄小。在这样的熟人社会，血缘亲情往往超越冷漠的契约关系。于是，亲情治近，理法治远，亲情重于理法通常成为自然的文化选择❶。《白麂子》中，整个社会空间弥漫的是一种巫觋风习，这与现代科学格格不入。但它作为一种伦理规约又是卓有成效的。因正统宗教的阙如，所谓"头上三尺有神明"，其潜在的力量也就常由鬼、巫代为行使。不做亏心事，不怕鬼敲门——这样的谚语其实蕴含一种独特的与巫觋风习相关的礼俗责任伦理。白麂子就好比高悬在乡民头上的达摩克利斯之剑：在鬼魂的震慑下，辉矮子终于道出了当年欠债不还的真相。友麻子身上长了毒疮，也将其归结为报应，于是将赖账、偷奸诸多不堪往事一股脑儿倾倒出来，引起了一场不小的家庭风波。李长子在医院院长面前的一通"谬论"意味深长："这科学好是好，就是不分忠奸善恶，这一条不好。以前有雷公当家，儿女们一听打雷，就知道得给爹娘老子砍点肉吃，现在可好，戳了根什么避雷针，好多老家伙连肉都吃不上了。可怜啊可怜。"❷ 这一抱怨正说明了礼俗系统在维护伦常方面的关键作用。《西江月》则以复仇模式来呈现道义的力量。从文本中，我们无从得知老板龙贵究竟曾如何虐待龅牙仔的姐姐，但龅牙仔对人伦亲情的持守，足以与龙贵形成鲜明对比。一者为现代物质文明的富庶代表，一者则是此一文明的遗弃物，一个不名一文的流浪乞丐（卢梭意义上的"野蛮人"）。不过，这里的价值评判不再以现代性视野中的成功人士为准则，而是向后退却还原，以最基本的人伦为标准。龅牙仔的持守与复仇并不符合法理社会的程序规范，但作为一个赤贫者，似乎又只剩这一血腥惨烈的捷径。而且，相比律法的惩戒，这一行为有着更为持久有力的伦理规范作用。自此之后，人们见到做了恶事的人就忍不住诅咒："等着吧，

---

❶ 韩少功：《人情超级大国》，刊载于《读书》2001年第12期。
❷ 韩少功：《白麂子》，出自《报告政府》，人民文学出版社2008年版，第211页。

总有人要长龅牙齿的。"或者:"就算老天没长眼,他也不一定过得了西门桥。"❶ 街上也因此寂静了许多。甚至有人被恶作剧地吓唬之后,当场晕倒,口吐白沫,全身抽搐,差一点猝死。若《白麂子》《西江月》略显偶然、极端,那《赶马的老三》就更能说明礼俗道德在日常中的社会规约与治理功能。何老三在处理国少爷讹诈、庆呆子家事以及智斗皮道士时,就近似于扮演了调节人际的传统乡绅角色。就是这个老三,遭受土地公公"惩罚"之后,世界观发生了很大变化。自此开始有点相信八字、风水以及报应,对非同一般的巨石和老树都比较恭敬。他当然也相信科学,比如相信抽水机、钻孔机、推土机、挖土机以及电视台农业频道,甚至对相关高人特别崇拜,侍候得很殷勤,但村里改建土地庙的时候,他还是偷偷捐了一份钱,不觉得这与机器时代有什么抵触。

韩少功对传统礼俗社会的尊重乃至推崇,尚易于理解与接受。最有争议的当是在《赶马的老三》中,将老三兴冲冲看毛主席的祖坟这一情节纳入话语系统当中。据此,有评论家就认为它为这部作品增添了过"左"的花絮。显然,这种误解与周展安的批评构成了有趣的对立:一者认为韩少功不够"左",一者认为太过。其实,出现"毛主席祖坟"意象并不简单地等同于回归德性神权政治。韩少功毋宁更倾向于将左翼政治中合理的道德资源纳入到传统礼俗社会之中。若缺失观照的"道德"视角,此类误读似乎难以避免。文本中有一段话别有意味:"他们虽然说过老人家(注:指毛泽东)的一些坏话,但乡政府这次发还的茶园,还有其他田土山林,不都是老人家当年给穷人们争来的?这个恩德还不大上了天?"❷ 从中我们可以读出乡民有关公正、平等、正义的最淳朴理解。这也有历史的原因,孙中山、毛泽东、邓小平的土地改革政策,不过是国家导控下"耕者有其田"这一均产传统的延续而已❸。若说甘阳意图确立中国文明的主体性,有了"通三统"之说,那么,韩少功的这一诉求更像是道德上的"通三统"。

---

❶ 韩少功:《西江月》,出自《想不明白》(上),四川文艺出版社2012年版,第173页。
❷ 韩少功:《赶马的老三》,出自《想不明白》(下),四川文艺出版社2012年版,第186页。
❸ 韩少功:《人情超级大国》,刊载于《读书》2001年第12期。

三

在一些自由主义者看来，有关道德的文学想象完全可能沦为替政治神学辩护的美妙托词。更何况，韩少功在表面上确实与卢梭有着许多共通的逻辑前提，比如对道德理想的敬意、对现代性之外礼俗传统的尊重、对远离"科学"的"野蛮人"的津津乐道等。朱学勤曾对卢梭有如是评价：当卢梭用此岸政治手段追求彼岸道德理想——"什么样的政府性质就造成最有道德、最开明、最聪慧，总之是最好的人民"时，他就跨过了宗教与政治的界限，"从宗教救赎论中牵引出一个政治至善论，开启了一个历史性的转折：把属神的问题引入属人的领域，把宗教的功能变换为政治的功能，把神学的职能变换为政治学的职能，把宗教生活中个人赎罪变换为社会整体的道德重建；经此转折，神性赋予了人性，神学赋予了政治学，神人之间的对抗转变为人与人之间的对抗。由此，走出了从千年传统的神学政治论到近代百年纷争的政治神学论的冒险的第一步"❶。显然，西方政治理论资源在启蒙时代的卢梭、伏尔泰那里已经有了较大的分化。卢梭确立了政治神学的神圣地位，并从启蒙阵营中脱离出来，道德理想主义、乌托邦在人间成为政治诉求，在现代政治中有了最初的萌芽。这一诉求后来更多地为社会主义所承袭。因此，朱学勤的批评无疑有着现实针对性。他进一步指出，英国学派多政治学，少政治哲学，长于政治学自下而上的铺垫，短于政治哲学自上而下的贯注，出现政治领域里的道德冷感，即"神性缺乏现象"；卢梭一派多政治哲学，少政治学，长于政治哲学自上而下的要求，短于政治学自下而上的落实，出现政治领域里的道德亢奋，即"神性高悬现象"❷。

确实，若当代作家只是一味地沉陷到对于道德的文学想象中，我们完全有理由认为，他们所有的思考不过是卢梭一派政治哲学在中国的文学反映而已。这种"沉陷"曾在20世纪90年代的道德理想主义者那里成为现实的上演剧目。一位批评家的指摘辛辣而准确，时下道德理想主

---

❶ 朱学勤：《道德理想国的覆灭》，上海三联书店2003年版，第51-52页。
❷ 同上，第104页。

义者许多文章，读来读去，除了抽象地抨击人类千古皆然的道德缺陷外，实在读不出别的什么，看不出某种道德理想状况和特定历史时期人们的生存之道的因果联系，看不出由过去农业组织体系构型的意识形态向现今商业组织体系构型的意识形态转换过程中，人们切实的道德的迷惘与理想的挣扎，也看不到在这过程中重建道德理想体系时必须面对的资源与误区。他们的批评不可谓不激烈，却总显得不着边际，而当他们正面阐述自己的道德理想时，又含糊其辞，不知所云，除了空洞的叫喊，委实听不出叫喊的实在内容❶。因此，把道德理想从具体历史情境中抽象出来，只批评被这样抽象出来的道德理想，罔顾道德理想所从由出的历史情境，最终的结果就是只能满足批判者的说话欲和表演欲，而不能达成任何有益的结果。

  韩少功之深刻在于，他既清楚朱学勤等自由主义者的强项与短板，也十分明了卢梭道德哲学以及曾经的道德理想主义者凌虚蹈空的弊病。无可否认，在韩少功笔下，确实时刻浮现出一种类似卢梭的自然状态。这有点迷惑甚至误导人。其实，它与卢梭那种田园牧歌式的自然状态有着很大的不同。比如《山南水北》，尽管有许多迷人的自然意境与人伦场景，但各种"文明的不满"也同时展现了出来。可以说，当下的"乡村亦非净土。传统文明与现代的冲突并没有在城市燃起弥漫的硝烟，而恰恰在乡村表现出殊死的搏斗"❷。或者说，呈现今日乡村就是使得当下中国问题形象"在场"的绝妙方式。洛克在谈到自然状态时，虽不曾贬斥其中蕴藉的德性善意，但更担忧人们发生争执与冲突时，一种公正的裁断将难以形成。这种论述就与自由主义的正义观发生了内在的联系。罗尔斯就曾指出："离开制度来谈个人道德的修养和完善，甚至对个人提出各种严格的道德要求，那只是充当一个牧师的角色，即使本人真诚相信和努力遵奉这些要求，也可能只是一个好的牧师而已。"❸

  在罗尔斯那里，正义的主要问题是社会的基本结构，或更准确地

---

❶ 郜元宝《容易失去的智慧：关于"道德理想主义"》，刊载于《文学自由谈》1997年第6期。

❷ 廖述务：《乡村"写意"：韵味的延留及残损——〈山南水北〉阅读笔记》，刊载于《理论与创作》2009年第1期。

❸ 罗尔斯：《正义论》，中国社会科学出版社1988年版，第22页。

说，是社会主要制度分配基本权利和义务，决定由社会合作产生的利益之划分的方式❶。他假想了一种原初状态，它对于任何道德人来说都是公平的。这种超验的理论并不适合直接移植于中国的语境当中。因此，在韩少功看来，要在中国维护公共正义，其前提就是要从制度层面对公权力进行有效的监督与管理。这一公权力涉及的道德人其实要狭窄得多。在理论的意义上，这无疑是一种退避。但在实践上又是最为理性可行的。要知道，当公权力面临失控，所谓的程序正义、分配正义都是不可能实现的幻想。结合国情，韩少功得出一个颇为周全的公式，即管理量×支配度系数×道德系数＝危险权力。要削减危权量无疑要从多个角度着手。比如"文革"以后的邓小平新政，就从两个层面起到了抑制作用：一是推行法制，即分解和降低当权者的支配度。二是放开市场，即减少、转让当权者的管理量，一定程度上实现"小政府、大社会"。在韩少功看来，危权量这种古老的病毒，一直寄生在各种宿主体内，包括红色的宿主，也包括白色的宿主，不过是同名不同姓，一实多名，一物多形，如此而已。很多政治家、法学家、社会学家热衷于争论姓"社"还是姓"资"，却忘了两种体制的重叠部分在哪里，忘了哪一种主义之下都有制度空洞——或者是官员特权，或者是资本特权。它们至少有一种，或是两种占全。权贵资本主义就是两种占全，极权与极金相结合❷。值得关注的是，在这一公式中"道德系数"成为一个重要的权衡变量，这在众多制度设计者那里，可能都是一个可有可无的东西。

在与笔者的通信中，韩少功曾言，常感自己两面作战，左右开弓，侧身站。确实，他更像一个去主义的行动者，相对自由主义者对宪政民主的痴迷，他为道德预留了更多的空间；而相对于激进左派，他又顽固地执着于自由主义者所推崇的制度创生。至于政体本身，则很少为其视线所聚焦。放眼全球，一种政治与经济的同质化往往被各色热情的"主义"、派系者所忽略。当他们陷入政体"左""右"的迷局时，反而可能真正丧失分析问题的能力。有关正义问题的一些思考者，如罗尔斯、桑德尔等，更乐意于分析当下社会或具体人的困境，而不是陷入大而无当的话语角逐。在此意义上，相比于国内的某些左派，韩少功似乎与自由主义者罗尔斯等人有着更多神似。

---

❶ 罗尔斯：《正义论》，中国社会科学出版社1988年版，第5页。
❷ 韩少功与笔者通信内容。

第九章　时代情绪的诗性书写

——以韩少功的长篇小说《日夜书》为中心

一

韩少功的小说常常散发出浓重的泥土气息，这一次也不例外。长篇小说《日夜书》依旧以"陈旧"、不时髦的知青生活为基本的书写场域。"陈旧"二字，意在表明这一题材已经被中国作家无数次征用和光顾。因历史原因，在新时期的文学创作中，知青写作差不多就是乡土文学的另一个代名词。与当年的"文化热"一并兴起的"寻根"，也是知青写作披上"文化"外衣所上演的文学曲目。不过总体来说，"寻根"文学群体成于"知青"，亦败于"知青"。郑义、李杭育、张炜、阿城、韩少功等作家，都曾是下乡知青。在一定意义上，完全可以倒转过来说，是知青的乡土生活成就了此一群体的创作。他们乐于回望乡土，其实意在重温独特、体己的生命经验。将这一生命体验铭写在林海中、大漠里，至少可以为创作赋予独特的个性。

值得玩味的是，有一些作家在"寻根"之后就销声匿迹，基本结束了创作生命，因为他们已经打捞完生命旅程中有限的"乡土"经验。因时代原因，该群体的主体部分既没能参透西方，也没有深厚的国学修养，于是只能把文化处理成逆时的有待寻找的"神话"。"寻根"难以避免出现早产❶。更重要的是，这件沉重的文化外衣，于无形中钝化了作家感知时代情绪的敏感触须。有着强烈入世情怀的李泽厚就认为，寻根文学没有反映时代主流或关系亿万普通人的生活、命运的东西，欠缺战

---

❶ 韩少功：《文学和人格——访作家韩少功》，刊载于《上海文学》1986年第11期。

斗性❶。其实，并不止于知青作家为书写对象所挟持，莫言也是如此，从成名迄今，就一直无法走出那块粗鄙放诞的红高粱地。他过于信任自己乖张暴戾的文风，而漠视当下，疏于观念的介入。

在同辈作家中，韩少功算是不多的能持续把摸到时代脉搏的人。早期的《爸爸爸》还迷恋于边缘山寨楚文化的别样风情，《女女女》就来了个变身，开始大胆尝试以楚文化诡诞的意绪去琢磨、参悟城市日常。之后，当他意识到寻根的危机，就开始寻求突破。自80年代后期起，创作开始融汇不少先锋色彩。近年的韩少功回到农村安居，似乎放了一个再"寻根"的烟雾弹。其实，这一阶段的创作已经与"寻根"时期有了根本的不同：去除了为"文化"而"文化"的矫饰，留下的是平淡与自然，并有了更深沉的现实情怀。《赶马的老三》《第四十三页》《怒目金刚》等作品，执着于对公共正义的诗意构想，有着相当强烈的介入意识❷。他与同代作家的区别已经越来越明显，即在一个时代情绪之弦紧张到近乎绷断的语境中，他没有闭目塞听，完全听任于咿咿呀呀的文学感觉，而是尽力让个人的情绪通达宽广的时代。新作《日夜书》就是在这样的前提下诞生的，那么，它有没有接续韩少功自身的写作传统呢？回答是肯定的。

《日夜书》中处处可见时代情绪的涨涌。在这部小说中，韩少功涉及不少新观念，同时又延续了许多他一直关注的话题，并将部分话题变得更加醒目。而且，小说在形式上的探讨也引人注目。形式与意识形态密不可分，形式的革新既为观念所催逼，也为从时代情绪的重压中突围准备了美学基础。这部小说涉及的社会人生繁复多样，在此只能择其精要而述之。

二

人物马涛在整个故事中特别"抢镜"，他将我们带入一个有关民间思想家的敏感问题上。在当代文学中，还很少有小说直接去描绘这个独

---

❶ 李泽厚：《两点祝愿》，刊载于《文艺报》1985年7月27日。
❷ 廖述务：《地域、空间与文学个性》，出自《海峡文化创新与福建发展全国学术研讨会论文集》(《台港文学选刊》2012年增刊Ⅰ)。

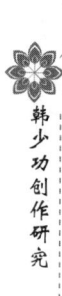

特的群体，除却主体的盲视，语境所施予的压力也是重要原因。韩少功亦庄亦谐的语调定然会使某些读者不快，在可预见的将来，它将导致现实世界的马涛们强烈的批评与反弹。其实，对马涛的理念，"我"并不是一个断然的反对者，甚至在一段时间里是他的死党和追随者。他引我走入知识之途，是第一个划火柴的人，点燃了茫茫暗夜里"我"窗口的油灯，照亮了"我"的整个少年时代。从毛泽东的《实践论》，到马克思的《法兰西内战》，从左派烈士格瓦拉，到右派好汉吉拉斯，"我"就是在马涛的一根根火柴照亮下，一步步走过青春。在后来的"告密"事件中，"我"还扮演了马涛的忠实捍卫者角色。但马涛极为自负，常以历史的改写者自居。于是，常人与日常都成了他思想的敌人。他与郭又军的几次比斗，在监狱中对妹妹马楠的苛刻要求，以及在美国的多方申诉，都在为"自大狂妄"一词作注，实在令人叹息。扭曲的人性必然带来思想的变质，他终于戏剧性地将忧世伤生与持守真理蜕变成了名利的跑马场。

　　无疑，马涛是个悲剧性的角色。但人们若以嘲笑姿态将其轻易打发，那就顶多流露了自身对历史的不敬。对这个人物，韩少功有着特别的考虑，这是他个人知识分子反思史的一次深化。在很早以前他就说过："一个民族的质量很大程度上取决于这个民族的知识分子的质量。我们这个民族一直挨打，一直落后，原因之一是我们这个民族的质量有毛病，中国知识分子质量上有毛病。"❶ 那么，他心仪、首肯的知识分子形象是怎样的呢？张承志、史铁生将小说作为精神的旗帜，为拯救灵魂而战，就被韩少功引为知己。在他看来，这样的作家是"圣战者"，是"心诚则灵，立地成佛"的精神突围者。凭借"心"的力量，"他们已经走向了世界并且在最尖端的话题上与古今优秀的人们展开了对话"❷。对于历史人物，韩少功欣赏的也是人格健全者。比如苏轼，就是一个乐天派，是个"每次想起他的形象，便感到亲切并发出微笑"的人物。历史上命运坎坷、遭遇不幸的文人确实不少，但是有几人能像苏轼那样坦然面对呢？韩少功不由得发出感慨："如果说陶渊明还多了些悲屈，尼

---

　❶ 林伟平：《文学和人格——访作家韩少功》，刊载于《上海文学》1986年第11期。
　❷ 韩少功：《灵魂的声音》，出自《文学的"根"》，山东文艺出版社2001年版，第124页。

采还太容易狂躁,那么苏东坡便更有健康的光彩。"❶只要有完美的人格,即便处在对立的阵营,依旧是值得钦佩的。对左派格瓦拉的尊崇并不妨碍韩少功对右派吉拉斯的由衷赞美。历史上有这么一类人,他们所站的立场,"并不妨碍他们呈现出同一种血质,组成同一个族类,拥有同一个姓名:理想者"❷。

在韩少功这里,身份并不重要,关键在于个人的人格品质。在以"主义"定尊卑者那里,这显然有点主次不分,甚至颠倒黑白。而究其实,不难发现其寓意良深。自20世纪80年代中后期以来,韩少功有关"理想者"的构想持续至今。这是对启蒙理性意味深长的回味与坚守。现如今,启蒙四面楚歌,人们弃之如敝履。王晓明就曾指出,80年代启蒙运动的时候,我们都在谈"人";90年代随着社会分化,核心词变成了"阶层";而近些年则转移到了"国家"❸。

三

小说中的贺疤子则与马涛构成了有趣的对照。马涛有着"辉煌"的抗争史,而他因家庭的不幸,很早就浪迹街头,成为独霸一方的扒王;相比前者的出口成章,高视阔步,他蛇行鼠窜,秽语连篇。他的电工技术也来路不正,全凭一腔热情,玩命拆装,无师自通。当马涛为了自己民间思想家的身份四处呼号时,贺疤子似乎一直对各种头衔的深意领会不清,更不擅长扮演诸多高贵角色。作为人文学者,马涛恨不得为"新人文主义"申请自然学科才有的发明专利,而贺疤子则做了另一个林纳斯。贺疤子也许不够完美,但至少有了韩氏"理想者"的一些风姿神貌。

贺疤子与《山歌天上来》中的老寅在精神气质上形同兄弟。两人都有点"歪"才,不合乎体制内的所谓"正道",但都取得了常人难以企及的成绩。两人的遭遇也有点近似。老寅砸锅卖铁统统换成了酒,在全

---

❶ 韩少功:《处贫贱易,处富贵难》,出自《性而上的迷失》,山东文艺出版社2001年版,第15—16页。

❷ 韩少功:《完美的假定》,出自《性而上的迷失》,山东文艺出版社2001年版,第154页。

❸ 王晓明:《中国之认同的现实与期望》,刊载于《天涯》2008年第6期。

身酒精的燃烧和爆炸下,创作了剧本《天大地大》,但不幸被省歌剧院一个无良教师窃取。窃贼后来到处招摇,还在电视中接受王室成员和音乐大师的握手。贺疤子研究的油田数据传输的新样机,上传速度接近6兆,是国外最牛HD公司指标的60倍。这样一个极为重要的科学发明,理应立即验收,投入生产。但贺疤子等来的是无尽的饭局和应酬,变成了一个无所事事的"闲"达。超5毫米也是破纪录,那么能拿五块金牌的,为什么只拿一块?只要把它细细分解,就可以在国家那里多捞几轮科研经费和技改资金,也可以在市场上多掏几轮客户腰包。甚至还有人主张把它改造成某个母项目下的子项目,集中打一个包,于是受奖、提薪、上职称、拿经费的受益面就更宽。项目组合打包以后,总项目负责人肯定就不是贺疤子了,就得请大领导挂帅。到这里,小说的锋芒已经直逼僵化、趋利的学术体制。

堪与学界乱象比肩的莫过于官场生态的恶化。人物陆学文身居副厅高位,但别无所长,碌碌无为。他签批文件,永远只有两个字"同意",或一个字"阅",批不出任何具体的想法,更谈不上任何具体建议。哪怕只是两分钟的发言,也离不开手下人的发言稿。"我"于是只能安排他当"陪会"的角色。当然,他还是有一些为官的"特长",比如对很多大人物及各位亲属的姓名、履历、爱好、人际关系、家人状况等,他都能如数家珍,如同情报局的活档案。深谙为官之道,使他仕途一路看好。"我"力图阻止这个家伙扶正,反倒身陷囹圄,提前退休。尽管小说只有对"我"所作所为的正面叙说,但背后那只无形的手无处不在。这无疑暗示,那个只会"陪会"的废物在官场有着巨大的活动能量。这样一个人物能翻江倒海,其隐含的讽喻义就尽在不言中了。

民间思想家、学界、官场都似乎过于沉重,也过于"小众"。《日夜书》对于消费社会的批判,则形而下一点,当然也更接地气。在消费语境中,除却疯狂的购物欲,人还容易犯两种"毒瘾":情欲的与快乐的。有关情欲的书写在韩少功以往创作中都极为少见,只在《暗示》《报告政府》等文本中偶露一点"肉色",并很快遮掩起来。《日夜书》有关这个话题的书写密度远远超过之前任何一部作品。这倒不是韩少功需要这些东西来赚取眼球,恰恰是情欲在当下的意义已越来越不容忽视,它甚至成为某些人根本的存在方式,即以情欲为"家"。小说中有关"泄点"与"醉点"的讨论最是有趣。作为描述高潮的两个概念,"泄点"相当于饮食中的"吃饱",与生物性更为相关;而"醉点",则相当于饮食中的"吃好",与文化性更为相关。福柯就认为,谱系学作为一种血统分析,连接了身体与历史。它应该揭示一个完全为历史打满烙印的身体,和摧毁了身体的历史❶。这可以成为"醉点"理论的有效注脚。不过,现实的"酒肉"饕餮之徒,往往只知"泄点",而忽视"醉点"。这个时代的症候就是,当人们忙于为身体营造舒适处所的时候,常常忘了那更需安置的孤苦的灵魂。身体写作以及有关身体的研究,也常常陷入误区,成为性与肉身的炫目表演,失去了最根本的历史文化依托。至于将"快乐"也描述为一种毒瘾,更可算韩少功别具一格的语义发明。这在新生代女性身上最是常见。军哥的女儿丹丹就犯了"快乐"瘾。这种快乐是由商家开发出来的,并且随着时尚的风向标不断升级。当使用价值退居次位,符码价值一路攀升之后,快乐就不再简单,而是与金钱构成了直接的兑换关系。

若将韩少功的语义进一步发挥,可以说,消费社会正是一个情绪失控,"毒瘾"全面发作的时代。

四

前面所述仅涉《日夜书》较为醒目的几个话题。在一部作品中容纳这么多观念相当不易,它几乎成为时代情绪映射于虚拟空间的一个核爆点。形式上的革新与变通有时就来自观念形态的催逼。箱子容积一定,但具体的容装能力往往与装箱方式直接相关。写作一部长篇,若不为版税所动,紧凑得当的就尤为必要。《日夜书》无疑将不算长的文本的功效扩张到了极致。马涛、吴场长、"我"、贺疤子、郭又军、小安子、笑月、梁队长,有关他们的任何一个故事,都足够蔓延、拖沓成一个浩漫的长篇。其实,许多作家就是这么做的,如同油田分解、打包贺疤子的发明一样。

---

❶ [法]福柯:《尼采·谱系学·历史学》,出自刘小枫、倪为国编《尼采在西方——解读尼采》,上海三联书店2003年版,第288页。

线性叙事显然已经无法承受时代情绪的全面合围与重压。它历来热衷于甩掉包袱，轻装上阵，以简单明了、曲折动人为旨归。作为一种排他性书写，它更像景点明确的随团旅行，任何旁逸斜出，各行其是都是有害整体的。因此，通俗小说与线性叙事易于结成良缘。而且古典主义、浪漫主义，甚至大部分经典现实主义作品，都以线性叙事为基本言说方式，因为它足以应付前现代相对简单的观念形态。《日夜书》的前十节，给人一个假象，韩少功似乎已经与线性叙事握手言和。但在第十一节中就跳出了有关"泄点""醉点"的讨论，而且这一方式在后面持续出现，比如"准精神病""器官与身体"等话题都是在前文的某个节点上生发出来的巨型情节。这类巨型情节若欠缺煞有介事的理论介入，将显得异常突兀，乃至有喧宾夺主之嫌。它们就像拦路打劫者，突然的闯入无端破坏了行人预定的宁静旅行。不过，高明的叙述者正可借此在线性叙事之外，加入一些无法揉捏进去的内容。比如"器官与身体"部分，就为叙述者以理论性阐释的方式介入社会问题提供了契机："基因"也是"基果"，每一个人都亦因亦果，是基因的承传者同时也是基因的改写者，即下一段基因演变过程的模糊源头。因此，文学"回到身体"一类口号，显然不宜止于春宫诗和红灯区一类通俗话题，而应转向每一个人身体更为微妙的变化，转向一个个人性的丰富舞台。理论在这里显然有双重作用：既便于形成新的叙述节点，为语义扩张提供方便，又可以扮演叙事之外的阐释者。阐释无疑是观念介入更为简洁有力的方式。

这种既扮演叙事者，又充当阐释者的写作方式早在《马桥词典》《暗示》等作品中就有表现。这时，作家越位行批评之职，其控制欲甚至超过全知全能视角。这是叙事中的高危项目，没有超常的见识，往往就会成为蹩脚的自导自演。韩少功以其见识的深刻，为这种写作形式提供了智力保障。

在叙述层面，《日夜书》还体现了韩少功创作的怪诞式诙谐风格。在巴赫金看来，怪诞是诙谐与身体（主要指身体下部）的完美结合形式。在他的著作中多处涉及拉伯雷描绘的"肉体下部形象"，这些物质－肉体形象经由怪诞的形式构成了反抗官方统治的巨大力量。显然，巴赫金所谓的怪诞，其中的诙谐因素并不是为狂欢而狂欢的，而是包含了深刻的政治文化含义。也就是说，诙谐不是自为、自足的，它包含了浓厚的意识形态色彩与强大的颠覆能量。它既是在否定、嘲讽一切无生命的东西，又是在肯定、欢庆一切有生命的事物。怪诞式诙谐在早期的《爸爸爸》中就有体现。丙崽这个智障，是整个山寨后生们调侃、取笑的对象。再加上仲裁缝的迂腐，仁宝的假新派作风，整个文本都诙谐化了，成为一个狂欢化的文本。无论是新派的仁宝、旧派的仲裁缝，还是顽劣的丙崽，都在这怪诞的戏谑面前无从遁形。尤其是丙崽，文本借助诙谐表达的是一种开放性与未完成性，并试图见证一种内部生机与残敝共存的复合物。

《日夜书》中，紧张到近乎绷断的时代情绪之弦通过怪诞式诙谐得到纾解，并促成了新道德的生成。吴天保文化有限，对官话一窍不通，在任何文件上只会批上"同意报销"几个字。因对现代文明的陌生，他和知青交流起来，也常常闹出笑话。但一说起粗话来，就酣畅淋漓，总说到点子上，且形象别致生动。他对官方管到裤裆里来一事（指计划生育）极为不满，生了三个儿子，因此被摘掉官帽，接受审查和批判。他酒后调戏胖婶，惨遭"蹂躏"，还被妇女们虐待命根子。吴天保的诙谐、粗鄙，与那个时代不着边际的理想构成了意味深长的反讽。他那与泥土、肉欲相关的生命力给"我"不少启示，促使"我"对人生之意义再三追问。在巴赫金那里，老朽的孕者身上死亡与新生诙谐地共存，其目的在于否定死亡，召唤新生。在梁队长尤其是吴天保身上则是粗鄙与美德诙谐性共存，其目的在于促成新道德。梁队长坏了下体，被戴了绿帽子后，亦忍气吞声，很不光彩。但在其他事上却变了个人。他豁出去也要照顾好两个妹妹，并风风光光将她们嫁出去。欠堂叔的钱，利滚利，他也坚持还完。堂叔死后，依旧力主"做七"，圆圆满满地完成了七天奠礼。吴天保对待梅艳、万哥的方式，就见出这"浑"人心中其实有一杆公平"秤"。在这种怪诞式诙谐语境中，韩少功出色地塑造出一种新的道德人形象。他们与《怒目金刚》中的吴玉和、《赶马的老三》中的何老三一起，构成了一个新道德人的形象谱系。经由诙谐风格的营造，《日夜书》得以突出时代情绪的合围，找寻到一块建构新道德的语言飞地。

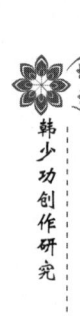

第十章 互文与自反:《修改过程》的认知诗学

均质的物理时间在沉积历史的重量后往往不再匀齐与对称。在一些特定的节点,它失衡乃至失序,重铸抑或偏离历史轨道,烙下杂乱而沉重的时代印痕。在百年现代性进程中,此类历史节点不多,但它们裹挟一切,改写无数亲历者的人生轨迹。正史、日记、影片、教科书、口述史、回忆录、文学文本都簇拥在这些节点周围,或以此为据,或以此为方法与认知装置,形塑出形形色色面目不一、聚讼不已的文化历史语义。任何历史节点本身既非认知绝缘体,亦非纯然自明之物,有关阐释与争讼常如延展的时间流一样无法画上一个休止符。77级大学生就是20世纪70年代末那一历史节点的见证者。这一群体的人生履历正是这一历史图景在个体生命上的投射。不少智识者都试图探明这一历史时段演进的逻辑及其与个体互动的内在机制。但90年代以来思想界、学术界的深度分化表明,有关这一时段的学理阐释常陷入传统/现代、救亡/启蒙、自由/平等、左/右等二元论认知模式中。

作为77级一员的韩少功,曾以思想性随笔多次涉足这一历史时段,对上述认知模式多有批判。随笔明快凌厉,在拓展思想纵深的同时,往往难以触探主体的困境、疑难以及历史隐晦的多重面向。历史的亲历者在检视过往时,难在客观,更难在获具自反性(苏格拉底式的"认识你自己")品格。韩少功新近的长篇《修改过程》通过交叠式互文(声音互文、视角互文、结构互文),建构起一种对话性认知诗学,对文本、主体、群体、时代展开深度的自反性追问。

一

韩少功在《修改过程》中多维度采用交叠式互文言说方式,这显然与该方式所具有的意义解放功能密切相关。克里丝蒂娃借鉴巴赫金对话理论提出系统性"互文"概念：一种文本间对话关系，任何文本的产生与存在都取决于它与其他文本的相互影响。作为后结构主义核心概念，"互文"并非形式主义诗学范畴，而是沟通形式与意识形态的重要中介。借由"互文"，《修改过程》文本意义的生成具有了自反性特征，并有效抵拒外在意识形态的自然化与固化。

《修改过程》声音层面的互文言说方式具有全局性影响。声音是叙事学中的一个基本概念，它重点研究叙事文中"谁讲"的问题。作者意识与文化观念的渗透与传达往往借助叙事"声音"来达成。《修改过程》中，作者声音、叙述者声音、人物声音构成一种交叠式互文关系。不同于《修改过程》，韩少功的多数创作在声音层面都呈现出干预型特征。比如在《日夜书》中，作者经常替代叙述者出场，就"泄点""醉点""准精神病"等话题展开学理化讨论。这在《马桥词典》《暗示》等作品中亦多有体现。原叙述者在此时完全退场，作家声音具有箴言性，呈现出独语一元的超叙事特征。多数时候，韩少功凭借见识的深刻可以为这类叙事高危项目及时救场。一元化叙事声音适于外向批判，而疏于内向自省，并一定程度上损耗文本意义的多元性与开放性。而交叠式声音互文在韩少功的创作中尚不多见。他在形式上煞费苦心，正为突出言说困境之重围，进而开拓全新语义空间。《修改过程》言说之难与其题材有关。与其他作品之不同在于，这部长篇将叙事聚焦于 M 大学中文系 77 级 2 班。"附录一"中提及班上 12 个年轻人的合影，名曰"东麓十二贤"。意味深长的是，《夜深人静》中曾收录韩少功在大学期间的一张照片，照片上方落有一行字"麓山十二贤"，并用略小字体标注"辛酉立冬前四日"。显然，《修改过程》具有很强的自传色彩，但又不限于作者本人，它还具有群体性。作为"文革"后第一届大学生，这个独特的群体与历史节点有着频密的互动。韩少功无心为自身立传，亦无意于为这个班级铭写功劳簿。他更乐意以此为样本，探寻那一代人的人生轨迹及其与历史互动的深层机制。这段历史远未沉寂，亲历者的人生还处在"修改过程"中。在幽幻莫测的历史布景前，任何个体试图充当历史逻辑裁判者的角色都是不明智的。交叠式声音互文将利于生成对话性语义形态，亦便于呈现历史的当下性、复杂性与开放性。

《修改过程》中,作者声音与叙述者声音间的对话性互文贯穿文本始终,并左右了文本的叙事进程。肖鹏是引发争议与诉讼的网络文本叙述者,但在这一叙述层次之上,还有作者声音与叙述者声音对话互动组构的超叙述层。这一超叙述层构成另一重文本空间,并成为推动叙事前行的动力。在一定意义上,"修改过程"与这一超叙述层有着内在的同一性。在访谈中,韩少功谈及"间离效果""入戏出戏"手法以及生活、人、小说之间的多重修改关系❶。这些论述与文本中相关表述有高度重合性,这意味着作者声音在其与叙述者声音形构的互文性超叙述层中扮演着重要的角色。文本多处涉及对小说哲学、功能、技法的讨论与反思。可以说,这一超叙述层构建起了一种有关小说本体的认知诗学。两种互文性声音又充分呈现了这种诗学的多义性乃至悖论性。肖鹏与惠子讨论名实之辩,实乃作者与叙述者就小说功能问题发声。世界上确有"事实",但更有意义的是"可知事实"。若不借助后者,前者就是一片无谓和无效的黑暗。而文学正是将"事实"转化为"可知事实"的基本工具。在此意义上,文学可彰显存在之真义,是人类立身之本。不过,"名"亦有局限性,也可能畸变。小说特定的叙事机制从诸多维面缩减作家自主空间,人写小说转化为小说写人。作为一种认知装置,小说过滤客体世界并最终生成小说化的现实。在此认知背景下,小说与现实的真理性双双变得可疑。

　　显然,活跃于超叙述层的声音并不只限于作者与叙述者,众多人物(尤其是原型人物)也兴致勃勃参与其中。这就在文本内部滋生出多声部戏谑化效果,同时从多个层面拓展了文本语义空间。在两重文本空间中,人物被赋予了双重身份。以肖鹏为叙述者的主叙述层中的人物在超叙述层中以人物原型出现。在第五章"诉讼要件"中,陆一尘、马湘南两个人物原型打算控告肖鹏名誉侵权。在鲍律师罗列的多条侵权事实中,有许多细节在主叙述层中并未出现,这就在两重文本间形成了更微妙且更深层次的互文。这当中最有趣味的当属肖鹏,他有四重身份:作者代言人、人物原型、叙述者、人物。作为叙述者的肖鹏,在叙事声音

---

　❶ 韩少功、王威廉:《韩少功对话王威廉:测听时代修改的印痕》,刊载于《作家》2019年第3期。

变异的情况下常与作者声音交叉与混同。因年龄的增长，作为人物原型的肖鹏记忆力日渐衰减。他书写的网络文本《修改过程》（一学生命名）正是其自我救亡的副产品。作为叙述者的肖鹏，在承认历史语义的多义与或然性的同时，顽强地借助叙事去抵近与探查历史本质的幽微之处。而通过人物原型，文本又提供了一种具有消解意味的反讽性互文。肖鹏的脑疾患以及对疾患近乎强迫性的疗救，都带来了有关记忆/历史的复杂的叙事后果。第十九章"现实很骨感"提及一封学生写给原型人物肖鹏的电子邮件。从中可知，肖鹏与惠子有关名实的讨论不过是他在研究生课堂神情恍惚下的离奇产物。显然，"名"之畸变不仅仅是小说写人的问题，更来自非正常主体所带来的叙事危机。

二

对小说与现实真理性的质疑以及肖鹏的记忆危机均为多重互文性视角的合法介入提供了可能。原型人物间有关网络文本的反复争执亦多演变为对叙事路径（包括视角调整）的再三修正。叙述者、人物视角的位移与切换促成了多重交互性文本世界的生成。比如，第一章"作者你别躲"主要叙述人物原型陆一尘就网络文本名誉侵权一事向作者肖鹏兴师问罪。肖鹏送别陆一尘后，反复思量，最终删除了陆一尘车祸致残后与举重银牌得主小莲相遇并喜结连理的故事。这一被删除的故事依旧通过叙述者视角呈现出来。被删节的有关陆一尘的可能世界与未删节的文本世界以及超叙述层人物原型陆一尘的现实世界构成了三重互文关系。小说中还有其他类似情况，如不同叙述视角下楼开富迥异的生命路径（第十二章A、B）、史纤精神分裂式的命运交叉与闪回（第二十章A、B）。

就韩少功而言，通过视角互文呈现多重世界图景已非首次。在短篇小说《第四十三页》中，叙述者说，他的年轻主人公阿贝想家了，便让他上了一列毛泽东时代的火车。列车展现了一幅充满温情与人间正义的世界图景。阿贝在火车上读到一本充满预言意味、名曰《新时代》的杂志，在其指引下，为躲避泥石流带来的车毁人亡，他决然跳车跃回了充满暗算与欺诈的现实世界。在几经曲折，祭奠了那些早被人们遗忘的伤亡人员后，阿贝又上了一列有高清电视屏与旋转沙发座的新时代火车。

阿贝视角数次转换，其应激性的言行既体现了对革命德性的有限度的询唤，又暗喻了物质乌托邦与革命乌托邦的内在断裂与复杂纠葛。在这部韩少功戏称玄幻体的小说中，不同世界图景由历时性转换为了共时性的互文形态。于韩少功而言，这种形式实验已转化为一种叙述范式。当然，《修改过程》的时空坐标不同，其视角互文也会产生迥异的修辞学效应。

　　视角互文下的多重世界的交会其实是一种时空对位法。在共时性文本空间中，不同世界图景的结构性重组带来了或和谐或冲撞的复调效果。《第四十三页》意图借横向重组探讨现实中纵向构建不同世界图景之连续统的可能性。而《修改过程》则重在反思大时代背景下个体命运的偶然与必然。当叙述者在第十二章（A）叙述完楼开富的悲情人生后，人物毛小武发声反驳：楼开富早拿绿卡移民美国了，哪有为照顾脑瘫夫人疯狂健身被车撞死一事？第十二章（B）就开始以毛小武的视角叙述楼开富的另一可能世界。此一楼开富成功移民美国，夫人黄玉华已改名詹妮弗·黄，夫妻还联袂当上了专业化的偷渡人贩子。在韩少功看来，第十二章的"A和B之间互为倒影和底片。楼开富的老婆在A与B中都得了基因性的小脑萎缩症，但差别仅仅在于发病时间前后：早几年发，A就成立了；晚几年发，B就成立了。人的命运有时取决于某一个偶然性。一个时间节点的悄悄移动，有时就可能使庞大的真实轰然坍塌"❶。个体命运终究不可改写，这是古希腊悲剧的诗学逻辑，也是现实世界运转的必然律。不过，通过视角互文，我们隐约探触到一个生命的痛点：不同个体命运的差异乃至巨大悬殊往往只是命运之神一次偶然却不失沉重的玩笑。

　　第二十章A、B两节则以人物视角互文呈现了史纤令人慨叹的坎坷命运。来自农村、家境贫寒的史纤颇有诗才，又有点神神叨叨。他的好心反倒成为盗窃事件的最大诱因，毛小武因此而锒铛入狱。羞愧与自责时刻噬咬他的心魂。归乡的史纤成了一个神情迷乱的花花太岁，他的诗篇如那满山摇曳的花朵一般争奇斗艳。同学聚会，史纤进城了。在学校

---

❶ 韩少功、王威廉：《韩少功对话王威廉：测听时代修改的印痕》，刊载于《作家》2019年第3期。

的林荫道上,他碰到了回校讲座的古文字学家史纤,两人外部形象近乎一模一样,只是后者戴礼帽抹围脖、架深度眼镜且有些驼背鬓白。震惊之余两人一番撕扯,复归平静后,又一起谈境遇聊人生,令人唏嘘不已。在火车站过安检时,花花太岁分明又见一商务史纤擦肩而过。叙述者申说,花花太岁听过飘魂的故事,准是在接二连三做那飘魂的迷梦。这诙谐明快的叙述笔调中潜藏着酸楚与无奈。若未患病,其他人生路径于学业优异的史纤而言可能并非迷梦。在韩少功笔下,史纤这类生存竞逐的失利者还有毛三寅(《山歌天上来》)、郭又军(《日夜书》)等人,这些人皆非庸才且品性纯良,但人生之路崎岖而多艰。史纤迷梦中的多重世界并非纯形式景观或俗套的精神慰藉,它隐含着韩少功沉潜多年的人生与道德哲学。在一篇忆高考的随笔中,韩少功无法注目一己的幸运。一个老高三的高才生同伴,聪明且好学,因家庭原因没有参加那次高考。后来,他下岗靠喂猪谋生。人生的困窘让他面容憔悴、背过早地弯曲如弓。韩少功设想:"如果全国恢复高考能早一年,早两年,早三年……大学教室里的那个座位为什么不可能属于他而不是我?若干年后满身酸潲味的老猪倌,就为什么不可能是别人而不是他?一个聪明而且好学的人,为什么不可以成为教授、大夫、主编、官员或者'海归'博士,从而避开市场化改革下残酷的代价和风险?""正是从这一点出发,我无法向自我中心主义的哲学热烈致敬。我从老朋友一张憔悴的脸上知道,在命运的算式里,个人价值与社会和时代的关系,不是加法的关系,而是乘法的关系,一项为零便全盘皆失。作为复杂现实机缘的受益者或受害者,我们这些社会棋子,无法把等式后面的得数仅仅当作私产。"❶ 这种草根立场的命运算法不同于启蒙诗学,也迥异于时下流行的赢者通吃的市侩哲学。

三

如同视角互文,文本结构互文也促成了多重世界的生成。《修改过

---

❶ 韩少功:《1977的运算》,出自《人在江湖》,人民文学出版社2008年版,第156-157页。

程》中，主体性结构互文是由附录与正文组构的。附录一为"1977：青春之约"，附录二为"补述一则"，后者主要记录肖鹏、小莲围绕前者之真实性所展开的论辩。在主叙述层、超叙述层基础上，附录又构造了另一重文本世界。围绕两个叙述层，声音、视角互文总体上聚焦文本内部，探讨文本诗学、关注个体命运的起伏与变迁。附录一作为 M 大学 77 级 2 班入学四十年纪念班会视频的脚本，具有群体回忆录性质，其中还穿插不少历史文献资料。这一记录性脚本与正文之互文不同于声音、视角互文，它更具群体性与开放性，是文本与时代、诗与历史互文的文学投射。

依循文学惯例，附录部分似乎有点突兀与僵硬。不过，在韩少功的创作中，附录作为一种方法并不鲜见，《暗示》《日夜书》《革命后记》中均有尝试。在《修改过程》中，韩少功对塑造陆一尘、马湘南、史纤等三两个传奇式人物并不满足。这些人的线性人生难以呈现全景式的 77 级。或者说，韩少功有为 77 级中一个特定群体塑像的野心。附录一就是这一野心的产物。显然，在《暗示》等书中，附录并未承担如此重要的叙事功能。《修改过程》中的附录文本略显单薄，且内容支离松散。为此，人们有足够的理由担忧这一文本遂行相关叙事功能的潜力。

群像塑造难在兼及殊像与个性，而这些在附录中恰恰是阙如的。正文与附录互文的方式在一定程度实现了点面结合。这些殊像的"点"并未全然游离群像的"面"。附录一具有纪实性，同时又与虚构性正文交互创生。正文中的主要人物均再现于附录一中；而班会作为一个事件还在一定程度上参与了正文叙事进程：史纤因班会而回母校，就好比一个楔子嵌入附录，实现了属性迥异的两重文本世界在叙事上的整一与连贯。在此互文性结构基础上，附录分有了正文属性，变得亦真亦幻；正文也分有了附录特征，耦合了历史文化时空。人物间据此形塑出诗学同构性。在读者头脑中，附录中那些未曾在正文抛头露面的人物如曹立凡、耿文志、侯瑞彬等，将在肖鹏叙述的虚拟世界中渐次丰满而生动，如陆一尘、史纤般走来。附录一提供了一个诗学想象空间，人物依托正文/附录互文在两个文本世界穿梭往来，最终树立起立体的总体性群像。

附录一是个班会视频脚本，但其中穿插了不少历史文献资料。这一班级群体与历史语境深度交织在一起，他们已然汇入时代，成为历史进程的一部分。附录从更高层面激活了文本内蕴的社会历史能量。以附录方式通达更宽广的历史时代是韩少功常用的创作技法。长篇理论随笔《革命后记》亦曾以附录形式详录"文化大革命"大事记。作者的立场与态度就体现在历史资料的择取与阐发上。这一附录形同正文的资料索引，两者间的互动是有限的。《修改过程》在附录中穿插历史文献，在叙事功能上倒与《暗示》有几分近似。在《暗示》附录二中，作者不满知识从书本到书本的"合法旅行"，特在附录主体部分描述了作者介入历史现场的切实经验。兹摘录一二："作者在大学时代参加过知识界的民间社团，参加过"学潮"；重新走向社会以后参加过一些与文化有关的商业活动，接触到一些下海从商的知青朋友；主持过两个机构的管理工作……书中对中国传统和现实的看法，对社会巨变时期朋友们人生遭际的感慨，与这些经历不无联系。"❶《暗示》以附录/正文互文的方式构造了知行合一的诗学结构，是对文本言/象辩证主题的经验化、历史化。其中对个人经验史的书写无疑与《修改过程》所涉大致相吻合。

不过，比之于《暗示》，《修改过程》远未止于对群体/历史关系的现象性描述，而是聚焦关键性历史节点，借助正文/附录互文方式，充分敞露这些节点隐伏的历史文化语义。附录一中，第二篇"理想的修辞"记载了这一群体积极介入的诸种社会政治文化活动（办刊、创社团、介入"真理标准"问题、抗议"八禁"、揭黑反腐等）。与第二篇对举的是第三篇"世俗的语法"，这对前者构成别有意味的消解。但叙述者似又表现出足够的宽容："这种消极和颓唐显然足够可疑。但事情的另一面是，如果清高者对各种世俗利欲都蒙上眼睛，捂住耳朵，那么这种清高会不会过于脆弱？又能挺住多久？如果任何崇高理想都是为了让人民大众吃好、穿好、玩好，那么吃好、穿好、玩好本身又错在哪里？"❷附录提及的诸种活动，很多在正文中不便表述，只能策略性地择取一二。虽如此，正文的小说笔法依旧呈现了"理想"/"世俗"互文境况下更为复杂的语义形态。在"驱张事件"中，陆一尘是学生抗议活动积极组织者之一。肖鹏冷眼旁观，认为陆一尘等人在伸张权利的同时

---

❶ 韩少功：《暗示》，人民文学出版社2008年版，第382页。
❷ 韩少功：《修改过程》，花城出版社2018年版，第278页。

又肆意侵凌他人权益，不过是一帮伪自由民主爱好者。塑造肖鹏这样置身事外的评价中介，显然是为了提供一个相对客观的审视视角。类似的还有尚年少的人物宝宝，他向"吃白米饭"的马湘南哭诉领头人因争权而背叛的问题。此一情节充满反讽意味。总之，在这些人物身上呈现的历史景观不无阴暗。由此反观附录部分的叙述，似可见纪实性内容隐约受到现实的多重规约与"修改"。不难看出，韩少功正身处互文交叉地带，文本亦指向了作者的自我内省。诚如《暗示》附录一所云："书中人物是作者的分身术，自己和自己比试和较真，其故事不说全部，至少大部分，都曾发生在作者自己身上，或者差点发生在作者自己身上。"❶ 作为上述历史进程的深度介入者，种种激愤、犹疑或不堪不过是韩少功自身经历的诗化表征。他对曾经崇奉的新启蒙主义意识形态的痛苦反思正源自于此：一种光鲜的主义往往演变为阴暗与龌龊，因为其践行者总是有限的。思想的龙种收获现实的跳蚤。《修改过程》中，林欣是叙述者的暗恋对象，某种意义上也是作者心仪的人物。她牢记一场所有人已经遗忘了的十年前的约定。这种固执与坚守也许就是那个时代留给我们的不多的正面遗产："不难发现，当时很多争议只涉及对与错，不顾及利害；只说应该怎样，不说怎样才有用——分歧后面其实有共同的青春底色。"❷ 也许，这才是韩少功回顾再三的青春与理想。

---

❶ 韩少功：《暗示》，人民文学出版社2008年版，第380页。
❷ 韩少功：《暗示》，人民文学出版社2008年版，第276页。

第十一章　左手"主义"，右手"问题"
——"天涯"体与韩少功创作关系初探

韩少功的文学观念与思想立场历来引人注目。这一方面因为文学影响的巨大，另一方面就是其思想意义的含混与深广，往往招致阐释者争讼不已。有人批评他是写作的"追风少年"❶，有人宣扬他是精神的"圣战者"❷，也有人认定他瞻前顾后，太过保守❸，抑或于新近更趋圆熟，规避问题❹。这些评判都是基于特定前提做出的，有其合理性，但也存在一定局限。韩少功是一个实践型知识分子，完全撇开其"事功"去谈论所谓思想观念，盲视与误读可能难以避免。《天涯》杂志的改版是韩少功最为卓著的"事功"之一，其间的行为实践对其文学观念的影响不可轻估。结合这样的"事功"，有利于全面把握其思想的起伏与嬗递。应当说，"天涯"体与韩少功自身文体意识的强化，两者有互为生成的关系。"左手主义，右手问题"是"天涯"体的理念形态。"问题"须以"主义"为前提与立场，而"主义"则因问题意识有效去除了偏执的成分。

---

❶ 萧三郎：《韩少功，写作的"追风少年"》，刊载于《新京报》2005年10月21日。

❷ 孟繁华：《庸常年代的思想风暴——韩少功90年代论要》，刊载于《文艺争鸣》1994年第5期。

❸ 鲁枢元、王春煜的《韩少功小说的精神性存在》（《文学评论》1994年第6期）与李光龙、饶晓明的《试论"寻根文学"的文化保守主义表现》（《湖北社会主义学院学报》2003年第6期）两文，均认为韩少功的创作有着浓厚的文化保守主义倾向。周展安在《翻过这沉重的一页——阅读作为政治寓言的〈第四十三页〉》（《文艺理论与批评》2008年第6期）一文中认为，韩少功新世纪的创作在政治上也是保守的，与其"左"派的身份完全不符。

❹ 参见郝庆军提交海南大学文学院举办的"韩少功文学写作与当代思想研讨会"的论文：《韩少功晚近小说创作的新成就和新挑战》。

一

《天涯》这份刊物的独特性在于，它有自己鲜明的立场，同时有着强烈的介入意识。

它产生于喧嚣的20世纪90年代中期，其时发展主义甚嚣尘上，一种物质现代化的迷梦不只是笼罩着一般的普通民众，许多知识分子也真诚地与这一主流意识形态保持着甜蜜的共谋关系。左翼力量在全球范围内的崩解与溃败，俨然昭示着"历史的终结"。《天涯》的创办人韩少功、蒋子丹等与其他一些敏感的知识分子开始意识到问题的严峻性，他们有意识地与市场化、发展主义的普遍价值观保持必要的距离，因为在这一自由主义意识形态背后依旧有着压抑性结构的存在。如何破除这一压抑性结构，成为《天涯》持之以恒的办刊动力。从这个意义上讲，《天涯》确实秉持着一种理性的泛左翼立场。我们将其称作"左手主义"。《天涯》从来不学究，它将这一立场具体化为对市场化、大众文化、民主与宪政、道德与人文精神、农村与贫困、集权腐败等中国问题的关注。这一问题意识可以称之为"右手问题"。左右开弓，才造就了《天涯》当时为人称道的标高与尺度。

形式与意识形态密不可分、互为表里。《天涯》从一个偏于通俗的文学刊物演化为一具有强烈介入意识的思想阵地，离不开形式上的彻底革新。当年，韩少功就坚决反对把《天涯》"办成一般的学报"，也就是说"不要搞'概念空转'和'逻辑气功'"。据他判断，凭依20世纪90年代新的再启蒙的大好语境，作家完全可以释放"挑战感觉和思维定规的巨大能量"。实际的操作表明，在形式方面这类文章于"一定程度上再生了中国文、史、哲三位一体的'杂文学'大传统，大大拓展了汉语写作的文体空间"❶。这一混合品种，在传统理论范畴中面临具体归类的难度，说成是理论小品、评论或学者散文似乎都可以，但又都不足以完全地概括它的特征。这些散文是文学和理论的完美结合，而不是侧重于某一方。我们不妨称其为"天涯"体。这一文体形式是沟通《天涯》与

---

❶ 韩少功：《我与〈天涯〉》，出自《人在江湖》，人民文学出版社2008年版，第166页。

韩少功创作的桥梁。《遥远的自然》《货殖有道》《第二级历史》《"文革"为何结束》等颇具思想冲击力的散文,无疑与这一文体要求甚为契合。"左手主义,右手问题"作为"天涯"体的理念形态,自然也体现在韩少功自身的创作当中。

值得一提的是,在20世纪80年代,韩少功有关社会、历史的问题意识并不强烈。这在散文创作中最易窥见。80年代前期,韩少功的散文侧重于对自身创作的认识与总结,题材基本限于文学范围,如《学生腔》《留给茅草地的思索》《难在不诱于时利》《文学的"根"》等。访美的经历加上寻根的历练,促使其视野渐趋宏阔,笔触也愈益老辣。作品《胡思乱想》可以看成这一时段的代表作。之后直到20世纪90年代初,韩少功与思想、理论展开了全面"遭遇战",如《仍有人仰望星空》《米兰·昆德拉之轻》《海念》《灵魂的声音》等作品就呈现了这一特质。这一时段的韩少功与张承志、张炜、史铁生等人共享了许多逻辑前提,并且在观念上互为呼应,尽管前者对后现代主义投注了更多关注的目光。在此意义上,将韩少功视为道德理想主义者,具有一定的合理性。不过,承办《天涯》的前后,韩少功的问题意识日益凸显,"主义"依旧,但落到了实处,理想主义的执念无疑在淡化。他是《天涯》的编者,亦是作者,如发表其上的《完美的假定》《遥远的自然》《国境的这边和那边》等文,就对革命、环保、身份、民族等广受关注的问题有深入探讨。韩少功还曾为《特别报道》栏目写过一篇名为《观察亚洲金融风暴》的"示范文章",目的在于抛砖引玉。遗憾的是,这一栏目的理想作者队伍始终没有真正形成❶。由此可见,当初韩少功的倡导有些曲高和寡。但于他个人而言,"天涯"体与自身文体意识的强化,两者间互为生成的关系相当鲜明,并对后续创作影响至深。

二

当下思想文化界的"左"派,人员众多、声势浩大,已蔚为大观。

---

❶ 韩少功:《我与〈天涯〉》,刊载于《人在江湖》,人民文学出版社2008年版,第166 - 167页。

这一群体鱼龙混杂，具体派系殊难区分。20世纪80年代，知识界刚告别极左思潮，其间与主流意识形态分分合合。当中多"右"的声音，而"左"的观念是几近于无的。90年代，市场、资本的兴起，最先在部分学者与作家那里引起了回响。其时，"二张一韩"（张承志、张炜、韩少功）的创作与"人文精神大讨论"相互呼应，影响甚广。于是，"二张一韩"几成了道德理想主义的代名词，并隐约地成为最早的一批文化"左"派。

"革命"是20世纪中国最深广的历史实践，对它的认知往往成为当下区分"左"与"右"的衡量标准之一。韩少功对"革命"的辩证反思在80年代末就已经开始了。写于1987年的《仍有人仰望星空》一文，对"红卫兵""文革"有独到的看法。这些极"左"的东西，在当时的美国被千夫所指。韩少功依旧力图向他们阐明"文革"的复杂性，如红卫兵在何处迷失和在何处觉醒、"红卫兵"复杂的组织成分和复杂的分化过程、当时青年思潮中左翼格瓦拉和右翼吉拉斯的影响等。那时，仍有一些极左派在美国活动，一个在寒风中瑟瑟发抖的女孩在影院门口向韩少功他们散发纪念"文革"二十周年的传单。女孩不理解"文革"时中国的实际情形，但依旧对它满怀憧憬。传单上的"文革"式话语，在当时的大多数人看来，都有着滑稽的味道。但韩少功笑不起来，因为"任何深夜寒风中哆嗦着的理想，都是不应该嘲笑的——即便它们太值得嘲笑"。在举国一致声讨极左的时代，韩少功却毫不犹豫地为寒风中的理想辩护。随后被戴上"左"的帽子，似乎难以避免。

尽管如此，将"二张一韩"并置，仍旧是思想上的简单草率。这三人都对"理想"满怀敬意，但韩少功对待理想的方式与"二张"相差甚远。"二张"以笔为旗，发出灵魂之声，以坚决捍卫精神尊严，容不下任何犹疑与退却。相比而言，韩少功有一种参悟佛心的通透❶。他曾言，看透与宽容应是现代人格意识的重要两翼❷。这种看透与对后现代主义的批判相结合，就演化为一种理性的怀疑精神。或者说，没有任何先天

---

❶ 廖述务：《德性生存：韩少功新世纪创作的重要面向》，刊载于《文艺争鸣》2013年第12期。

❷ 韩少功：《看透与宽容》，出自《在后台的后台》，人民文学出版社2008年版，第1-5页。

的立场可以为主体提供永恒的精神庇护。因此,有评论家指出,韩少功所肯定的东西远不如他的否定对象那么明晰。在他的文本中也偶尔出现"圣战"这样的字眼,但即便是这样,更多的依旧是出击,而不是坚守❶。难怪张承志批评韩少功滥用宽容,思想"灰色",以至于恨不得在他屁股上踢上一脚,从而让他冲到更前面一些❷。

韩少功热衷的"天涯"体使得他与"二张"之区分更显鲜明。针对道德理想主义,郜元宝曾提出了较为尖锐的批评:在道德理想主义者的许多文章中,除了抽象地抨击人类千古皆然的道德缺陷外,实在读不出别的什么,看不出某种道德理想状况和特定历史时期人们生存之道的因果联系,看不出由过去农业组织体系构型的意识形态向现今商业组织体系构型的意识形态转换过程中,人们切实的道德的迷惘与理想的挣扎,也看不到在这过程中重建道德理想体系时必须面对的资源与误区。他们的批评不可谓不激烈,却总显得不着边际,而当他们正面阐述自己的道德理想时,又含糊其辞,不知所云,除了空洞的叫喊,委实听不出叫喊的实在内容❸。这一批评略显愤激,但无可否认的是,它确实指出了道德理想主义所存在的部分缺陷,即回归抽象德性,而对社会历史的具体问题相对漠视。

韩少功在亲近理想/"主义"的同时,也对刺心的社会问题投注了莫大的阐释热情。这时,"问题"对于狂躁易热的"主义"具有解毒的作用。比如《完美的假定》一文,是韩少功发表于改版后《天涯》的一篇最早的长篇随笔,具有一定的示范意义。这是韩少功唯一一篇直接谈论"理想"的文章。它直接切入的正是当代社会历史核心的话题——革命。缅怀革命者,在此最期待韩少功引吭高歌,以彰显义无反顾的"理想"姿态。遗憾的是,他笔下的"理想"典型竟是两个在具体政治选择上南辕北辙的人:一个是激进的"左"派格瓦拉,另一个是决绝的"右"派吉拉斯。他认为,立场的不同并不妨碍他们呈现出同一种血质,组成同一个族类,拥有同一个姓名:理想者。无疑,只有返归历史,以

---

❶ 南帆:《诗意的中断》,出自《敞开与囚禁》,山东教育出版社1999年版,第239页。
❷ 韩少功:《我与〈天涯〉》,人民文学出版社2008年版,第176页。
❸ 郜元宝《容易失去的智慧:关于"道德理想主义"》,刊载于《文学自由谈》1997年第6期。

革命为"问题"对象,并直面具体的人,才能对"理想"有较为深邃的辩证理解。

三

新世纪的韩少功,又开始重提"道德"这个频遭流放的词汇❶。人们已经惯于将他看成一个理想主义者,当这个词汇再次出现时,并不感到离奇和诧异,因此,关注者几希。至于"道德"与他新近的创作有何关系,更成了批评话语中的语义空缺。如前所述,郝庆军等热心的批评者就认为,韩少功热衷于隐者的诗意以及圆熟的技巧,反倒渐渐遗忘了锥心的社会问题。韩少功是不是真成了不问世事的"闲达"呢?这还是得从"道德"潜含的语义谈起。

"道德"在新世纪的韩少功那里,有点近似于奉行的"主义"。如果"问题"缺失,诚难避免成为郜元宝意义上的新世纪"道德理想主义者"。所幸,韩少功对政治理想主义、道德理想主义均保持了足够的警惕与戒惧。他认为,人类社会也许永远是带病运转,动态平衡,有限浮动。人们努力的意义,不在于争取理想中最好的,在于争取现实中最不坏的——这就是现实的理想,行动者的梦❷。"争取现实中最不坏的"表明要立足当下,从问题出发,而不是从理想的观念着手。这就可以预防理念带动的运动/暴力式结构大错动。也就是说,运动不是好办法,不能代替制度建设和管理发育。暴民的动乱与暴政的乱动,无一不是祸端❸。因此,新世纪的韩少功重提道德,最终意图还是在于社会的改善,即一个当下作为公平的正义社会的建构才是他这个"行动者的梦"。如罗尔斯、桑德尔等人一样,韩少功笔下的正义社会是道德与制度双向建构的社会,两者相互融汇,才有真正的"正义"可言。社会的改善、制度的创生,正是韩少功在新世纪关注的核心"问题",它与道德一起,成为"天涯"体"问题"与"主义"的又一变体。

当下道德危机有目共睹。在韩少功看来,要改观这一现状可以从两

---

❶ 韩少功:《重说道德》,刊载于《天涯》2010 年第 6 期。
❷ 韩少功与笔者通信内容。
❸ 同上。

个层面入手：其一，社会精英要有更多担当。这一阶层享受了良好的教育资源，占据有利的社会地位，因此更应该克己节欲、先忧后乐。这种道德责任等级制可以构筑一个屏障，延缓危机到来❶。其二，就是走相反的路，礼失求诸野。这一诉求在韩少功新世纪创作的部分小说中表现得尤为明显。《怒目金刚》中的吴玉和就是乡间仁者形象，他所誓死捍卫的正是最起码的人伦规范：不能背天理，不能仗势欺人，官再大也要尊贤敬长等。小说呈现了一个略带理想色彩的礼俗道德自足系统——它既经受住了商业化的考验，也从容应对了现代官僚系统的胁迫，并在关键时刻有效击溃权贵。在《赶马的老三》中，何老三对何子善的袒护，对两个没大没小警察的惩戒，均表明对人情伦理的捍卫甚至超过的对法理的遵从，尤其在后者往往偏袒于强者的时候。

　　在乡村，礼俗、人情往往比现代性规章制度更能规训与约束具体个体。或者说，当制度阙如的时候，礼俗道德往往会起到替代性的治理功能。卢梭的话依旧富有意义：在乡间，血缘、人情织成了一张网，乡民之间的生活相对透明，这就构成了一种无形的规范与监控。礼俗社会较之于法理社会显然更符合卢梭的理想。现代法理包含了更多的身份异化，因缺乏血缘、人情的沟通，其中的个体必须通过名望和财富等扭曲方式来表现自己。在中国乡村也近似于此。在这个熟人社会中，凡事讲血缘亲情，而不是组建理性冰冷的契约关系。于是，亲情治近，理法治远，亲情重于理法通常成为自然的文化选择❷。《白麂子》中，因果报应的情景剧也许有点装神弄鬼，抑或有点过于戏剧化，但它并非空洞无凭的想象，而是实实在在地有着乡土社会观念的基础。其中，最有趣味的当是李长子在医院院长面前的一通"牢骚"："这科学好是好，就是不分忠奸善恶，这一条不好。以前有雷公当家，儿女们一听打雷，就还知道要给爹娘老子砍点肉吃，现在可好，戳了根什么避雷针，好多老家伙连肉都吃不上了。"这一抱怨从反面说明，传统的礼俗道德有着强大的整饬人伦的力量。科学，正如卢梭所言，正是道德败坏的根源。《西江月》中的流浪汉鲍牙仔，地位卑微，形同乞丐，但他绝不做坑人害人的勾

---

❶ 韩少功：《重说道德》，刊载于《天涯》2010年第6期。
❷ 韩少功：《人情超级大国》，刊载于《读书》2001年第12期。

当，而且对这类行为深恶痛绝。为了替姐姐报仇，他经历了无数劫难，最终与仇人（一个为富不仁者）同归于尽。这里也见出了法理社会的深层局限，龅牙仔显然连一个律师也请不起，只能在反法理的暴力行为中完成道德人的悲怆涅槃。

那么，韩少功是不是和卢梭式的反启蒙主义者或道德理想主义者一样，意图在礼俗道德与制度之间确立一种对立关系呢？显然，他更青睐罗尔斯式的论断，"离开制度来谈个人道德的修养和完善，甚至对个人提出各种严格的道德要求，那只是充当一个牧师的角色，即使本人真诚相信和努力遵奉这些要求，也可能只是一个好的牧师而已"❶。在韩少功看来，要将权力关进笼子，除了量化管理与加强制度建设外，还需强化道德担当。因为，即便有了较为完善的制度体系，权力的管理量与支配度永远不可能降为零，这就需要道德的规约来进一步化解权力风险。这就有了一个权力制约公式：管理量×支配度系数×道德系数＝危险权力❷。要节制危权量，就需从管理量、支配度系数、道德系数等三方面着手。显然，在其他众多制度设计者那里，鲜有将"道德系数"列为重要的权衡变量的。

显然，道德与制度之融合是"左手主义，右手问题"在新世纪的又一变体。有论者曾批评韩少功在政治上过于保守，在对劳动和资本之关系的思考上、在社会主义的方向上拿不出自己坚定的信念❸。这一批评显然以误读韩少功之"主义"为前提，将他当成了激进的"左"派。"主义"与"问题"并举使韩少功看似既"保守"又"激进"。貌似"保守"，因他信赖制度创生，不可能再回到"过去"，倡导一种威权性质的道德（礼俗）社会。近似"激进"，则因对自由主义意识形态，他疑虑重重，并对道德理想满怀敬意。在他这里，做一个"资"与"社"的强制性站队，顶多是智力上的偷懒行为。

---

❶ 罗尔斯：《正义论》，中国社会科学出版社1988年版，第22页。
❷ 韩少功与笔者通信内容。
❸ 周展安：《翻过这沉重的一页——阅读作为政治寓言的〈第四十三页〉》，刊载于《文艺理论与批评》2008年第6期。

第十二章　德性生存：韩少功新世纪创作的重要面向

一

早在1986年，韩少功夫人在《诱惑》一书的跋中就提到，他们两口子最大的希望就是回到鸡鸣狗吠的乡土中去。回归乡土，意味着过一种与世无争、宁静平和的生活。彼时的乡土没有遭受城市的合围与挤压，也就相对纯粹自足。但到新世纪初《暗示》面世之时，境况已发生了根本性变化。这部小说中有大量篇幅涉及现代性进程中的乱"象"与谵妄之"言"。言象之辩成为揭示现代性病灶的便捷路径。相比《马桥词典》之乡土言说，《暗示》已将关注点集中到了现代城市生活的诸多病象。《暗示》成为韩少功进入新世纪创作的一个转折点，不仅因为前述之缘由，还在于它隐含了一个回归自然的梦。这个长篇底色是阴沉晦暗的，唯有"月光"一节充满温情与光亮。叙述者在这里甚至有了抒情意愿，"月光下的银色草坡，插着一个废犁头的草坡，将永远成为他的梦醒之地。月光下的池塘，收积着秋虫鸣叫的此起彼伏，将永远成为他的梦中之声"❶。

在月光的蛊惑下，韩少功自然要急切地"扑入画框"❷。因为，融入山水的生活，经常流汗劳动的生活，是最自由、清洁的生活。接近土地和五谷的生活，是最可靠、本真的生活❸。显然，这并非一些评论家所谓的再"寻根"。在《文化寻根与文化苏醒》这一演讲中，韩少功就认

---

❶ 韩少功：《暗示》，人民文学出版社2008年版，第280页。
❷ 韩少功：《山南水北》，人民文学出版社2008年版，第1页。
❸ 韩少功：《山南水北》，人民文学出版社2008年版，第3页。

为，从农村到城市，完成了知青作家的蜕变。寻根是从城市的视野反观曾经的农村，时空横亘其间。而《暗示》以来的德性生存则充满在地性，且以对城市生活的厌倦与逃离为前提。韩少功引海德格尔为同道。海氏就认为，"静观"只能产生较为可疑的知识，与土地为伍的"操劳"才是了解事物最恰当的方式，才能进入存在之谜❶。在这个意义上，今天的"文化"更多地是纸面的能指符号，已经干枯失血，少有生命气息。总有一天，在工业化和商品化的大潮激荡之处，人们终究会猛醒过来，终究会明白绿遍天涯的大地仍是我们的生命之源，比任何东西都重要得多。那才是人类 culture 又一次伟大的复活❷。

接近自然就是接近上帝，就是在拥抱纯粹与明净。这种德性生活具有很强的私人性，是韩少功自我道德完善的一种实践形式。或者，作为隐者的政治，在一种诗性规避中获得灵魂的安置。同代人的政治激情已经淡漠，时代大变。市场化潮流只是把知识迅速转换成利益，转换成好收入、大房子、美国绿卡，还有大家相忘于江湖后的日渐疏远，包括见面时的言不及义。成功人士圈子以外的事，即现代性进程中的诸多乱象，不能引起成功者哪怕一秒的面色沉重。问题是，沉重又能怎样，"及时的道德表情有利于心理护肤，但不会给世界增加或减少点什么"❸。因此，韩少功选择逃离。这种诗性规避正是建构道德自我的重要前提。《日夜书》中，陶小布曾这样劝谕马楠——"有人欺骗我们，我们不欺骗。有人侮辱我们，我们不侮辱。有人伤害我们，我们不伤害"。这类否定词汇，恰恰是道德自我建构的一种基本预设，正合乎阿伦特对道德人的基本看法。在她看来，所谓"平庸的恶"源自人的不能思想。而"思想"意味着"通过言词交谈"，是"我和自我之间无声的对话"。不能思想者，就是不能与"自我"良性相处的人。在极权时代，只有极少数人能成为"不参与者"。这些人会反思，"在已犯下某种罪行后，在何种程度上仍能够与自己和睦相处；而他们决定，什么都不做要好些，并非因为这样世界就会变得好些，而只是因为，只有在这种条件下他们才

---

❶ 韩少功：《山南水北》，人民文学出版社 2008 年版，第 33 页。
❷ 韩少功：《山南水北》，人民文学出版社 2008 年版，第 57 页。
❸ 韩少功：《山南水北》，人民文学出版社 2008 年版，第 9 页。

能继续与自己和睦相处"❶。显然，这正是对苏格拉底（作为道德人的典范）式命题——"遭受不义比行不义要好"——的完美诠释。

　　阿伦特发现，在极权时代，那些受尊敬阶层出现了道德的全面崩溃。在那种境况下，反倒是那些珍惜价值并坚持道德规范和标准的人们是不可靠的。可靠的恰恰是那些怀疑者，因为他们习惯检审事物并且自己做出决定❷。在20个世纪90年代，"二张一韩"就曾被一些批评家认定为道德理想主义的代名词。这一评价对韩少功而言并不妥帖。理想主义最忌惮"怀疑者"的出现，后者的冷静、多疑总与道德激情格格不入。"二张"以笔为旗，发出灵魂之声，以坚决捍卫精神尊严，容不下任何犹疑与退却。而韩少功则有一种与自我质询相关的理性怀疑精神。在他这里，没有任何先天的立场可以为主体提供永恒的精神庇护。正因此，南帆认为，韩少功肯定什么远不如他的否定对象明晰。他也偶尔使用"圣战"这样的字眼，但这样的"'圣战'更多的是出击，而不是坚守"❸。难怪张承志批评韩少功思想"灰色"，滥用宽容，恨不得在他屁股上踢上一脚从而让他冲到更前面一些❹。

二

　　韩少功这种以诗性规避为前提的德性生存，需要内心自律与灵魂的强大，有点精神贵族的气息。但现世情怀又会阻断他躲入纯粹自我的精神空间——逃离与后撤不过是为了重新出发。在追寻个体道德完善的同时，他一直在触探时代脉搏，对芸芸众生抱持一种宽厚的德性关怀。也可以说，社会病变催逼他提出一种超越个体的底线伦理学，召唤一种普世救赎的德性生存。这主要体现为两个层面的努力。

　　首先，大力倡扬传统"礼俗社会"蕴含的德性因子。这是韩少功着墨最多的方面。《赶马的老三》中的何老三，在应对国少爷敲诈、庆呆子婚姻危机、皮道士讹钱等棘手事件时游刃有余。这些"事功"既是才

---

❶ 阿伦特：《责任与判断》，上海人民出版社2011年版，第34-35页。
❷ 阿伦特：《责任与判断》，上海人民出版社2011年版，第35页。
❸ 南帆：《诗意的中断》，见《敞开与囚禁》，山东教育出版社1999年版，第239页。
❹ 韩少功：《我与〈天涯〉》，出自《人在江湖》，人民文学出版社2008年版，第176页。

智,也是德行。而另一些言行更侧重于展现他独特的生存伦理观。何老三一次对着土地公公撒了泡尿,不料几天后阴处开始生疗,痛得他满头大汗,呼天喊地好几天。自此以后,他的世界观发生了变化,有点相信八字、风水以及报应,对非同一般的巨石和老树都比较恭敬。村里改建土地庙的时候,他还偷偷捐了一份钱,不觉得这与机器时代有什么抵触。参加何子善老娘的丧礼时,老三觉得唱夜歌好,不像城里人只是鞠个躬,献枝花,丧事太冷清,让后人没想头。《怒目金刚》中的吴玉和虽尖嘴猴腮苦瓜脸,但在同姓宗亲中辈分居高,一直享受着破格的尊荣。因驱赶偷吃庄稼的耕牛耽搁了开会,乡书记老邱于是污言秽语满天飞,尤其还"株连"了他母亲,这让他一辈子耿耿于怀,以致死不瞑目。老邱最终被其感化。吴玉和对自己的丧礼亦有独特要求,虽一切从简,但有些规矩不得马虎:儿孙晚辈一定要跪着守灵;白豆腐和白粉条一定要上丧席;香烛一定要买花桥镇刘家的;祭文一定要出自桃子湾彭先生的手笔;出殡的队伍一定要绕行以前的两个老屋旧址,以向熟悉的土地和各类生灵最后一别。

　　传统德性因子在当下乡土社会依旧微弱而顽强地延续着。乡村的道德监控往往来自人世彼岸:家中的牌位,路口的坟墓,不时传阅和续写的族谱,大大扩充了一个多元化的监控联盟。先人在一系列祭祀仪式中虽死犹生,是一种冥冥之中无处不在的威权。小说《白麂子》中李长子的一段话意味深长,"这科学好是好,就是不分忠奸善恶,这一条不好。以前有雷公当家,儿女们一听打雷,就还知道要给爹娘老子砍点肉吃,现在可好,戳了根什么避雷针,好多老家伙连肉都吃不上了"。俗谚"做人要对得起祖宗"有点近似于欧美人的"以上帝的名义……"。欧美人传统的道德监控,更多来自上帝;中国人传统的道德监控,更多来自祖先和历史。各种乡间的祭祀仪规,不过是一些中国式的教堂礼拜,一种本土化的道德功课❶。

　　敬鬼神、重祭祀有深厚的传统做支撑。慎终追远,方民德归厚。《礼记·中庸》云:"鬼神之为德,其盛矣乎!视之而弗见,听之而弗闻,体物而不可遗。使天下之人齐明盛服,以承祭祀,洋洋乎如在其

---

❶ 韩少功:《山南水北》,人民文学出版社2008年版,第79—80页。

上，如在其左右。"❶《礼记·礼运》云："……故礼义者，……所以养生送死，以事鬼神上帝。……故圣人参与天地，并于鬼神，以治政也。"❷ 由是观之，儒家素有敬鬼神的传统。鬼神信仰通过祭祀以实现。《礼记》大部分内容都涉及丧事、祭仪。《论语·八佾》云："祭如在，祭神如神在。"❸ 墨家鬼神观所包含的伦理意义尤其值得注意。墨子叹道："今若使天下之人，偕若信鬼神之能赏贤而罚暴也，则夫天下岂乱哉！"❹ 在墨子这里，鬼神几乎就是道德神，而且有非常有效的道德约束功能，"……鬼神之所赏，无小必赏之；鬼神之所罚，无大必罚之"❺。即便鬼神不存在，祭祀"犹可以合欢聚众，取亲于乡里"❻。

其次，着力于发掘革命年代可能的德性资源。《第四十三页》就较多地在情感层面为那个年代辩护。虽然女乘务态度略显粗暴，但在把一堆果皮纸屑扫走以后，给阿贝拉上厚布窗帘，还捽来一条防寒棉毯。后来，乘务还取他的湿衣去锅炉间烘烤；车长专门过来给一位旅客测体温，并询问有哪位旅客掉了钱包。列车碰到灾民，为防更大洪峰，车长当即同意搭乘请求，大手一挥全都免票。尽管阿贝在车上被误认作"特务"，遭受过"虐待"，但在经历了车上一幕幕温情之后，他显然有点在情感上认同这一土得掉渣的群体。尤其是"跃入"现实之后连遭暗算与欺诈，更反衬出那个时代的单纯与高尚。让阿贝愤怒的是，那些因疏散乘客而牺牲的乘务员们的墓地，在"现实"中早就无人问津，一片荒芜。后革命年代对革命德性的遗忘在此显露无疑。《赶马的老三》表达了类似的诉求。何老三工作出色，村支部要犒劳。他红包不要，只求了一个心愿，就是去韶山看一下毛主席祖坟。他认为，虽然人们说过老人家一些坏话，但乡政府这次发还的茶园，还有其他田土山林，不都是老人家给穷人们争来的？这个恩德还不大上了天？

为革命德性张本，显然掺杂了韩少功自身复杂的情绪。他们那一代人将青春、汗水，甚至生命奉献给了那段激情燃烧的岁月。人们在告别

---

❶《礼记译解》（下），王文锦译解，中华书局2001年版，第780页。
❷《礼记译解》（上），王文锦译解，中华书局2001年版，第292-296页。
❸《论语译注》，杨伯峻译注，中华书局1982年版，第27页。
❹《墨子》，方勇译注，中华书局2012年版，第251页。
❺《墨子》，方勇译注，中华书局2012年版，第269页。
❻《墨子》，方勇译注，中华书局2012年版，第270页。

革命的同时，往往轻易否弃一切，包括曾经的奉献、奋斗与无私。《日夜书》中的一些知青，虽遭逢苦难，却从书中找到了灵魂的慰藉："书是一个好东西，至少能通向一个另外的世界，更大的世界，更多欢乐依据的世界，足以补偿物质的匮乏。当一个人在历史中隐身遨游，在哲学中亲历探险，在乡村一盏油灯下为作家们笔下的冉·阿让或玛丝洛娃伤心流泪，他就有了充实感，有了更多价值的收益，如同一个穷人另有隐秘的金矿，隐秘的提款权，隐秘的财产保险单，不会过于心慌。"无论曾经境况如何，只要过的是一种与知识/美德为伍的德性生活，就足以让一些亲历者耸然动容，追忆再三。除了求知，他们还将青春奉献给了大地。在韩少功眼中，艰辛的劳作，贴近本能的挣扎，虽苦心志、劳筋骨、饿体肤，但于一个人的精神成人来说分外重要。比如《日夜书》中的老场长吴天保虽文化有限，但他与泥土、肉欲相关的生命激情就给"我"深刻启发，促使"我"在星夜久久思索人生之意义。至于吴天保本人，则是粗鄙与美德诙谐性共存，有一种新道德人气象❶。

三

召唤普世救赎的德性生存，显然以对当下生存状态的不满与批判为前提。《日夜书》中，无论官场、学界、商界，还是日常生活领域，均显露出了诸多病象，表征了文化德性的普遍丧失。在寻求建设性的道德资源时，韩少功不仅回归传统，而且还将革命德性当成了重要的话语来源。道德层面的这种历史延续性，有点近似于甘阳的"通三统"，尽管后者在内容上意在维系中国历史文明之连续统。这种道德"通三统"在涉及革命德性时最有可能两头不讨好："左"派认为他不够彻底，在道德层面兜圈子；偏自由主义者则认为他太"左"，竟为那段不光鲜的历史曲意辩护。其实，韩少功的自我德性对意识形态有一定的免疫力。他看重的是人性质量，而非先验立场。《完美的假定》中言及的人格"理想"典型竟是两个在具体政治选择上南辕北辙的人：一个是激进的

---

❶ 廖述务：《时代情绪的诗性书写——以韩少功〈日夜书〉为中心》，刊载于《创作与评论》2013年第1期。

"左"派格瓦拉，另一个是决绝的"右"派吉拉斯。立场的不同并不妨碍他们呈现出同一种血质，组成同一个族类，拥有同一个姓名：理想者。

尽管如此，仍有必要追问：在纷扰的当下，奢谈德性是不是有点"独善其身"？或者，德性生存对于社会进步又能有怎样的良性促动？

值得注意的是，《第四十三页》还为我们呈现了革命年代存在的一些问题。列车工作人员怀疑阿贝是"特务"，对其进行突袭搜查，其间还曾拳脚相向。阿贝认为他们没有搜查证，是对人权的粗暴侵犯，于是大叫要去法院控告他们，要媒体曝光他们。显然，此类反抗纯属徒劳。最后，在泥石流灾难面前，阿贝畏怯，选择跳车，回到了并不令人满意的"现实"。这样的结局似乎表明，我们只能苟且偷安，最多在德性生存中寻求一点点精神慰藉。不过，倾巢之下安有完卵？人类有些最基本的自然义务不受制度影响，在任何社会中都应履行，比如与廉耻相关的一些道德要求。但更多的与社会相关的义务则对制度有要求。何怀宏认为，原则上社会义务都是要求人们各安其分，各尽其职，但这"分"是不是安排得公正合理，又在很大程度上决定了个人的职责是否合理，是否能够顺利履行。因此，在这方面，社会制度的正义将优先于个人的道德义务。康德在《道德形而上学》中把权利论与德性论视为不可分割的两部分，并且优先讨论权利论。这无疑发人深省❶。

在韩少功看来，确保制度正义的前提就是对权力进行有效约束。他提出管理量、支配度系数、危权量等概念，来阐述防范权力失控的可能性。社会主义与资本主义都有管理量激增以后如何制度性消化的难题。相对来说，越是发展快，越有增量消化之难。支配度系数则指当权人的个人权重。系数最高设为1，是一种无制约状态。系数最低设为0，是一种全制约和强制约的状态，当权者如同一台柜员机。于是可以得出一个公式：管理量×支配度系数＝危险权力。邓小平新政有两个意义：第一是推行法制，分解和降低当权者的支配度，尽可能把威权压缩成微权；第二是放开市场，减少、转让当权者的管理量，一定程度上实现"小政府、大社会"。这样，支配度降低了，管理量也压缩了，双管齐下，全

---

❶ 何怀宏：《一种普遍主义的底线伦理学》，刊载于《读书》1997年第4期。

社会的危权量自然减仓。那么，德性生存在这里又能扮演怎样的角色？在考虑正义与德性生存之关系时，他更强调后者对前者的监督、促成作用。因而，前面的公式还可以扩展，加上一个新系数——道德。系数 0 表示最高道德水准，可以完全化约危权量。系数 1 表示道德水准的中位值，既不化约也不放大。1 以下的 0.1、0.2……，则表示不同程度的良知善德，对权力形成了安全网和防火墙，有相应的制约力道[1]。社会精英更有可能涉及权力，在道德责任方面也应当有更多担当[2]。

将德性生存与权力制约统一起来，可防道德愿景沦为不切实际的乌托邦理想。不过，韩少功讨论更多的是制约权力的具体方案。对宏观体制的变革，他持相对消极的态度。这与认可体制先验的合法性无关，而与前述的怀疑论有关。比如《日夜书》中的马涛，在异域遭受不公正待遇时，其愤懑的言辞如同官方言论，着实让国外友人吃惊。民间思想家尚且陷入这一悖论，遑论一般人。因此，韩少功更愿意相信人性质量，而不是制度力量。道德通三统实以"人格优先于制度"为前提。问题是，在制度不义的前提下，造就的更多的是奴性人格，德性人格之塑造反倒难上加难。当然，这不过是诡异时代在思想层面的一个投影。相比其他思想者的执念，韩少功起码可以在怀疑论的前提下获得一种有关自我的德性满足，其他人可能一无所获。

---

[1] 相关内容来自笔者与韩少功的通信。
[2] 韩少功：《重说道德》，刊载于《天涯》2010 年第 6 期。

附录一　韩少功文学年谱

（1953—2015 年）

　　1953 年 1 月 1 日，韩少功出生于湖南长沙一个教师家庭。在家中，他排行老四，于是有了个昵称"四毛"。家里还住着一个姑姑，以及一个从乡下来求学的亲戚的孩子。这个成员众多的家庭生活上完全依赖韩父与姑姑的工资，其拮据程度可想而知。

　　在他成长的岁月里，这个家庭并不平静。长辈的坎坷人生直接影响了他的精神气质与创作。

　　父亲出身于地主家庭，其时已家道中落。他中学毕业曾当过教师，也当过地方报纸的记者。抗战爆发，国土沦陷，人心惶惶，他投笔从戎，考入中央军校第二分校（前身为黄埔军校武汉分校），结业后在第一兵团总司令汤恩伯身边任职，后转随汪浩（史上所谓中共旅苏"二十八个半布尔什维克"之一），先后任中校参谋、自卫独立大队长等，参加浙西、浙北的抗日游击战。抗战结束后，他回到家乡，身居长沙市政府财政科长，暗中却是共产党地下组织"进步军人民主促进社"的中坚。一些地下印刷品在他家集散。他还曾利用自己的公职身份掩护过一些地下中共党员。一位陈姓党员遭当局通缉，就曾以韩母弟弟的身份在他家藏身数月。1949 年，长沙解放。韩父又穿上戎装，参加西南地区的剿匪斗争。韩少功出生之时，他依旧在千里之外的广西参与艰苦卓绝的剿匪斗争。因战斗果敢勇猛，他成为解放军二十一兵团二一四师荣获一等功的战斗英模❶。1954 年，他转业地方，先后在教育厅和省直属机关干部文化教育委员会任职。在教育委员会，韩父先后执教"辩证唯物主义""毛泽东选集""联共（布）党史"等课程。他教学兢兢业业，其教学经验还曾印成册子在各地推广。尽管韩父人生履历中有"革命"的

---

❶ 龚道育：《根深叶茂》（澧县文史资料第 21 册），湖南人民出版社 2014 年版。

成分，但异质的东西依旧难以抹去。面临"横扫一切"的时代风潮，其处境可想而知。1966年9月底的一天，果决地以沉入湘江的方式撇清了与家人的关系。虽然韩少功说过："父亲给我的印象不深，因为他死时，我才十三四岁。"但因父亲复杂的社会身份及其在传统家庭结构中的特殊地位，他的离世给予韩少功的刺激依旧很大，有丧亲的悲苦，无所依恃的惶恐，更有阶级区隔下隐形"高墙"强加的时代精神创伤。小说《鞋癖》就包蕴着这种情绪体验："我"断定父亲还活着，就在某个神秘的角落注视着自己的家人。

韩少功的母亲则是位贤淑、寡言而倔强的妇女。她出身于湖北公安县一个大户人家，在北京受过专科美术教育，一度担任过绘画与书法教员。由于接二连三的生育，加上繁重的家务劳动，她不得不放弃公职，成为传统家庭主妇。曾经的新女性，必须顽强面对的是丈夫的自舍与子女的嗷嗷待哺。这些苦难既练就她的倔强与刚毅，也磨砺、重创她的心灵。骆晓戈在回忆文章中说："他的母亲常常一整天不说话，只默默地走进走出，做家务也不带出一点声响。我们在扯谈，照例是海阔天空，他母亲静静地坐在暗处，我对这位作家的母亲油然而生敬意，后来一直十分敬重这位老人。"❶

韩少功的童年时期，居住在长沙武经路，紧挨古旧的城墙，城墙外侧是成片的棚户区。韩少功儿时的玩伴大多来自这个区域，他们的父母或是踩三轮的或是工厂临时工。与玩伴相比，韩少功的家境确实优越得多。但这些一点也不妨碍他们成为要好的朋友，成天疯玩在一起。

1959年，6岁。

9月，韩少功入长沙市乐道古巷小学读书。其时，正遭逢一场全国范围的大饥荒。韩少功后来回忆，"很多人饿出水肿病，胖胖的肉没有色彩，父亲便是如此，他走起路来显得有些困难"，"得了水肿的父亲尽管气喘吁吁，经常头昏眼花，一坐下去就怎么也站不起来，还是把单位上照顾他的一点黄豆、白面，全都分给孩子们吃"❷。

在劳动的间隙，韩母依旧会教幼子写写毛笔字。韩父要求孩子们看

---

❶ 骆晓戈：《韩少功印象》，刊载于《芙蓉》1986年第5期。
❷ 韩少功：《我家养鸡》，刊载于《小作家选刊》2003年第12期。

《三国演义》《水浒传》，而不希望他们看《红楼梦》，觉得后者带有太多脂粉气。另外，他还要求子女学好数理化，今后凭专业技术在社会上立足。

韩少功在学校的表现相当不错，家里的墙壁上贴满了各种各样的奖状。他还是少先队的大队干部。1963年，全国推行阶级路线。韩父开始受到冲击。韩少功的班干等也随之都被免去。

1965年，12岁。

9月，考入长沙市第七中学。

1966年，13岁。

6月，与同学们一起奉令停课，开始参与"文化大革命"。

9月，父亲沉江离世。

11月，加入"红卫兵"造反派组织，参加步行串联和下厂劳动。

尽管忙于"闹革命"，韩少功还是表现出了在数理方面的学习天分。刚进初一，他就自学完了初三的课程。凭借简单工具制作的晶体管收音机也有着一定的技术含量。

在寻找工作屡屡碰壁的情况下，年幼的韩少功鼓起勇气造访父亲生前所在单位的领导。领导对他相当客气。他谈了家里目前的苦难情况，要求单位对父亲的死给一个明确结论，并按政策给予相应生活补助。后来，韩父的问题被定义为"人民内部矛盾"，韩家可继续居住机关宿舍，还得到了一定数额的抚恤金。这大大缓解了一家人的生存危机。韩少功也得以继续学业。

回校后，韩少功发现学校里革命浪潮正日益高涨。他属于"红卫兵"中的温和派，也是主流派。在斗争中，韩少功学会了投弹、打靶。作为兵团宣传部的主笔，他的主要工作还是负责起草各种论战文章，刷写标语，刻写蜡纸，编写油印小报等。应当说，这里成了韩少功最初崭露文学才华的地方。主流派控制了学校图书馆。他们破窗而入，有了饱读诗书的机会。巴尔扎克、巴金、杰克·伦敦、海明威、普希金、莫泊桑等就是这个时候进入韩少功的视野中。布哈林、托洛茨基、铁托等，也都开始成为他们讨论的话题。

1967年，14岁。

8月的一天，韩少功回家时经过一片街区，遭遇一场"武斗"混战。一颗流弹穿透了他的大腿。在医院还曾莫名其妙地受到慰问。

其时,在学生当中,读马列蔚然成风。韩少功曾经从母亲那里要来12元大钱,买下四卷本的《列宁选集》,通读并做了几本厚厚的笔记。

1968年,15岁。

12月,未到政策规定年龄的韩少功主动报名下乡,落户湖南省汨罗县天井公社茶场。其实,这是为了适应革命形势的需要。长沙城里的革命已经退潮,又恰逢毛泽东下达了"知识青年到农村去,接受贫下中农的再教育,很有必要"的指示,韩少功的哥哥、二姐都已经在他之前下乡了。更重要的,原来革命阵营中的许多战友也都纷纷奔赴辽阔的农村。

天井公社秀美的风光无法掩盖生活的简陋、清贫。农民们早出晚归,依旧难以维持最基本的生活,有的甚至劳动一年还要赔钱,饥荒惨不忍睹。迎接知青的自然也是超负荷的劳动与清苦的生活[1]。

1969年,16岁。

5月,一个知青读书小组在韩少功的倡导下成立,他们还办起了农民夜校。油印教材由韩少功编写,并自掏腰包印刷成册发放给农民。巴黎公社、十月革命、反对资产阶级特权等深奥内容成了授课的内容。但是教学效果不佳。因为农民只想认字,对各种思想毫无兴致。

1970年,17岁。

4月,因涉嫌违禁政治活动,韩少功被公社拘押审查。据他回忆,"违禁政治活动"实是欲强加的"莫须有"罪名。当初读书小组发动农民向有腐败行为的干部贴大字报,但被农民出卖,反招报复。一些干部借打击反革命运动的机会,查抄小组成员物品,抓住日记、书信中只言片语,想把小组打成反革命小集团,最后因证据不足而罢手。从此,韩少功对所谓农民的"先进性"有了新的认知。不过,他仍旧尊重农民自己的逻辑:知青们说的在理,但闹完之后可以拍拍屁股就走人,而他们祖祖辈辈要在那里生活下去,哪能把诸种关系搞那么僵?[2] 尽管如此,在一段有限的时间里,韩少功对农民失去了信心,相信知识分子才是历

---

[1] 韩少功:《开荒第一天》,出自《山南水北》,第35页,北京:作家出版社2006年版。
[2] 韩少功、施叔青:《鸟的传人》,出自《在小说的后台》,山东文艺出版社2001年版。

史的火车头。他较频繁地与靖县、沅江县等地的青年同道交通往来,并且扩展范围,与广西等外省的异端分子也有交往。他们甚至打算组建一个地下团体。

而茶场的学习小组很快分崩离析了。1969年的第一次招工就已经极大地分化了知青队伍,一些人趋利的面目得到了最大限度的彰显。理想与俗世利益的剧烈分歧也在撕扯着韩少功的灵魂:他能坚持到最后吗?

1972年,19岁。

2月,韩少功与另外五位知青奉命转点至天井公社长岭大队,任务是带动那里的农村文艺宣传活动,使之成为地、县两级的基层文化工作典型。在这里,他认识了女知青梁预立,并很快发展成恋爱关系。两人在情感上相当克制。尽管居住地相隔不过几分钟的路程,但为不影响读书写作,两人约定一周见一两次面。

这一年,韩少功开始了真正意义上的文学创作,创作了短篇小说《路》,但未公开发表。当时还有一些文章发表在没有正式刊号的内部刊物上,比如《汨罗文艺》、岳阳的《工农兵文艺》,等等。

虽然在穷乡僻壤,但韩少功的阅读面并不狭窄。一批内部读物如长篇小说《落角》《你到底要什么》等,成为知青们私下传阅的宝贝。赵树理、王汶石、杜鹏程、周立波、柯切托夫、高尔基、普希金、法捷耶夫、契诃夫、艾特玛托夫等文学上的启蒙导师,都曾令他内心潮涌,彻夜难眠。一些黄皮书、灰皮书对韩少功的影响甚大,比如吉拉斯的著作。

创作上的初露锋芒,引起了人们的注意。韩少功被点名参加省城的创作培训班。随后,他成为公社文化站的半脱产辅导员,有了更多的读书与写作时间。他在这个时期结识了本地的知青作家黄新心、老牌大学生胡锡龙、农民作家甘征文等。文友间的交流扩充了韩少功的知识面。因影响的逐步扩大,到省城出差亦日趋频繁。交友圈子进一步扩展。与莫应丰、张新奇、贺梦凡、贝兴亚等人的交往开始成为韩少功人生的一部分。这当中,莫应丰的影响尤大。

1974年,21岁。

12月,因创作的实绩,韩少功被汨罗文化馆录用,结束了六年知青生活。

这年韩少功开始公开发表作品，有短篇小说《红炉上山》(《湘江文艺》第1期)、《一条胖鲤鱼》(《湘江文艺》第1期)，以及时论《"天马""独往"》(《湘江文艺》(批林批孔增刊)3月号)。

随后两年，创作有短篇小说《稻草问题》(《湘江文艺》1975年第4期)、《对台戏》(《湘江文艺》1976年第4期)、《开刀》(《湘江文艺》1976年第5期)。另有时论《从三次排位看宋江投降主义的组织路线》(《湘江文艺》1975年第5期)、《斥"雷同化的根源"》(与刘勇合作，《湘江文艺》1976年第2期)。

对这一时段的创作，韩少功后来有过回顾与反思："'文革'开始，我十三岁。父亲从不主张我搞文学，认为危险，要我念数学。后来下放到农村当知青，数理化一点也不管用，还是在宣传墙报，写写材料、诗歌，自得其乐。1974年以后稍微松动，可私下读到一些优秀的文学作品。在这之前，看得到的只有马列文选、毛泽东文选，还有鲁迅一本薄薄的杂文，与梁实秋、林语堂辩论笔战的，政治色彩比较浓。当时没有其他的书可看，我自己抄了三大本唐诗宋词。第一篇作品就是这时写的。1977年以前，思想非常僵化。为了保住这支笔，只好与当时的政治形势挂钩，不得不妥协。"❶

1977年，24岁。

2月，参加农村工作队。这为写作《月兰》准备了生活素材。经此，韩少功对农村的认识有了很大的变化。他在访谈中说："我当知青时的汨罗县，农村一年比一年贫困，在我下放的那个生产大队，有一个生产队的社员劳动一天只能得到人民币八分钱，有的甚至劳动一年还要赔钱，饥荒惨不忍睹。那时再违背良心讲假话，那就很卑鄙。我站在人道主义立场，为农民说话。这时又读了些19世纪批判性很浓的翻译作品，更刺激了我为民请命的意愿。"❷

12月，韩少功参加高考。本来他填报的是武汉大学，并且按成绩单完全可以录取，但几位朋友成绩不理想。为了今后能与他们继续在岳麓山下一起励志探索，韩少功将志愿改为湖南师范学院。此前，韩少功曾

---

❶ 韩少功、施叔青：《鸟的传人》，《在小说的后台》，山东文艺出版社2001年版。
❷ 韩少功、施叔青：《鸟的传人》，《在小说的后台》，山东文艺出版社2001年版。

参加过1973年的高考,但因那个交白卷的'反潮流'英雄,所有努力化为泡影。

年内,韩少功还曾接受写作传记文学《任弼时》的任务,赴江西、四川、陕西、北京等地采访和调查,历时一年多。采访过的有王首道、王震、李维汉、胡乔木、萧三、罗章龙、刘英、帅孟奇、李贞等革命先辈。

1978年,25岁。

3月,就读湖南师范学院中文系。

才踏入湖南师院校门,韩少功的名声就传开了,因他的短篇小说《七月洪峰》刊登在了最近一期的《人民文学》上。在那个年代,每一期《人民文学》的面世就好比一次社会文化事件一样引人注目。一个大一学生就能在这样的刊物上露脸,其震撼程度可想而知。

9月,同莫应丰、张新奇、贺梦凡等人组织了"四五文学社",并与社友共同倡导省会城市和大学内的"民主墙",呼吁为"天安门事件"平反,反对极左教条主义,批评湖南省领导在"实践是检验真理的唯一标准"的大讨论中保持沉默。他主持的《新长征》壁报因尺度大招致学院领导不满。省委派人过来调查,政工干部出面忙着做思想工作。

12月,与梁预立结婚。梁预立是韩少功的中学同学,"文革"与"知青"时期的同伴。韩少功结婚时的生活条件并不太好。在父亲所属机关为他家落实政策重新安排住房之前,他与母亲曾租住德雅村一间民房。

年内,有短篇小说《七月洪峰》(《人民文学》第2期)、《笋妹》(《少年文艺》第2期)、《夜宿青江铺》(《人民文学》第12期),散文《宝塔山下正气篇——记任弼时同志在"抢救"运动中与康生的斗争》(《湘江文艺》第4期)等。

1979年,26岁。

3月,随"中国作家赴前线参观团"到广西和云南战争前线采访。

这次参访对韩少功刺激很大。骆晓戈这样写道:"1980年,他从中越边境回来,他是随中国作家赴前线参观团赴云南的。那一天,我在一间屋里见到他,想听他讲些什么的,没想到他刚刚说了几句话:'看了,难过,山口都是坟,灰灰的墓碑,遍山遍岭……''哇'地,他痛哭了,小房里贴着的白窗纸被震得呜呜地响,我第一次见到男子汉流的眼泪。我们都沉默了。他也沉默,以至于一段时间没写什么。他风尘仆仆,身上还带着硝烟弥漫的味儿。……他写人的变态,畸形,其实是他对人类具有一种博大的爱,对人性复归有着更强烈的愿望罢了。"[1]

5月,短篇小说《月兰》得到老诗人李季的决定性支持,在《人民文学》发表。但因揭露农村黑暗面,涉嫌"资产阶级自由化",引来较多争议和批评,有人认为是对当时正在召开的全国"农业学大寨"会议的直接对抗。为保护韩少功,时任湖南省文联主席的康濯亲自为小说加了一个"光明的尾巴",不过依旧无济于事。在后来的第一届全国优秀短篇小说评奖中,得票数非常高,但最终出局。令人欣慰的是,作家收到了几百封农民来信,对他为民请命的小说表示支持和感激。

10月,韩少功参加了全国第四届文代会,并经康濯介绍加入中国作家协会。其间,与刚出狱借调北京工作的杨曦光会面,并与广东作家孔捷生一道,探访北岛和芒克等人组织的《今天》杂志,参加了他们的集会和讨论。韩少功还自费买了一百本《今天》创刊号,带回长沙散发给朋友们。

年内,有短篇小说《战俘》(《湘江文艺》第1~2合刊)、《月兰》(《人民文学》第4期)。与甘征文合著的传记文学《任弼时》由湖南人民出版社出版。

1980年,27岁。

1月,女儿诞生。

9月,在群众的吁请下,韩少功同意以学生总代表的名义介入因选举区人民代表而产生的"学潮"。但韩少功向学生提出一些要求:一,不搞过激行为,不提过激口号;二,不成立跨行业、跨地区组织;三,停止绝食并尽快复课。在激进学生的煽动下,韩少功的提议被学生认为是胆怯与妥协,并被各系代表以多数的名义加以否决。随后,韩少功进一步陷入被夹击的"窘境":批评校方的官僚主义为校方所不满;劝返了静坐绝食的学生,批评激进与违法行为的同时又招致激进学生不满。学生的表现让人失望,他们在运动中很快建立"准"官僚体制,并开始

---

[1] 骆晓戈:《韩少功印象》,刊载于《芙蓉》1986年第5期。

遥想未来的官位。这给韩少功上了一课，让他"看透"了一些所谓的"民主"。

这年，创作有短篇小说《起诉》(《芙蓉》第2期)、《吴四老倌》(《湘江文艺》第2期)、《火花亮在夜空》(《上海文学》6月号)、《西望茅草地》(《人民文学》第10期)、《癌》(《湘江文艺》第11期)，中篇小说《回声》(《小说季刊》第2期)，散文《人人都有记忆》(《湖南群众文艺》第2期)。

《西望茅草地》引起了较大反响，获得该年度全国优秀短篇小说奖。"好人"张种田在乌托邦激情下办出了"坏事"。这种反思已经超出了简单的伤痕式反思，而是深入到了人性与革命伦理本身。这篇小说1980年得奖，不过争议很大，当时《人民文学》编辑们还有"誓死捍卫《西望茅草地》"的呼声❶。

1981年，28岁。

年内，创作有短篇小说《风吹唢呐声》(《人民文学》第9期)、《飞过蓝天》(《中国青年》第13期，当年《小说选刊》第9期转载)、《晨笛》(《芳草》第1期)、《谷雨茶》(《北京文学》第12期)、《同志交响曲》(《芙蓉》第2期)等，文论《留给"茅草地"的思索》(《小说选刊》第6期)、《用思想的光芒照亮生活》(《中国青年》第18期)。出版有短篇小说集《月兰》(广东人民出版社)。

《飞过蓝天》获全国五四文学奖，该年度全国优秀短篇小说奖。这篇小说值得关注，它描绘的鸽子"晶晶"更像作家自身精魂的文学寓言。那种执拗与坚守可以穿越时空，展示永恒的未来性。

韩少功第一本中短篇小说集《月兰》收录了《七月洪峰》《夜宿青江铺》《战俘》《吴四老倌》《月兰》《火花亮在夜空》《雨纷纷》《西望茅草地》八个短篇，以及一部中篇小说《回声》。小说集末尾所附《学步回顾——代跋》，是一篇韩少功总结既往创作的重要文章。

1982年，29岁。

2月，毕业离校。分配至湖南省总工会，并忙着筹办《主人翁》杂志。

---

❶ 韩少功、施叔青：《鸟的传人》，出自《在小说的后台》，山东文艺出版社2001年版。

3月，改编短篇小说《风吹唢呐声》为电影，后由凌子执导，潇湘电影制片厂拍摄上映。

年内，有短篇小说《反光镜里》(《青年文学》第2期)、《那晨风，那柳岸》(《芙蓉》第6期)，文论《难在不诱于时利——致〈湘江文学〉编辑部》(《湘江文学》第4期)、《文学创作的"二律背反"》(《上海文学》第11期)等。

1983年，30岁。

4月，由于省文化界老前辈刘斐章等人的力荐，年仅31岁的韩少功当选湖南省政协常委。

年内，有中篇小说《远方的树》(《人民文学》第5期)，文论《学生腔》(《北方文学》第1期，发表时原题为《克服小说语言中的"学生腔"》)、《谈作家的功底》(《文艺研究》第1期)、《从创作论到认识方法》(《上海文学》8月号)等。出版有短篇小说集《飞过蓝天》(湖南人民出版社)。

《文学创作的"二律背反"》一文引起争议，因此再作《从创作论到认识方法》，对钱念孙等人的观点进行辩驳。王蒙也参与了这一场辩论，并与韩少功有多次书信交流。

1982年、1983年，韩少功的小说转向了对现实庸常的关注。《风吹唢呐声》《飞过蓝天》《反光镜里》《近邻》《谷雨茶》等作品不再介入宏大的政治话题，也不再反思革命本身，而是投入到对日常的关注与叙述当中。这种近乎不痛不痒的人情小说显然需要某种突破。1984年，南帆就适时地指出了这种"成熟"后的停滞。他敏锐地发现，这"一系列小说好像都有些接近"，"对于种种题材的理解程度好像只能在某一个层次上徘徊"，而且，"艺术处理也往往是光滑得使人既抓不住缺陷也感觉不到好处"❶。

1984年，31岁。

5月，任《主人翁》杂志社副主编。

12月，参加《上海文学》等单位主办的杭州会议，与阿城、郑万

---

❶ 南帆：《人生的解剖与历史的解剖——韩少功小说漫评》，刊载于《上海文学》1984年12月号。

隆、陈建功、李杭育、陈村、李庆西、吴亮、程德培、鲁枢元、季红真、李陀、黄子平、南帆、徐俊西、宋耀良等人热烈聚议。

尽管杭州会议后来被认为是推动全国"85新潮"和"寻根文学"运动的一次重要会议，但韩少功在回忆文章中认为，所谓"寻根"的话题，所谓研究传统文化的话题，在这次会议中充其量占据了百分之十左右的小小份额，仅仅是一个枝节性的话题❶。

年内，创作有短篇小说《命运的五公分》(《文学月报》第7期)、《前进中12-376》(《主人翁》第7期)，文论《文学创作中的一般规律和特殊规律》(《求索》第6期)、《欢迎爽直而有见地的批评——韩少功给陈达专的信》(《光明日报》2月23日第3版)等。

1985年，32岁。

1月，写作《文学的"根"》。

2月，调入湖南省作家协会，随后赴武汉大学英文系进修。

5月，缺席当选为湖南省青年联合会副主席，成为领导干部后备梯队的一员。不过，韩少功对官运仕途之类似乎提不起精神，青联主席团会就一次也没有参与过。

11月，到湖南省湘西自治州团委挂职副书记，体验生活。

年内，创作有《归去来》(《上海文学》6月号)、《蓝盖子》(《上海文学》6月号)、《爸爸爸》(《人民文学》第6期)、《空城》(《文学月报》第11期)、《雷祸》(《文学月报》第11期)等中短篇小说。除《文学的"根"》(《作家》杂志第4期，获《作家》理论奖)，另有文论作品《面对空阔和神秘的世界——致友人书简》(《当代文艺探索》第3期)等。

这一年，韩少功在理论、创作两片领地上纵横驰骋、风姿尽显。《文学的"根"》是他在理论上的重大创获。韩少功一直在探寻楚文化的源头以及它在今天的诸般痕迹与遗留。但在他下乡的地方，只有个别方言词语中存有一丝气息。一次偶然的机会，一个诗人朋友告诉他，"她在湘西那苗、侗、瑶、土家所分布的崇山峻岭里找到了还活着的楚文

---

❶ 韩少功：《杭州会议前后》，出自《人在江湖》，人民文学出版社2008年版，第187-188页。

化。那里的人惯于'制芰荷以为衣兮,集芙蓉以为裳',披兰戴芷,佩饰纷繁,萦茅以占,结茞以信,能歌善舞,呼鬼呼神。只有在那里,你才能更好地体会到楚辞中那种神秘、奇丽、狂放、孤愤的境界。他们崇拜鸟,歌颂鸟,模仿鸟,作为'鸟的传人',其文化与黄河流域'龙的传人'有明显的差别"❶。后来,韩少功对湘西特别注意,终有更多发现:"史料记载:在公元三世纪以前,苗族人民就已劳动生息在洞庭湖附近(即苗歌中传说的'东海'附近,为古之楚地),后来,由于受天灾人祸所逼,才沿五溪而上,向西南迁移(苗族传说中是蚩尤为黄帝所败,蚩尤的子孙撤退到山中)。苗族迁徙史歌《爬山涉水》,就隐约反映了这段西迁的悲壮历史。看来,一部分楚文化流入湘西一说,是不无根据的。"❷ 韩少功考察楚文化的流变自有其深意在,他认为:"文学有'根',文学之'根'应深植于民族传说文化的土壤里,根不深,则叶难茂。""近来,一个值得欣喜的现象是:作者们开始投出眼光,重新审视脚下的国土,回顾民族的昨天,有了新的文学觉悟。贾平凹的'商州'系列小说,带上了浓郁的秦汉文化色彩,体现了他对商州细心的地理、历史及民性的考察,自成格局,拓展新境;李杭育的'葛川江'系列小说,则颇得吴越文化的气韵。杭育曾对我说,他正在研究南方的幽默与南方的孤独。这都是极有兴趣的新题目。与此同时,远居大草原的乌热尔图,也用他的作品连接了鄂温克族文化源流的过去和未来,以不同凡响的篝火、马嘶与暴风雪,与关内的文学探索遥相呼应。他们都在寻'根',都开始找到了'根'。这大概不是出于一种廉价的恋旧情绪和地方观念,不是对方言歇后语之类浅薄的爱好;而是一种对民族的重新认识、一种审美意识中潜在历史因素的苏醒,一种追求和把握人世无限感和永恒感的对象化表现。"❸ 文章说,寻"根""丝毫不意味着闭关自守,不是反对文化的对外开放,相反,只有找到异己的参照系,吸收和消化异己的因素,才能认清和充实自己。但有一点似应指出,我们读外国文学,多是读翻译作品,而被译的多是外国的经典作品、流行作品或获奖作品,即已入规范的东西。从人家的规范中来寻找自己的规范,模

---

❶ 韩少功:《文学的"根"》,刊载于《作家》1985年第4期。
❷ 韩少功:《文学的"根"》,刊载于《作家》1985年第4期。
❸ 韩少功:《文学的"根"》,刊载于《作家》1985年第4期。

仿翻译作品来建立一个中国的'外国文学流派',想必前景黯淡"❶。最后,文章说:"这里正在出现轰轰烈烈的改革和建设,在向西方'拿来'一切我们可用的科学和技术等,正在走向现代化的生活方式。但阴阳相生,得失相成,新旧相因。万端变化中,中国还是中国,尤其是在文学艺术方面,在民族的深层精神和文化特质方面,我们有民族的自我。我们的责任是释放现代观念的热能,来重铸和镀亮这种自我。"❷

骆晓戈的一段回忆文字则可视为韩少功有关"民族"与"现代"反思的形象注解:"而他(指韩少功,编者注)小感觉也好,一曲谭盾的《负·复·缚》,他有些失态了,上班时间,一个人堂堂皇皇坐在办公室放录音,把门紧紧反扣上,外面来访者穿梭一般,他却把自己关在音乐中,像一头沉睡的狮子,微微有些醉意醺醺的了,有人在窗外张望,他仍勾着头,沉重的庙乐,敲木鱼的响声,凄远的唢呐声,仿佛一声声咒语,正在唤醒他大脑沟纹底层的沉睡了几千年的集体无意识。'这完全是民族的也是现代的意识。'他说。他从音乐中悟到什么了,后来便有了《爸爸爸》、《女女女》以及什么什么的。"❸骆晓戈所言不虚。韩少功在对话中就说:"很自然,大家也都会谈到,文学中政治的人怎样变成文化的人。当时其他领域也出现了对文化传统的关注,比如诗歌,比如音乐。湖南作曲家谭盾的音乐,技巧是现代的,表现的气氛、精神又是很东方的,有种命运神秘感、历史的沧桑感。"❹

下乡和挂职都激发了韩少功的"寻根"冲动。他说:"我曾在汨罗江边插队,发现当地人有些风俗,特别是方言,还能与楚辞挂上钩的,比如当地人把'站立'或'栖立'说为'集',这与离骚中的'欲远集而无所止'极吻合。我想很多知青作家都积累了这一类的文化素材,这与他们的下乡经历有关系。"❺"寻根"更深层的原因来自中西文化的碰撞。不过,在韩少功看来,评论界津津乐道的拉美魔幻主义,对他的"寻根"影响并不大:"所谓寻根文学出现之前,马尔克斯已经得奖,但

---

❶ 韩少功:《文学的"根"》,刊载于《作家》1985年第4期。
❷ 韩少功:《文学的"根"》,刊载于《作家》1985年第4期。
❸ 骆晓戈:《韩少功印象》,刊载于《芙蓉》1986年第5期。
❹ 韩少功、施叔青:《鸟的传人》,出自《在小说的后台》,山东文艺出版社2001年版。
❺ 韩少功、施叔青:《鸟的传人》,出自《在小说的后台》,山东文艺出版社2001年版。

还未译成中文,仅有参考消息上一则介绍《百年孤独》的文字,还有他和德国记者谈文学观念的文章。在拉美文学之前,我就想过东方的川端康成、泰戈尔,美国的黑色幽默,体会到它有一定的文化根基。当时中国青年面临一个向西方文学吸收的问题,大部分的是简单的复制,就引进新观念、技巧来说,自有它的意义:可以作为一种补课。但复制与引进是创造的条件,却不能代替创造。"❶

《文学的"根"》随后引发"文化寻根"的大讨论。韩少功没有停留于理论的自我炫示,很快以创作的实绩呼应自己的倡导,集束抛出一批震荡文坛、风格独异的作品。这个时段创作的诸多作品中,影响最大的当属《爸爸爸》。这个作品具有很强的寓言特征,时空都处于模糊状态。但其创作素材又与现实有密切的关系,韩少功说:"《爸爸爸》的情况刚开始是一些局部素材使自己产生冲动,比如那个只会说两句话的丙崽,是我下乡时邻居的小孩⋯⋯构思之后,理性参与进来了,我特意把时代色彩完全抹去,成为一个任何时代都可能发生的故事,如'干部'写成'官'等。小说里的裁缝和儿子,一个是保守派,一个是改革派。"❷ 在另一篇对话中,韩少功又说:"《爸爸爸》的着眼点是社会历史,是透视巫楚文化背景下一个种族的衰落,理性和非理性都成了荒诞,新党和旧党都无力救世。"❸

1986 年,33 岁。

8 月,韩少功应邀参加美国新闻署"国际访问者计划",这是他第一次出访国外。美国的现代化程度给韩少功很大的刺激:程控电话、286 电脑、飞机、汽车、高楼大厦、环境卫生,把人震晕了!从飞机上往下看,美国几乎是一张五彩照片,中国则是一张黑白照片。不过,韩少功依旧有着一种文化上的强烈自尊,这都体现在了年内创作的纪实性散文《美国佬彼尔》与《重逢》中。在美国期间,一个中国台湾地区的留学生听说韩少功曾经是"红卫兵"时,立时面露恐慌与疑惧。"红卫兵"已经成为"左翼"极端分子的代名词。不过,在旧金山一影院门口,他们遭遇了一个在寒风中瑟瑟发抖的女孩,她正向人们散发着纪念

---

❶ 韩少功、施叔青:《鸟的传人》,出自《在小说的后台》,山东文艺出版社 2001 年版。
❷ 韩少功、施叔青:《鸟的传人》,出自《在小说的后台》,山东文艺出版社 2001 年版。
❸ 韩少功、夏云:《答美洲〈华侨日报〉记者问》,刊载于《钟山》1987 年第 5 期。

"文革"二十周年的传单。女孩不理解"文革"时中国的实际情形，但依旧对它满怀憧憬。传单上的"文革"式话语，在当时的大多数人看来，都有着滑稽的味道。但韩少功笑不起来，因为"任何深夜寒风中哆嗦着的理想，都是不应该嘲笑的——即便它们太值得嘲笑"❶。

年内，小说创作有中篇小说《女女女》(《上海文学》第5期)、《暂行条例》(《芙蓉》第5期，发表时原题为《火宅》)，短篇《诱惑(之一)》(《文学月报》第1期)、《史遗三录》(包括《猎户》、《秘书》、《棋霸》三个短篇，载《青年文学》第4期)、《申诉状》(《新创作》5~6月号)、《老梦》(《天津文学》第5期)，文论《东方的寻找和重造》(《文学月报》第6期，发表时原题为《寻找东方文化的思维和审美优势》)、《好作品主义》(《小说选刊》第9期)，对话《文学和人格——访作家韩少功》(《上海文学》第11期)。出版有中短篇小说集《诱惑》(湖南文艺出版社)、随笔集《面对神秘而空阔的世界》(浙江文艺出版社)。

中篇小说《女女女》与《爸爸爸》一道成为"寻根文学"的扛鼎之作。韩少功说，《女女女》的着眼点"是个人行为，是善与恶互为表里，是禁锢与自由的双变质，对人类生存的威胁。我希望读者和我一起来自省和自新，建立审美化的人生信仰。"❷

《东方的寻找和重造》延续了《文学的"根"》中的一些思考。韩少功说："要对东文文化进行重造，在重造中寻找优势。这种优势，现在想说清楚还为时过早。但可以描述出几个模糊的坐标。比方说，思维方式的直觉方法。东方的思维传统是综合，是整体把握，是直接面对客体的感觉经验，庄子的文章就是对世界直觉的也可以说是形象的把握。这不同于西方式的条理分割和逻辑抽象。……还有思维的相对方法，以前叫作东方朴素的辩证法。所谓因是因非，有无齐观，物我一体，这些在庄禅学说中特别明显。……至于审美方面，朱光潜、李泽厚都说过很多，认为东方偏重于主观情致说。说楚文化的特点是浪漫主义，其实就承认它是主观表现型的。……中国的现代小说，基本上是从西方舶来，

---

❶ 韩少功：《仍有人仰望星空》，出自《人在江湖》，人民文学出版社2008年版，第4页。
❷ 韩少功、夏云：《答美洲〈华侨日报〉记者问》，刊载于《钟山》1987年第5期。

很长一段与中国这个审美传统还有'隔',重情节,轻意绪;重物象,轻心态;重客观题材多样化,轻主观风格多样化"❶。

1987年,34岁。

6月,韩少功到湖南省怀化地区,以林业局副局长的身份挂职体验生活。

年内,创作有短篇小说《故人》(《钟山》第5期)、《人迹》(《钟山》第5期)、《棋霸》(《新创作》1987年2~3月号)、《猎户》(《新创作》1987年2~3月号),散文《文学散步(三篇)》(《天津文学》第11期)、《美国佬彼尔》(《湖南文学》9月号)、《男性与无性的文学之后》(序蒋子丹小说集《昨天已经古老》,作家出版社1987年版),对话《答美洲〈华侨日报〉记者问》(《钟山》第5期)等。出版有与韩刚合译的短篇小说集《命运五部曲》(上海文化出版社)、与韩刚合译的《生命中不能承受之轻》(作家出版社,内部出版,有删节)。

《仍有人仰望星空》与《生命中不能承受之轻》一书的"前言"(后作修改后以《米兰·昆德拉之轻》为篇名收入各种文集)表明,韩少功力避千部一腔的懒惰(如"伤痕""反思"之类的惯性遗存),孤身折返"政治"的丛林,去探开一条曲曲折折的我思之路。而在对话《答美洲〈华侨日报〉记者问》中,韩少功明显意识到一个新的文学阶段已经开始:"国内所谓伤痕文学的时期已远远过去了。比题材,比胆量,比观念,比技巧的热闹也已经过去或将要过去了,冲锋陷阵和花拳绣腿已不足以为文坛输血了。国内这十年,匆匆补了人家几个世纪的课,现在正面临着一个疲劳期和成熟期。照我估计,大部分作者将滞留徘徊,有更多的作者会转向通俗文学和纪实文学,有少数作家可能建起自己的哲学世界和艺术世界,成为审美文学的大手笔。"❷

1988年,35岁。

2月,调海南省文联,举家南迁。

其实,一年前,韩少功就参加过《钟山》杂志在海南组织的一次笔会。这个孤悬海外的岛屿,在那时已成为经济体制改革的试验田。它的

---

❶ 韩少功:《东方的寻找和重造》,出自《在后台的后台》,人民文学出版社2008年版,第279-280页。

❷ 韩少功、夏云:《答美洲〈华侨日报〉记者问》,刊载于《钟山》1987年第5期。

躁动、偏远、神秘的未知性，都在召唤韩少功的到来："海南地处中国最南方，孤悬海外，天远地偏，对于中国文化热闹而喧嚣的大陆中原来说，它从来就像一个后排观众，一颗似乎将要脱离引力堕入太空的流星，隐在远远的暗处。而这一点，正是我一九八八年渡海南行时心中的喜悦——尽管那时的海南街市破败，缺水缺电，空荡荡的道路上连一个像样的交通标志灯也找不到，但它仍然在水天深处诱惑着我。我喜欢绿色和独处，向往一个精神意义上的岛。"❶

6月，第一次出访欧洲，与陆文夫、张贤亮、刘宾雁、白桦、刘再复、高行健、北岛、张抗抗等人，组成中国作家最庞大的一个代表团访问法国。

8月，韩少功任《海南纪实》杂志主编，开始筹办杂志。同时筹办的还有《特区文摘报》与海南新闻文学函授学院。

当时文学刊物繁多，而新闻时政刊物只有《红旗》《瞭望》等党刊。韩少功等人敏锐地意识到，若将杂志定位为纪实性和思想性相结合的新闻刊物，就可能在市场竞争中处于有利位置。他们最初设想的名字是《大参考》，因有"御用"之嫌，改名《真实中国》，但省一级刊物的名字不能出现"中国"二字，最后定名《海南纪实》。杂志挂靠在海南省作协，但实际上没要作协一分钱拨款，一开始就是完全市场化的。启动资金源于向一家单位借的5000块钱，以及各人凑出的私房钱。韩少功出了3000块，其余人略少❷。除韩少功，杂志编辑部成员有张新奇、蒋子丹、林刚、徐乃建、叶之臻、罗凌翩等二十余人。杂志社实行不同于老板制的劳动股份制，它以劳动付出的质量和数量而不是资本投入的多少来决定分配和收入。这样的分配制度的制订得来不易，杂志社内部发生过激烈的争论，最终以韩少功为代表的一方占据了上风。其结果是，从主编到普通员工，享受同等的基本工资和福利，绩效工资则根据每个季度的全员打分结果而定。包括激光照排技术人员在内，普通员工和领导的工资比例大约为1∶1.7，差距甚至小于原来预计的1∶3❸。在蒋子丹的一篇文章中，就侧面地反映了作为主编的韩少功也是以"劳动"来

---

❶ 韩少功：《南方的自由》，出自《海念》（随笔集）自跋，海南出版社出版1994年版。
❷ 杨敏：《1988：海南纪实》，刊载于《中国新闻周刊》2013年第7期。
❸ 杨敏：《1988：海南纪实》，刊载于《中国新闻周刊》2013年第7期。

入股的:"行为过于标准的韩少功在主持《海南纪实》杂志社时,倒也对同事中的标榜个性的言行给予了理解,尽管他本人最富个性的事迹,只是在急躁的时候迸出一两个粗字。可是他的有个性的同事们,在睡过懒觉之后来到办公室,面对的是韩氏兢兢业业伏案作业的场面,就无声胜有声地感受了谴责。而且韩少功身为主编,工作具体到为杂志赶写赶译时效性较强的文章,甚至校对清样及跑印刷厂,在不知不觉中破坏着人们将动口不动手的特权包装成潇洒个性的努力,使之不得不沦为躲躲闪闪的尴尬。于是韩氏的行动被一些人指责为'严重压抑个性',然这种指责绝不能阻止韩氏在有些人的个性表现为公款私吞、私活公做时拍案而起。"❶ 值得一提的是,韩少功还参考西方启蒙运动以来一些偏于公共正义的制度设计,制订了一份略具理想主义色彩的《海南纪实杂志社公约》。公约的一些条文引人注目,如蔑视"大锅饭",所有成员必须辞去公职,或留职停薪,或将公薪全部上交杂志社,参加风险共担的集体承包,以利振奋精神专心致志,保证事业的成功;主编由民主选举产生;重大决策交由全员公决;杂志社创获的财富由全员共同管理和支配;按需分配与按劳分配相结合;杂志社对所有成员的生活保险负有完全的责任,等等。对此,蒋子丹曾如是评论:"另一件让韩少功感到无上光荣的事,是在杂志开创之初主持制订了杂志社公约。按韩氏自己的说法是,该文件融资本主义、共产主义、绿党思潮和联合国人权宣言精神以及会道门式行帮义气于一炉。它诞生之后的遭遇,是被一些人首先言之凿凿赞同(杂志社一无所有,只有无数设想与无穷热情的时期),继而被这些人闪烁其词地怀疑(杂志的声誉鹊起,发行量大得令人始料不及的时期),最后被同一些人愤怒地指责为乌托邦式的大锅饭宣言(杂志社动产与不动产已经很可观,有可能让一小部分人率先暴富的时期)。面对变化多端的反映,韩氏以不变应万变,只用一句话来回答:假如杂志社成了一个只是以结伙求财为目标的团体,我就退出。"❷

10月,《海南纪实》第一期出版,创下了发行六十万册的纪录。该期上的一篇关于时任国家领导人当年在四川搞改革的报道,引起了很大

---

❶ 蒋子丹:《〈韩少功印象记〉及其延时注解》,刊载于《当代作家评论》1994年第6期。
❷ 蒋子丹:《〈韩少功印象记〉及其延时注解》,刊载于《当代作家评论》1994年第6期。

反响，中共四川省委也将其当作学习材料。编辑部还经人介绍，找到了解放军文艺出版社的编辑董保存。他认识张玉凤，遂请她出面写了一篇文章《张玉凤谈毛泽东晚年二三事》，这是张玉凤第一次在国内公开披露毛主席的生活❶。杂志除了一些"解密"的热点稿，还注重对社会现实与历史的深度解读与分析，台湾局势、经济改革、"反右""大跃进"等都成为杂志话语介入的重要对象。杂志社成员工作上都十分卖命，以至于外人认为他们干的是个体户。为了保证大家的身体健康，杂志不得不以强制的方式要求诸位成员不得加班，必须吃好睡好。

杂志影响越来越大，海南省委领导去北京开会，都会带一些《海南纪实》在身上。到第三期，杂志社成立了发行部，不再依赖发行商。这期杂志发行量破百万大关，杂志社有了 20 多万的进账。走上正轨后，杂志社成员月收入成倍增长，相当于国家事业单位的五六倍，同时他们还享受着新宅、电话、高额保险等集体福利。水果、饮料等则任由成员各取所需。杂志社还加大了固定资产投入，花费 40 万元配备了整套激光照排系统，买了一台 18000 元的三菱传真机。在当时，如此高标准的配备对一般媒体而言都是可望而不可即的。

这年，创作有短篇小说《谋杀》（《作家》第 2 期）、《无学历档案》（《湖南文学》第 4 期），散文《美不可译时的烦恼》（《文学角》第 1 期）、《艰难旅程》（《特区文学》第 1 期）、《老同学梁恒》（《湖南文学》1 月号）、《自由路上的摇滚——访美手记》（《小说界》第 2 期）、《记曹进》（《湖南文学》4 月号）、《不谈文学——访美手记〈彼岸〉之六》（《钟山》第 2 期）等。

年内，中短篇小说集《空城》的繁体字版由台湾林白出版社出版。

1989 年，36 岁。

8 月，《特区文摘报》奉令停刊。

10 月，发行量超过百万册的新闻类杂志《海南纪实》奉令停刊，韩少功身为负责人接受政治审查。

停刊之后，留下一些资产。在金钱面前，有些人开始提出修改公约的要求，主张在核心成员中进行再分配。韩少功则坚持按照公约和劳动

---

❶ 杨敏：《1988：海南纪实》，刊载于《中国新闻周刊》2013 年第 7 期。

股份制处理资产。矛盾日趋激化。最终，韩少功的方案得以执行：除了按制度给被遣散者预付了三年的工资以外，把价值两百多万元的财产、设备和现金上缴作家协会，近十万元捐献给残疾人福利基金会，还有数万元以奖金的形式发给函授学院的优秀学员。某些曾朝夕相处的文友，将匿名捐款一事歪曲为韩少功的个人贪污，并向上级官员举报。这无疑深深刺痛了韩少功的心。韩少功在后来的一篇文章中说："初上岛的两年时间没有写作，为了生存自救也为了别的一些原因，我主持了一本杂志的俗务。我不想说关于这个杂志一些有意思的事情，只说说我对它的结束，惋惜之余也如释重负。这不是因为别的什么，只是因为太累，因为它当时发行册数破百万，太赚钱。钱导致人们两种走向：有些人会更加把钱当成一回事，有些人则更加有理由把钱看破。在经历了一系列越来越令人担心的成功以后，在一群忧世嫉俗者实际上也要靠利润来撑起话题和谈兴的时候，在环境迫使人们必须靠利欲遏制利欲靠权谋抵御权谋的时候，我突然明白了，我必须放弃，必须放弃自己完全不需要的胜利——不管有多少正当的理由可以说服你不应当放弃，不必要放弃。一个人并不能做所有的事。有些人经常需要自甘认输地一次次回归到零，回归到除了思考之外的一无所有——只为了守卫心中一个无须告人的梦想。"❶

12月，海南省作家协会成立，当选为副主席。

年内，创作有序文《记忆的价值》（序《知青回忆录选》，湖南文艺出版社出版）。出版有《谋杀》（繁体字版，台湾远景出版公司出版）、译作《生命中不能承受之轻》（繁体字版，台湾中国时报出版公司出版）。短篇小说《谋杀》获台湾《联合报》第11届小说奖。

1990年，37岁。

年内，主要致力于散文创作，有《海念》《全球性、信息革命、综合化与文化之再造》[《海南师范学院学报》（哲学社会科学版）第2期]、《记忆的价值》（《文学自由谈》第3期）等。

《海念》中的韩少功得以暂时从浊世逃逸出来，去海边默想人生的真谛。扎入"商海"一年多，浮浮沉沉，韩少功显然看透了许多人、

---

❶ 韩少功：《南方的自由》，出自《海念》（随笔集）自跋，海南出版社出版1994年版。

事、物：那些贪嗔浮浪之徒，"他们是小人物，惹不起恶棍甚至还企盼着被侥幸地收买。真理一分钟没有与金钱结合，他们便一哄而散"。❶ 面对沧海，自然有了"跳出三界外，不在五行中"的瞬时性解脱。韩少功陷入了对堕落、谣言、友情、公道、体面、雄心的思忖，只有在聆听大海的"谶言"时，他神秘地笑了。经由这种历练与体悟，他对"佛"确乎有了一种神会。湖南开福寺的方丈就说他很有佛缘，还曾送过他一套《金刚经》。

1991年，38岁。

3月，出访法国，历时三月，为旅外时间最长的一次。

这是韩少功1988年后第二次出访法国。其间，他参加了创作交流、做演讲和出席法文版《诱惑》《爸爸爸》《女女女》的签名售书等活动。两次经历，尔后以艺术的笔调反映在《访法散记》中。法国这个人文艺气息浓厚的国度，更"愿意生活在一只旧梦里"，闲散在噬咬着它的经济，艺术也曾让它失去过风度与气节。即便如此，比之于太多"牛仔"气的美国，韩少功明显表现出更多的赞许。不过，旅法时虽"沉陷"在艺术的幻梦中，韩少功依旧固执地"我心归去"。他说，没有故乡的人身后一无所有。

大致从这年开始，迎来了韩少功创作的一个新动向，也成就了一个绵延数年的散文创作"高峰"。也就是所谓的想得清就写散文，想不清就写小说。甚至于这种边界常被打破，散文的笔调开始弥漫在小说中，倾向于向传统的"文史哲"合一的文体样式"缴械投降"。

年内，创作有短篇小说《会心一笑》（《收获》第5期），中篇小说《鞋癖》（《上海文学》10月号），散文《然后》（《湖南文学》1月号）、《灵魂的声音》（《海南日报》11月23日版）、《比喻的传说》（《文学自由谈》第1期）、《阳光的文学——长篇小说〈十八园人家〉代序》（《海南日报》1月16日版）、《比喻的传统》（《文学自由谈》第1期）、《作与协的希望》（《海南日报》12月9日版）等。日文版《空城》（井口晃译）发表于《季刊中国现代小说》第19号。法文版《诱惑》、《女女女》由Philippe Picquire出版社出版；法文版《爸爸爸》由Alinea出

---

❶ 韩少功：《海念》，出自《人在江湖》，人民文学出版社2008年版，第121页。

版社出版。

1992年，39岁。

10月，开始用电脑写作。

年内，发表有散文《笑的遗产》(《中国作家》第5期)、《近观三录》(《绿洲》第6期)、《无价之人》(《海南日报》1992年6月19日第七版)、《小说似乎在逐渐死亡》(《四川文学》第10期)。《雷祸》(井口晃译) 日文版发表于《季刊中国现代小说》第21号，《鞋癖》(井口晃译) 日文版发表于《季刊中国现代小说》第23号，《归去来》英文版由 Research Centre for Translation 出版社出版，《鞋癖》法文版由 Arcane 出版，《爸爸爸》意大利文版由 Edizione Theoria 出版社出版。《鞋癖》获本年度上海文学奖。

1993年，40岁。

2月，在海南省政协换届选举中再次当选为常委。

年内，发表有短篇小说《真要出事》(《作家》2月号)，中篇小说《昨天再会》(《小说界》第5期)，随笔《无价之人》(《文学评论》第3期)、《夜行者梦语》(《读书》第5期)、《作揖的好处》(《青年文学》第8期)、《访法散记》(《湖南文学》第3期)、《那年的高墙》(《光明日报》8月7日版)、《走亲戚》(《福建文学》第12期)，书信《旧笺拾零》(《作家》6月号) 等。

《夜行者梦语》为后来一系列长篇思想随笔的起始。这之后，韩少功的思索更具学理性、系统性。这些分量颇重的随笔主要有《性而上的迷失》《心想》《世界》《佛魔一念间》《完美的假定》《第二级历史》《熟悉的陌生人》《国境的这边与那边》等。这批随笔中的韩少功，介入思想界最前沿、最具"风险"的话题，结合灼人的现实与历代哲人的思想资源走"理论"的钢丝绳。

1994年，41岁。

《马桥词典》的创作起始于这一年年初。关于一部词典体长篇的构思让他兴奋不已。这一年，朋友圈子里的人都知道韩少功在谋划一部词典小说。为了避免外界干扰，电话一概不接。为此还特地买了一个寻呼机，号码仅告知为数不多的亲朋。后碰到母亲去世，写作才耽搁过一段时间。总体而言，小说写作非常顺利，1995年秋就完成了初稿。

这年，创作有散文《性而上的迷失》(《读书》第 1 期)、《个狗主义》(《钟山》第 2 期)、《佛魔一念间》(《读书》第 5 期)、《阳台上的遗憾》(《海南日报》4 月 23 日第六版)、《世界》(《花城》第 6 期)、《即此即彼》[《海南师范学院学报》(人文社会科学版) 第 1 期]、《致友人书》(《文艺争鸣》第 5 期)、《从人身上可以读出书，从书里也可以读出人》(《中国青年报》12 月 16 日)、《平常心，平常文学》(《海南日报》4 月 14 日第 7 版，为黄茵散文集《咸淡人生》序言)、《在小说的后台》[《海南师范学院学报》(人文社会科学版) 第 2 期，为林建法所编《作家编辑印象记选集》序言]、《"我"者文之魂——〈豪屋——访泰闲笔〉序》(《海南日报》4 月 21 日第 7 版)、《无我之我》(《新民晚报》1994 年 9 月 4 日，为方方英文版小说集序言)、《圣战与游戏》(香港版散文集《圣战与游戏》序言) 等。

年内，出版有中短篇小说集《鞋癖》(长江文艺出版社)、中短篇小说集《北门口预言》(南海出版公司)、《夜行者梦语——韩少功随笔》(上海知识出版社)，中短篇小说集《韩少功》(人民文学出版社)、随笔集《海念》(海南出版社)，法文版《空屋》(人民文学出版社)、随笔集《圣战与游戏》[繁体字版，(香港) Oxford Press]。

1995 年，42 岁。

4 月，母亲病逝。

韩少功在文字中极少白描母亲。在母亲去世前一个月，他写了篇深切地为母担忧的文字——《母亲的看》。岁月过多地折耗了母亲的心智，现在的她喜爱独处，对许多户外活动"怀有深深的疑惧"，甚至于会把友善的医生、温和的护士一律斥为"驴肝肺"。韩少功不无忧伤地揣测："她这一性格是不是源于一九六六年，我不知道。那一年，我的父亲正是被许多友善温和的面孔用大字报揭发，最后终于自杀。"年老的她终于逃遁到电视这一她总是"胡看妄说"的虚幻世界中去了。但眼中的白内障在扩张，乃至把巧克力当成了猪❶。这时，站在她身边的少功，她看得清么？看得清他眼中蓄满的泪水么？李少君曾谈及韩少功的拳拳孝心："还有韩少功，我每次在他家都见到他母亲，老人家不言不语，但

---

❶ 韩少功：《母亲的看》，出自《人在江湖》，人民文学出版社 2008 年版，第 254-256 页。

精神挺好,我也一直未太予注意,直到有一天,一个杂志社约我来访韩少功,本来太熟,不用问什么话,但一些程式性的东西令我随便问了一下他以后的打算,韩少功没有谈写作谈事业,他只说了一句:'送走老的,带大小的(指女儿)。'我一下子就愣在那儿,久久没有话说。"❶

5月,韩少功在海南省作协换届中当选为主席,并出任《天涯》杂志社社长,开始作协机关的改革和杂志改版。

对这类职务,韩少功有清醒的认识。他是这样看待作协的,"由于体制以及其他方面的种种原因,这一类文学衙门在进入九十年代以后已经活力渐失,更有少数在市场化的无情进程中败相层出,苟延残喘。有些在这类机构里混食的人与文学并没有什么关系,只不过是打着文学的旗号向政府和社会要点小钱然后把这点小钱不明不白地花掉。这类机构正当的前途,当然应该是业余化和民间化,但革命没法冒进,原因是现在人员得有个地方吃饭。这就是我也当不成改革英雄的处境。"❷ 在这种情形下,他下定决心将精力投入到《天涯》的改版上。且来看看改版前《天涯》的情形,韩少功是这样描述的,"《天涯》是海南的一个老文学杂志,在八十年代曾经还不错,在九十年代的市场竞争中则人仰马翻丢盔弃甲。到后来,每期开印五百份,实际发行则只有赠寄作者的一百多份,但主管部门觉得你只要还出着就还行。因为卖刊号违规换钱,这个杂志已经吃过两次新闻出版局的黄牌,内部管理和债权债务也一团乱麻,每本定价四元的杂志光印刷成本就达到每本近十五元,杂志社的一桩凶多吉少的经济官司还正待开庭"。❸ 这么一个要死不活的杂志,韩少功却用别样的眼光看待它,"治国去之,乱国就之,这是庄子的教诲,也是我的处事逻辑。我和一些朋友在八十年代末曾经把一本《海南纪实》杂志办得发行超过百万份,靠的就是白手起家。以我狭隘的经验来看,白手起家就是背水作战,能迫使人们精打细算、齐心合力、广开思路、奋发图强,而这些团队素质的取得比几十万或者几百万投资其实重

---

❶ 李少君:《作家与母亲》,刊载于《海南师范学院学报》1995年第3期。
❷ 韩少功:《我与〈天涯〉》,出自《人在江湖》,人民文学出版社2008年版,第161页。
❸ 韩少功:《我与〈天涯〉》,出自《人在江湖》,人民文学出版社2008年版,第161-162页。

要得多"。❶ 在另一篇文章中，韩少功也曾写到编辑群体"乱国就之"的豪情："因为一些历史原因，前任交下来的只有一间八平方米的房子，两张旧桌子，一个摇头扇。这就是当时的全部家当。《天涯》改版的第一个会没地方开，椅子也不够坐，只好借了招待所的一间房，搞了个'飞行集会'。当时有蒋子丹、王雁翎、罗凌翩在座。我今天得对她们表示感谢，感谢她们在那样艰苦的条件下没有失去信心，大家有难共担。后来还有崽崽、张浩文、李少君、孔见、张舸等朋友陆续加入进来了。少君当时在海南日报社，有优厚得多的工资，但要死要活地要来《天涯》。我们怕他一时冲动，要他先兼职，一年以后再说。后来一年过去了，他初衷不改，没有嫌贫爱富，当普通编辑也高高兴兴。这是需要一点热情的。《天涯》就是集合了一批有热情的人。像单正平是《天涯》的家属，实际上是半个编辑。要编就编，要写就写，要译就译，我们要救场了就去找他。他还把他的朋友韩家英介绍来做设计……"❷ 在这种干劲的引领下，韩少功大刀阔斧地进行"产品改型"，推出了《民间语文》《作家立场》《一图多议》等特色栏目，还维持了《文学》《艺术》《研究与批评》等一般栏目。如是改版，韩少功不觉得有何新鲜，"严格地说，在这个设计过程中，我们谈不上得到了什么，只不过是大体上知道了我们应该去掉一些什么，比如要去掉一些势利、浮躁、俗艳、张狂、偏执、封闭等，而这是一本期刊应有之义，不是什么超常的奉献。因此，我们觉得没有什么可说的，连短短的改刊词也不要，就把新的一期稿件送进了印刷厂"。❸ 今天，我们随手翻开一本改刊后的《天涯》，就能体味到这些改革的理念。

《天涯》改版，蒋子丹是韩少功最重要的搭档。在她看来，文体上的突破是《天涯》改版成功至为重要的因素，并且这与韩少功的创作与学识有着直接的关系："韩少功首先提出要从文体上突破'纯文学'的框架，把《天涯》办成一本真正意义上的'杂'志，或者说'杂文学'刊物。他说，中国的文化传统从来是文、史、哲不分家，《史记》是历史也是文学，《孟子》是文学也是哲学。《天涯》如果能在恢复中国独有

---

❶ 韩少功：《我与〈天涯〉》，出自《人在江湖》，人民文学出版社2008年版，第162页。
❷ 韩少功：《我们傻故我们在》，刊载于《天涯》2006年第2期。
❸ 韩少功：《我与〈天涯〉》，出自《人在江湖》，人民文学出版社2008年版，第168页。

的大文化传统方面做点工作，应该是会很有意义的。这种设想的提出，跟韩少功本人的学养状况有密切关系。早在两年前，他就一直在考虑小说如何才能突破固有的叙事方式，找到一种新的跨文体写作样式，并正在努力将这种思考渗入到他的写作中去。与《天涯》改版同时进行的，是他对长篇小说《马桥词典》的创造性构想，这部著名小说，凝结了他对西方的言语哲学、中国明清笔记文学以及他自己多年的写作实践等多层次的积累和探究成果，后来一度被称为'马桥事件'的构陷与反构陷诉讼弄得毁也至极誉也至极。《天涯》改版的定位，跟这部小说的构思其实是两位一体一脉相通的。"❶ 蒋子丹说："现在回想起来，这种文体定位，很像开始写作某部作品时对语感的寻找。凡是有些写作经验的人都会体会到，寻找语感对一部作品的创作是多么重要，它与你想要表达的精神内涵有着血和肉一样的关联，找准了，作品还没下笔，已经成功了一半。我庆幸《天涯》在它的孕育期已经具备了后来使它在刊山报海之中脱颖而出的条件，就是它独特的文体气质，是这种气质决定了它的品位。也许跟所有其他杂志的设计不同，《天涯》的改版是以文体为酵母，启发了其他如题材、栏目、议题等别的一直被认为是更重要更主要的方面，而不是相反。"❷

这年，创作有短篇小说《余烬》(《上海文学》第 1 期)、《山上的声音》(《作家》第 1 期)、《暗香》(《作家》第 3 期)，中篇小说《红苹果例外》(《芙蓉》第 1 期)，散文《心想》(《读书》第 1 期)、《什么是自由？》(《文学自由谈》第 4 期)、《为什么写作》(《书屋》第 1 期)、《远行者的回望》(《书屋》第 1 期)、《听舒伯特的歌》(《作家》第 7 期)，对话《多义的欧洲——答法国〈世界报辩论〉杂志编者问》(《文学自由谈》第 2 期)、《关于精神的对话》(与鲁枢元，《东方艺术》第 3 期)，书信《第一本书之后——致友人书简》(《扬子晚报》10 月 29 日)。

年内，日文版《昨天再会》(井口晃译)发表于《季刊中国现代小说》第 32 号。出版有中短篇小说与散文集《真要出事》(中共中央党校

---

❶ 蒋子丹：《结束时还忆起始》，刊载于《当代作家评论》2003 年第 5 期。
❷ 蒋子丹：《结束时还忆起始》，刊载于《当代作家评论》2003 年第 5 期。

出版社）、中短篇小说集《北门口预言》（南海出版公司）、《韩少功散文》（海南出版社）、中短篇小说集《韩少功》（漓江出版社）、中短篇小说集《韩少功》（太白文艺出版社）。

1996年，43岁。

1月，《天涯》改版号推出。

《天涯》反对拜金主义和提倡人文精神的立场受到一些读者的欢迎，也引来批评和攻击，从"道德理想主义"到"红卫兵""新左派""法西斯""奥姆真理教"等，身负恶名越来越多。文坛争议出现情绪化升温。点名批评他的有张颐武、王干、刘心武等人。刘心武认为韩少功的见解值得考虑，因为韩认定"知识分子就应该站在俗世的对立面上，不管如何都应该按一种最高的标准来评价社会，应该给社会一些最高的原则"。张颐武附和说："张承志、张炜、韩少功，绝对否定世界，而绝对肯定自己"。刘心武进一步发挥："比如他们对崇高的追求，首先就是以对自己的肯定为前提，来否定他人。这很奇怪，这在现代世界很少见了。"❶ 韩少功曾经去信《作家》杂志，声明刘心武所说并非自己的观点，不知他是从哪里得来的。现在回顾整个事件，韩少功的质询其实意义不大，这不是一场发生在同一思想层次的争论。这就不难理解随之而来的不是更理性的争辩，而是更加搅浑水的"马桥事件"。

这里需要提及《天涯》被判定为"新左派大本营"一事。这与韩少功不惜版面果敢发表汪晖的长文《论当代中国的思想状况以及现代性问题》有直接关系，它激起一个不算小的思想浪潮。当然文章也在很多方面呼应了韩少功的思考。不过，至少在主观意愿上，韩少功并不乐于促成一个左派的"大本营"，他更期待刊物成为"兼容并包"的高端的思想交锋平台。韩少功描述过当时"笔战"的情形，"《天涯》也发表过很多与'新左派'相异或相斥的稿件：萧功秦，汪丁丁，李泽厚，秦晖，钱永祥，冯克利等，都各有建设性的辩难。其中任剑涛的长文《解读新左派》至今是有关网站上的保留节目，是全面批评汪晖的重头文字之一。朱学勤、刘军宁的文字也被我们多次摘要转载。有一篇检讨和讽

---

❶ 刘心武、张颐武：《商业化与消费文化：文化空间的拓展》，刊载于《作家》1996年第4期。

刺美国左派群体的妙文《地下室里的西西弗斯同志》，还是我从外刊上找来专门请人译出发表的。可惜这样的文章还太少，更多的来稿往往是在把对手漫画化和弱智化以后来一个武松打猫，虚报战功，构不成真正的交锋。我一直睁大眼睛，注意各种回应汪晖、王晓明、陈燕谷、戴锦华、温铁军、许宝强等'新左派'的文字，想多找几只真正的大老虎来跟他们练一练。在做这些事情的时候，我们并不想和一把稀泥处处当好人，更没有挑动文人斗文人从而招徕看客坐地收银的机谋，我们只是想让各种思潮都在所谓'破坏性检验'之下加快自己的成熟，形成真正高质量的争鸣。这是我在编辑部经常说的话。"❶ 有这么种"破坏性检验"的雄心，《天涯》成为思想重镇自不待言。

《天涯》杂志的成功有目共睹。它在改版的当年被《新民晚报》评为1996年国内文坛十件大事之一；1997年被《书城》杂志评为十二种精品杂志之一；1998年，作为央视《文化视点》栏目选评的文学期刊之一，杂志主编蒋子丹应邀在该栏目介绍《天涯》。《天涯》在国际上也产生了很大影响。英国左翼理论家佩里·安德森、法国汉学家安妮·居里安、荷兰汉学家林恪、法国新小说派作家罗伯·格里耶等都曾访问《天涯》编辑部。美国哈佛、耶鲁、斯坦福、芝加哥，日本早稻田，德国海德堡等知名大学的图书馆以及汉学机构都成为《天涯》的长期订户。

1月，《马桥词典》定稿，发表于当年《小说界》第2期。接着，作家出版社发行了单行本。小说发表后，很快引起了学界的关注。海南大学社科中心和上海文艺出版社先后召开了作品研讨会。在上海方面的一再邀请下，韩少功出席了上海文艺出版社举办的研讨会。在会上，韩少功提到词典体并非他的首创。

4月，韩少功回访当年下放劳动的汨罗市（县），为以后建房安居选址。

12月5日，北京《为您服务报》同时刊登了张颐武的《精神的匮乏》和王干的《看韩少功做广告》两篇文章。

12月15日，曹鹏在《服务导报》上发表署名文敬志的文章《文艺

---

❶ 韩少功：《我与〈天涯〉》，出自《人在江湖》，人民文学出版社2008年版，第179页。

界频频出现剽窃外国作品的公案》,该文说:"张颐武指出……韩少功的词典全盘袭用了人家的形式和手法,甚至内容都照搬。"并由此认为,《马桥词典》剽窃外国作品"情况无可回护"。

12月16日,中国文联第五次全国代表大会和中国作协第四次全国代表大会在北京召开。文联与作协已经十二年未召开全国代表大会,可以想见其隆重与热烈程度。但会议的第二天,会议代表们就收到一份与会议无关的《文汇报》,报上有一行醒目的标题:"《马桥词典》是抄袭之作吗?张颐武有此一说,韩少功断然否认"。《文汇报》的消息来源于两天前南京《服务导报》上文敬志的《文艺界频频出现剽窃外国作品的公案》一文。而后者的消息自然就来自前述张颐武的文章。指控者不太光明磊落的手段激起许多与会作家的愤怒。

12月20日,俞果在《劳动报》上发表《翻〈马桥词典〉,查抄袭条目》一文。该文散布和认定张颐武有关抄袭的言论。

马桥事件对韩少功创作影响不小。尽管如此,这年依旧有一定量的散文创作,主要有《完美的假定》(《天涯》第1期)、《中西各有其"甜"》(《天涯》第2期)、《我们还没有今天的孔子和庄子》(《陕西社会主义学院学报》第3期)、《我的词典》(《中华读书报》5月8日版),对话《词语与世界——关于〈马桥词典〉的谈话及其他》(与李少君,《小说选刊》第7期)。译作《惶然录》([葡萄牙]费尔南多·佩索阿著)发表于《天涯》第6期。

年内,出版有《马桥词典》(作家出版社,再版)、《韩少功自选集》(四卷)(作家出版社)、散文集《心想》(天津人民出版社)、散文集《灵魂的声音》(吉林人民出版社)、散文集《海念》(海南出版社)、散文集《世界》(湖南文艺出版社)、散文集《佛魔一念间》(北岳文艺出版社)、《韩少功小说精选》(太白文艺出版社)。荷兰文版《爸爸爸》(DE GEUS)。

1997年,44岁。

1月8日,《中华读书报》用整版的篇幅刊出题为"岁末年初的'马桥事件'"的一组文章,其中有韩少功的一篇答记者问:《他们终将向我道歉》。

1月26日,南帆在《羊城晚报》发表《令人失望的答辩》,对张颐武的相关观点进行反驳。

1月30日，《文艺报》刊载了张颐武的文章《我坚持认为〈马桥词典〉模仿〈哈扎尔词典〉》。张颐武声称有八条依据证明《马桥词典》模仿了《哈扎尔词典》。这八条依据涉及小说形式、表现方法、整体风格、小说内容、语言观、时间观、具体的语言阐释、故事情节等方面❶。

3月，韩少功终于对持续不止的谣言浪潮作出法律反应，对制造与传播谣言并且拒不道歉的六被告（张颐武、王干、北京《为您服务报》社、《经济日报》记者曹鹏、上海《劳动报》社、湖北《书刊文摘导报》社）提起诉讼，控告六方侵犯了自己的名誉权，要求被告赔礼道歉，挽回影响，并赔偿损失人民币30万元。28日，海口市中级人民法院正式受理此案。稍后，韩少功提起诉讼的动机："对不大习惯讲道理的人，除了用法律迫使他们来讲道理以外，我想不出还有什么更好的办法。对分不清正常批评和名誉侵权的人，除了用一个案例让他们多一点法律知识之外，我也想不出什么更好的办法。"❷

5月，到海南省琼海市挂职体验生活，任市委副书记。

12月23日，海口市中级人民法院开庭审理韩少功长篇小说《马桥词典》名誉侵权案，6被告中有5被告未到庭，韩少功与到庭的第6被告《书刊文摘导报》当场达成庭外和解协议。根据协议，《书刊文摘导报》于协议生效之日起15日内刊登向韩少功致歉的声明，韩少功撤销对该报的起诉。

这年，创作有散文《遥远的自然》（《天涯》第4期）、《阳台上的遗憾》（《美术观察》第9期）、《强奸的学术》（《青年文学》第11期）、《语言的节日》（《新创作》第2期）、《哪一种"大众"》（《读书》第2期）、《岁末恒河》（《作家》第4期）、《批评者的"本土"》（《上海文学》元月号）、《风流铁骑·序》（载植展鹏散文集《风流铁骑》，南海出版公司1997年第1版）等。另有对话《九十年代的文化追寻》（与萧元，《书屋》第3期）。其中《强奸的学术》一文自然部分导因于"马桥事件"。此种情形下当然分外怀念《那一夜遥不可及》中昔日那种

---

❶ 张颐武：《我坚持认为——〈马桥词典〉模仿〈哈扎尔词典〉》，刊载于《文艺报》1997年1月30日。

❷ 韩少功：《让我们节省一点时间和精力》，刊载于《文艺报》1997年5月17日。

创作者与批评者的鱼水关系。

年内，出版有《韩少功作品自选集》(漓江出版社)、《余烬》(山东友谊出版社)、《马桥词典》(上海文艺出版社)、《马桥词典》(繁体字版，获《中国时报》该年度"最佳图书奖")、《马桥词典》(繁体字版，香港三联书店，获《联合报》该年度"最佳图书奖")。

1998年，45岁。

2月，韩少功请辞海南省政协常委与省政协文史委员会主任，获准。

5月30日，海口市中级人民法院作出一审判决：《马桥词典》与《哈扎尔辞典》是内容完全不同的两部作品；被告张颐武、《为您服务报》社、曹鹏、《劳动报》社应向《马桥词典》作者韩少功道歉并分别赔偿经济损失1750元。

8月23日，海南省高级人民法院就有关韩少功长篇小说《马桥词典》的名誉侵权案下达了终审判决书。判决书除维持一审法院对张颐武、《为您服务报》、曹鹏(笔名文敬志)、《劳动报》等四被告的侵权认定外，同时撤销一审法院有关王干的判决，判决王干须在接到判决书的20日之内公开刊登经海口市中级人民法院认可的向韩少功道歉的声明，并赔偿韩少功经济和精神损失1750元。这样，"马桥诉讼"历时两年，经张颐武等被告两次管辖异议、一次回避申请、一次抗诉申请等周折，终于两审全部结束，有了最后的结果。出于重在教育、与同行和解的目的，韩少功没有申请执行处罚。

9月9日，上海第四届"长中篇小说优秀作品大奖"宣布评选结果，《马桥词典》获长篇一等奖。

这年，创作有散文《第二级历史："酷"的文化现代之一》(《读书》第2期)、《第二级历史："酷"的文化现代之二》(《读书》第3期)、《熟悉的陌生人》(《天涯》第3期)、《工具，有时也是价值》(《琼州大学学报》第4期)、《公因数、临时建筑以及兔子》(《读书》第6期)、《亚洲经济泡沫的破灭》(《天涯》第1期)、《译后记》(译著《惶然录》，《书屋》第5期)、《读梦者——序〈黑狼笔记〉》(《书屋》第5期)、《作者的性格型智障》(《湘江文学》第12期)，对话《文学的追问与修养——韩少功访谈录》(与蓝白、黄丹，《东方艺术》第5期)等。

年内，出版有《韩少功散文》（两卷）（中国广播电视出版社）、《真要出事》（中共中央党校出版社），《故人》（湖南师范大学出版社）、散文小说集《精神的白天与夜晚》（泰山出版社）。日文版《爸爸爸》（加藤三由纪译）收入藤井省三编《现代中国短编集》（平凡社，1998年3月）。

1999年，46岁。

10月下旬，在海南省三亚市南山主持召开"生态与文学"国际研讨会。来自中国以及美、法、澳、韩等国的作家和学者张炜、李锐、苏童、叶兆言、格非、乌热尔图、方方、迟子建、蒋韵、黄灿然、蒋子丹等三十多人与会。25日晚，在三亚市南山生态文化苑，参加这次会议的部分学者在求同存异的原则下，就环境－生态问题又进行了进一步座谈。参加这次座谈的有黄平（《读书》杂志执行主编）、李陀（《当代大众文化批评丛书》主编）、陈燕谷（中国社会科学院文学所副研究员）、戴锦华（北京大学中文系教授）、王晓明（华东师范大学中文系教授、博士生导师）、陈思和（复旦大学人文学院教授、博士生导师）、南帆（福建省社科院文学所所长、研究员）、王鸿生（河南省文学院研究员）、耿占春（海南大学文学院副教授）等。会议产生总结性文件《南山纪要：我们为什么要谈环境－生态？》（后有英、日、法等多种译本）。与会者戴锦华后来追忆，这是她一辈子中参加过的最有成效和最有意思的会，以至开了六天以后人们还恋恋不舍。

年内，创作有散文《乏味的真理》（《芙蓉》第2期）、《自我机会高估》（《芙蓉》第2期）、《国境的这边和那边》（《天涯》第6期）、《感觉跟着什么走？》（《读书》第6期），书信《韩少功致本刊的一封信》（《芙蓉》第3期）等。出版有译作《惶然录》（上海文艺出版社）、中短篇小说集《韩少功》（繁体字版，明报出版社）。

2000年，47岁。

1月，韩少功请辞海南省作协主席与《天涯》杂志社社长，获准。

5月，迁入湖南省汨罗市八景乡新居。

其实，早在马桥诉讼期间，韩少功与妻子就开始在乡村寻找落户之处。起初，他们考虑过海南农村，但因语言上的阻隔就最终放弃了。最终他们选择了汨罗八景乡。此地是一水库区，风景如画，民风淳朴，而且与当年韩少功下乡之地很近。当地政府对他的再次插队相当欢迎，慷慨地打算拨一块地给他盖房。但韩少功坚持以两千块一亩的价格将八景峒水库旁边的一块荒地买了下来。之后，他就委托下乡时的农友老李监工，开始盖房。韩少功希望盖一座真正的"青砖"瓦房。因为在他看来，中国古代以木柴为烧砖的主要燃料，烟"呛"出来的青砖是秦代的颜色，汉代的颜色，唐宋的颜色，明清的颜色。这种颜色锁定了后人的意趣，预制了我们对中国文化的理解：似乎只有在青砖的背景下，竹桌竹椅才是协调的，瓷壶瓷盅才是合适的，一册诗词或一部经传才有着有落，有根有底，与墙体得以神投气合。老李打电话说青砖烧好了，请韩少功过去一看。一到现场，让他大失所望，虽然近似青砖，但没有几块方正的，而且窑温不到位，一捏就粉。砖色也深浅驳杂。老李尴尬地告知，烧青砖的老工艺几近失传，就是这些不达标砖也是四处托人才烧制出来的。最终用这些砖修了围墙。楼房的主体只能退而求其次，用机制红砖来修了。其实，"青砖"不是没有，而是已成为都市人建房的装饰材料，变得出奇的昂贵。韩少功感叹，怀旧是需要成本的，一旦成本高涨，传统就成了富人的专利❶。对砖的挑剔并不意味着韩少功要在乡间修一栋时髦的别墅。在他这里，对自然的热爱与素朴的生活习惯是合为一体的。农民们对他的到来甚为好奇，以为这个名人一定过着奢华的生活。但他们发现，这一家人竟然还穿着最是普通的布鞋出入，在下地的时候穿的则是早就过时了的军用胶鞋。家里不多的家具也多是农家常见的木制产品，尤其是那个笨重的梓木沙发，树皮也尚未剥去，带有一点匪气与粗犷味。这位大作家还挑起了粪桶，全然不顾其恶臭。他依旧在坚持最为传统的耕作方式，而且还是个做农活的老把式。农民在惊异之后，久而久之也就有了由衷的钦佩之情。

韩少功很快就成为乡村礼俗社会有机的一分子。他运用自己的能量尽可能改观乡村的政治人伦，在此意义上，他并不是卢梭意义上的对"自然""野蛮"的纯粹赞颂者，而是积极主动的介入者。他与农民一起斟酌诗词，与村干部一起商讨管理事务，还做过一些教师和乡村干部的培训工作。曾捐资给无学费者（取消义务教育阶段学费之前），救济过

---

❶ 韩少功：《山南水北》，人民文学出版社2008年版，第29-30页。

孤儿，给学校所有学生宿舍配置橱柜，给学生乐团购置乐器，给敬老院配置保暖床垫、修鱼池和围墙。曾捐资给大同村、智峰村修路、修便桥、修水渠等。还曾先后给大同、智峰、高华三个村牵线搭桥，分别引入政府和社会资金进行基本建设，总投入三四百万元。这种介入为他赢得了"韩爹"的敬称。当然，从一个陌生的外来者到成为"韩爹"，中间还是有些微妙的心理转换的，"正如城里人对韩少功回到农村的选择大惑不解，当地人也曾对他议论纷纷，有人认为他不知犯了什么错误，被处分遣送到这里来；有人怀疑他是个特务，到农村里探测些什么；甚至有人怀疑他脑袋有问题，当乡里的人都往城市跑时，他却住到农村里，莫不是有病？村民对他的种种怀疑，韩少功视之为好事，因为有疑问才会有进步。现在当然没问题了，城里人觉得韩少功很潇洒，八溪峒的村民呢，从怀疑他到接受他，甚至已把他当作自己人，韩少功笑道：'他们还要给我一块地，做我将来的坟墓，地点在山坡还是平地，都为我考虑周详。'所谓生死事大，八溪的原住民就是用同生共死，把他看作兄弟的这种热情表示欢迎他"❶。

与乡野的近距离接触，为韩少功的创作增添了新的活力。随后几年，创作有短篇《老狼阿毛》《方案六号》《是吗》《土地》《801室故事》《月光两题》《白麂子》《生离死别》，中篇《兄弟》《山歌天上来》《报告政府》等。

9月，在有关方面劝说之下，在海南省文联换届选举中出任主席，但获准适度超脱日常行政工作，半年在岗，半年下乡。

这年，创作有短篇小说《老李醉酒》（《民间故事选刊》第9期），散文《依附与独立》（《中国新闻周刊》第27期），对话《思想的声音——韩少功谈话录》（与何羽、郑菁华、陈博夫，《新作文》（高中版）第Z1期）、《关于〈马桥词典〉的对话》（与崔卫平，《作家》第4期）、《韩少功访谈录》（与许风海，《博览群书》第6期）等。

年内，出版有《心想》（西苑出版社）、法文版《山上的声音》（Gallimard）（在网上被评为该年度十本法国文学好书之一）。

---

❶ 李洛霞：《韩少功的田园生活与文化思考》，刊载于《城市文艺》（香港）2008年第4期。

《马桥词典》被海内外各方专家推荐为"中国二十世纪小说百部经典"之一。

2001年,48岁。

这年,创作有中篇小说《兄弟》(《山花》第1期),散文《镜头的许诺》(《天涯》第5期)、《经济全球化:国家化的放大?》(《金融经济》第10期)、《伪小人》(《领导文萃》第10期)、《人情超级大国(一)》(《读书》第12期)、《你好,加藤》(《天涯》第2期)、《杭州会议前后》(《上海文学》第2期)、《好"自我"而知其恶》(《上海文学》第5期)、《后革命的中国》(《上海文学》第6期),对话《返归乡村 坚守自己——韩少功近况访谈录》(与黄灯,《理论与创作》第1期)等。

年内,出版有《爸爸爸》(时代文艺出版社)、中短篇小说集《领袖之死》(北岳文艺出版社)、《韩少功小说精选》(太白文艺出版社)、《韩少功文库》(十卷)(山东文艺出版社)。另有译作《惶然录》的繁体字版由台湾中国时报出版公司出版。

2002年,49岁。

4月,获法国文化部颁发的"法兰西文艺骑士勋章"。

这年,创作有长篇笔记小说《暗示》(《钟山》第5期),散文《人情超级大国(二)》(《读书》第1期)、《面容》(《中国文化报》12月18日版)、《山之想(三题)》(《天涯》第5期)、《草原长调》(《天涯》第6期)、《知识危机的突围者——〈穷人与富人的经济学〉代序》(《中国经济时报》4月11日版)、《进步的回退》(在法国国家图书馆的演讲)(《天涯》第1期)、《我的写作是"公民写作"》(《南方周末》10月24日版)、《从幻想到理想——看电视剧〈没有冬天的海岛〉》(《人民日报》8月4日)、《政治家的行为艺术》(《领导文萃》第9期)、《数据掩盖了什么》(《金融经济》第9期)、《笔》(《语文世界》第1期)、《农民当网民》(《湖南农业》第2期),对话《韩少功:不愿拘泥一法》(与萧文,《中国青年报》11月6日版)、《韩少功:我喜欢冒险的写作状态》(主持人舒晋瑜,《南方日报》12月31日)。

年内,出版有演讲集《进步的回退》(春风文艺出版社)、中短篇小说集《韩少功读本》(花山文艺出版社)、《蓝盖子:韩少功代表作》

（春风文艺出版社）、《暗示》（人民文学出版社）（后来获得该年度"华语传媒文学大奖"的小说奖），演讲集《进步的回退》（春风文艺出版社）。另出版有荷兰文版《马桥词典》（DE GEUS），日文版《你好，加藤》（古川典代译）发表于《蓝·BLUE》第6号。

《暗示》可以说与《马桥词典》遥相呼应。在与张均的对话中，韩少功说："写完《马桥词典》之后，感觉有些东西没有写完，当时就想写另外一本书，但想法模糊，不知道怎样动手。《马桥词典》的关注点是生活怎样产生了词语，词语反过来怎样制约生活，制约我们对生活的理解与介入。但这一点显然不够，因为还有言外之意。绕开语言我们仍然可以得到意义，信息的传播不一定要依靠语言。这是成了我写《暗示》的聚焦点。我必须重新回到生活中来，看一看我们的回忆、感受、想象、情感、思想是怎么回事，看一看具象是如何隐藏在语言里，正如语言是如何隐藏在具象里。你知道，从英国到美国，文学研究往往是在人和语言的两元框架里思考，《暗示》考虑的则是人、语言、具象这样一种三边关系，差不多是我做了一件不自量力的事情。在文体上，这本书同样是打破小说与散文的界限，甚至走得更远。"❶

不过，有意思的是，在《暗示》中出现的大量的"象"并没有多少美感，甚至可以说主要是重重叠叠的恶象。这当中，社会生态的失衡、个人的沦陷、人间景象的衰败都分外醒目。毫无疑问，"言"（在《暗示》中可代指广义的符码）与"象"在《暗示》中表现出一种无可抗拒的紧张。

2003年，50岁。

2月，当选海南省人大代表。

这年，创作有散文《万泉河雨季》（《当代》第3期）、《草原长调》（《中国民族》第1期）、《我家养鸡》（《小作家选刊》第12期）、《文体与精神分裂主义》（《天涯》第3期）、《货殖两题》（《当代》第1期）、《岁月》（《遵义晚报》2003年5月15日）、《重说南洋》（《新东方》第3期）、《论白开水》（《南风窗》第3期）、《民主的高烧与冷冻》（《南风窗》第4期）、《〈进步的回退〉自序》（《当代作家评论》第1

---

❶ 张均：《用语言挑战语言——韩少功访谈录》，刊载于《小说评论》2004年第6期。

期)、《〈暗示〉前言》(《青海日报》3月28日版)、《心灵的再生和永生——序王厚宏〈感悟集〉》(《海南日报》12月28日版)、《冷战后:文学写作新的处境——在苏州大学"小说家讲坛"上的讲演》(《当代作家评论》第3期)、《八十年代:个人的解放与茫然》(《当代》第6期),对话《文化的游击战或游乐场》(与王尧,《天涯》第5期)、《在妖化与美化之外的历史》(与王尧,《当代作家评论》第3期,后获该刊理论作品奖)、《坚持公民写作》(与杨柳,《中国国土资源报》6月4日版)等。

年内,出版有理论集《韩少功王尧对话录》(苏州大学出版社)、中短篇小说集《北门口预言》(江苏文艺出版社)、随笔集《完美的假定》(昆仑出版社),英文版《马桥词典》(COLUMBIA UNIVERSITY PRESS)、匈文版《爸爸爸》(EUROPA KONYUKIADO)、《暗示》(繁体字版,台湾联合文学出版社)。另有日文版《归去来》(山本佳子译)发表于《螺旋》第9号。

2004年,51岁。

5月,参与修建的八景乡大同村十华里公路竣工,为村民们题写纪念碑文。

12月,请辞中国作家协会全委委员、主席团委员,未获批准。

这年,创作有中篇小说《山歌天上来》(《人民文学》第10期),短篇小说《月下桨声》(《文汇报》2004年7月14日第8版)、《月光两题》(《天涯》第5期)、《是吗?》(《上海文学》第9期)、《801室故事》(《上海文学》第9期),散文《个性》(《小说选刊》第1期)、《生态的压力》(《羊城晚报》9月7日)、《技术》(《小说选刊》第3期)、《中国当代作家面面观——灵魂与灵魂的对话·序》(《中国当代作家面面观——灵魂与灵魂的对话》,浙江文艺出版社2004年版)、《自述》(此文是韩少功先生2000年3月在法国举办的"中国文学周"上的发言,原题为《文学传统的现代再生》,此处略有删节,载于《小说评论》第6期)、《一个作家眼中的全球化——韩少功在汨罗市乡镇干部会上的演讲》(《新民周刊》第9期),对话《历史:现在与过去的双向激活》(与王尧,《小说界》第1期)、《再启蒙:社会的破碎与重建》(与王尧,《当代》第1期)、《语言:展开工具性与文化性的双翼》(与王尧,《钟山》第 1 期)、《文学：文体开放的远望与近观》(与王尧,《当代》第 2 期)、《小说,太多的叙事空转与失禁》(与王尧,《解放日报》8 月 9 日)、《用语言挑战语言——韩少功访谈录》(与张均,《小说评论》第 6 期)、《廿年前的刺,廿年后的根》(与鲁意,《中国图书商报》6 月 25 日)等。

年内,出版有随笔集《阅读的年轮：〈米兰昆德拉之轻〉及其他》(九洲出版社)、《韩少功中篇小说选》(上海社会科学院出版社)、《韩少功自选集》(海南出版社)，小说集《空院残月》(云南人民出版社)、《马桥词典》(人民文学出版社)，译作《惶然录》(费尔南多·佩索阿著，上海文艺出版社再版)、《韩少功中篇小说集》(繁体字版，台湾正中书局)、法文版《暗香》(GIBERT JOSEPH)、英文版《马桥词典》(澳大利亚 Harper Collins)。

2005 年，52 岁。

这年，创作有中篇小说《报告政府》(《当代》第 4 期)，短篇小说《白麂子》(《山花》第 1 期)，散文《土地》(《文学界》第 5 期)、《浑身有戏》(《山花》第 1 期)、《小说中的诗眼》(《天涯》第 4 期)、《现代汉语再认识》(在清华大学的演讲，演讲时题为《现代汉语的写作》，载《天涯》第 2 期)等。

年内，出版有演讲对话集《大题小作》(湖南文艺出版社)，中短篇小说集《暗香》(中国社会出版社)、《报告政府》(作家出版社)、《爸爸爸——韩少功作品精选集》(台湾正中书局)、英文版《马桥词典》(由美国兰登书屋旗下的 Bantam Dell 再出版)。

2006 年，53 岁。

这年，创作有短篇小说《生离死别》，长篇笔记《山南水北》，散文《"文革"为何结束》(《开放时代》第 1 期)、《山居心情》(《天涯》第 1 期)、《山之想》(三题)(《绿叶》第 1 期)、《我们傻故我们在》(《天涯》第 2 期)、《语言的表情与命运》(《南方文坛》第 2 期)、《情感的飞行》(《天涯》第 6 期)、《展望一片明丽辽阔的水域》(为海南出版社出版的《海岸文丛》所作总序,《海南日报》2 月 19 日第八版)，访谈《"有一种身份是不能忘记的，那就是公民身份"》(与夏榆、马宁宁,《南方周末》5 月 25 日)。

年内，出版有短篇小说集《归去来》（春风文艺出版社）、《韩少功作品精选》（长江文艺出版社）、《韩少功精选集》（北京燕山出版社）、《爸爸爸》（人民文学出版社）、《马桥词典》（春风文艺出版社）、《然后》（中国社会出版社）、《山南水北》（作家出版社）。日文版《月光两题》（加藤三由纪译）发表于《火锅子》第67号，日文版《暗香》（加藤三由纪译）收入《ミステリー・イン・チャイナ——同时代的中国文学》由东方书店出版，西班牙文《马桥词典》由KAILAS EDITORIAL出版。

《山南水北》在韩少功的写作史上具有特别重要的地位。韩少功在世纪初写过《老狼阿毛》《方案六号》《801室故事》等以城市为背景的小说。毋庸置疑，这些文本展示出了叙事技巧的娴熟与老辣，但也显示了刻意求新的尴尬与困境。在多种场合，作者亦毫不避讳"小说越来越难写"的怨叹与隐衷。从历史总体性解脱出来的作家们，为形式而癫狂，完全没有意识到一种新的危机正日趋迫近。它比传媒的紧逼更可怕，因为危机来自作家自身。刚迈过90年代的门槛，他们惊诧地发觉，自己的写作与别人的如同出自一个铸模，真假难辨，高下难分。叙事的"空转"与"失禁"开始全面泛滥，❶ 题材、方法，乃至于人物都似曾相识。韩少功显然也为这种局面所震惊，他在创作时必须逃逸出如是怪圈。这种重复的危机，在他看来源自作家生活的中产阶级化。试想当年知青作家，虽然都离不开农村题材，但每个人笔下的乡村形态各异、差别很大。这和乡村、城市间的不同有关。城市生活更容易出现同质化："都市化背景下的生活方式，沙发是大同小异的，客厅是大同小异的，电梯是大同小异的，早上起来推开窗子打个哈欠也是大同小异的，作息时间表也可能是大同小异的。我们在遵守同一个时刻表，生活越来越类同，然而我们试图在这样越来越类同的生活里寻找独特的自我，这不是做梦吗？"❷ 很明显，现代社会在造就一个越来越雷同的时空，从物件、生活方式，到每个个体的形貌、举止，都日愈一日地趋于同一。在都市背景下，作家面对的客体世界变成了电视墙似的景观，表面看来炫目灿

---

❶ 韩少功：《个性》，刊载于《小说选刊》，2004年第1期。
❷ 韩少功：《作家的创作个性正在湮没》，刊载于《探索与争鸣》，2006年第8期。

烂，其实诗意全无。在这样的情形下，作家挖空心思地玩弄形式，也难以规避题材的趋一与雷同。《山南水北》的意义于是体现了出来。在当下乡村，许多事、物鲜活生动，还没有经过文化工业彻底整编。据此创作出来的文本，自然避免了题材上雷同、撞车的危机。显然，《山南水北》是韩少功对创作大环境以及自身以往创作的回应。整个作品侧重乡村"写意"。其意图很明显，也就是要规避都市生活的同质化，以此来恢复作家言说的活力。

2007年，54岁。

4月，长篇散文《山南水北》获第五届华语文学传媒大奖"杰出作家奖"。

10月，荷兰 Muziektheater De Helling 剧团将《爸爸爸》和《女女女》改编为音乐剧公演。

11月，长篇散文《山南水北》获第四届鲁迅文学奖。

这年，创作有短篇小说《末日》(《山花》第10期)，散文《多"我"之界》(《南方文坛》第3期)、《道的无名与专名》(《广东技术师范学院学报》第6期)、《石太瑞与湘西神话》(《文学自由谈》第6期)、《文学的四个旧梦》(《上海采风》第5期)、《一个人本主义者的生态观》(《天涯》第1期)，对话《文学史中的寻根》(与李建立，《南方文坛》第4期)、《关于〈山南水北〉》(与何志云，《西部》第5期)。

年内，出版了越文版《爸爸爸》(NHA NAM PCJC)、韩文版《马桥词典》(MINUMSA)。

2008年，55岁。

4月，受邀在香港浸会大学任驻校作家，为期两个月。香港《城市文艺》杂志第4期刊登了"2008浸会大学驻校作家韩少功特辑"。该特辑包括韩少功作品三篇：《故人》《人迹》《时间》，另有芳菲的《一次健康精神运动的肇始——读韩少功的〈暗示〉》(评论)、牛耕的《实践者的精神地平线——韩少功散文集〈山南水北〉阅读札记》(评论)、野莽的《派人去汨罗江寻找隐士韩少功》(散文)、李洛霞的《韩少功的田园生活与文化思考》(专访)、古剑的《韩少功的信》(书信)。

5月，孔见著《韩少功评传》由河南文艺出版社出版。

7月，廖述务编《韩少功研究资料》由天津人民出版社出版。

8月，廖述务著《仍有人仰望星空——韩少功创作研究》由新星出版社出版。

9月，陈乐著《现代性的文学叙事——韩少功的小说与"文革"后中国的现代性》由浙江大学出版社出版。

这年，创作有短篇小说《西江月》(《西部》第3期)、《第四十三页》(发《香港文学》第七期)，散文《民主：抒情诗与施工图》(《天涯》第1期)、《穷溯其远 仰止其山——在〈庄子奥义〉研讨会上的发言》(《社会科学论坛》2008年第2期)、《葛亮的感觉》(《天涯》第2期)、《笛鸣香港》(《天涯》第5期)，对话《穿行在海岛和山乡之间——答记者、评论家王樽》(与王樽，《时代文学》第1期)。

年内，出版有《韩少功散文》(人民文学出版社)、《山南水北》(作家出版社)、《韩少功系列作品集》(九卷)(人民文学出版社)，译作《惶然录》(费尔南多·佩索阿著，上海文艺出版社再版)，《归去来》(香港明报月刊出版社)，《山南水北》(香港牛津出版公司)出版，韩文版《阅读的年轮》(CHUNGARAM MEDIA)，越文版《马桥词典》(NHA NAM PCJC)、西班牙文版《爸爸爸》(Kailas Editorial)。

2009年，56岁。

3月，《蛮师傅》获《小说选刊》举办的首届蒲松龄微型小说奖。

4月，短篇小说《第四十三页》入登中国小说学会的年度排行榜。

这年，创作有短篇小说《赶马的老三》(《人民文学》第11期)、《生气》(《山花》第15期)、《张家与李家的故事》(《天涯》第4期)、《能不忆边关》(《中国作家》第17期)、《怒目金刚》(《北京文学》第11期)，散文《寻根群体的条件》(《上海文化》第5期)、《天数使然，可遇而不可求》(《山花》第15期)、《重访旧楼》(《新闻天地》第9期)、《扁平时代的写作》(《扬子江评论》第6期)、《心灵之门》(《海南日报》11月9日版)、《文学何为》(《人民日报》12月3日版)，对话《一个棋盘，多种棋子——关于中国文学与文化的对话》(与罗莎，《花城》第3期)，出版有小说集珍藏本《爸爸爸》(作家出版社)、《马桥词典》(作家出版社)、《重现——韩少功的读史笔记》(江苏文艺出版社)、《山川入梦》(中国青年出版社)，越文版《报告政府》(NHA NAM PCJC)、韩文版《山南水北》(IRE PUBLISHING CO)、瑞典文版

《马桥词典》(ALBERT BONNIERS FORLAG)、波兰文版《马桥词典》(BERTELSMANN MEDIA)。

2010年，57岁。

5月，短篇小说《怒目金刚》获首届茅台杯《小说选刊》2009年度奖。

10月5日至8日，作为中方代表团成员之一，随总理与文化部长出访欧盟，参加首届中欧文化高峰论坛。此次论坛的中方代表有袭锡奎、徐冰、陆建德、赵汀阳等，欧方代表有安贝托·艾柯、朱丽亚·克里斯蒂娃、雷蒙·卢卡斯·库哈斯等。

11月，中篇小说《赶马的老三》获《人民文学》2010年度优秀作品奖。

11月，长篇小说《马桥词典》获美国第二届纽曼华语文学奖。

12月，短篇小说《第四十三页》获郁达夫文学提名奖。

这年，创作有散文《上帝之死与人民之死》(《上海文化》第5期)、《慎用洋词好说事》(《天涯》第2期)、《重说道德》(《天涯》第6期)、《寻找语言的灵魂》(《人民日报》1月12日版)、《"扁平世界"呼唤精神高度——关于当前读书、写作的思考》(《人民日报》2月2日)。

年内，出版有随笔集《历史现场：韩少功读史笔记》(香港三联书店)、小说集《西望茅草地》(新华出版社)、《韩少功散文》(浙江文艺出版社)。

2011年，58岁。

2月，获准卸任海南省文联主席、海南省文联、作协党组书记两职。韩少功任职期间注重人才引进与作风整改，完成20多项建章立制，文联用房和设备等硬件也有大跨度改善。成绩有目共睹。韩少功为人亲和、以德服人，整个文联的风气为之一变。因此，在机关领导交接大会上，台下传来同事们的一片抽泣声，他们还以长时间的鼓掌向他送别致敬。

2月，在美国俄克拉荷马大学参加纽曼华语文学奖颁奖仪式，并参加韩少功文学作品研讨会，有美、英、荷等多国专家参加。

4月，中篇小说《赶马的老三》获首届萧红文学奖。

5月，赴韩国参加外国语大学所举办的韩少功作品研讨会，有韩、日、中等多国专家参加。

9月，短篇小说《怒目金刚》获《北京文学》优秀作品奖。

11月6日，台湾社会研究杂志社在台北举办韩少功随笔研讨会。

12月7~8日，海南大学人文学院、《天涯》杂志社、海南省文联召开的"韩少功文学创作与当代思潮研讨会"举行。与会的批评家有旷新年、安妮·居里安（法国）、彭明伟（中国台湾）、韩毓海、李云雷、敬文东、何吉贤、千野拓政（日本）、白池云（韩国）、卓今、孔见、单正平、刘复生、李少君、董之林、徐志伟、郝庆军、黄灯、廖述务、石晓岩、季亚娅等。

12月，短篇小说《怒目金刚》获《小说月报》第14届百花奖。

12月，短篇小说集《鞋癖》获评中国台湾《中国时报》社开卷周刊主办的开卷十大好书。

这年，创作有散文《他是中国文学的幸运》（《天涯》第2期），对话《重建乡土中国的文学践行者》（与相宜，《上海文学》第5期）

年内，出版有《马桥词典》（作家出版社再版）、《马桥词典》（台湾联经出版社）、中篇小说集《红苹果例外》（台湾联经出版社）、短篇小说集《鞋癖》（台湾联经出版社）、《韩少功随笔》（台湾社会研究杂志社）。

2012年，59岁。

3月，受邀为中山大学驻校作家，为期两月。

4月，受邀访问新加坡，在新加坡国立大学、海峡时报等机构演讲。

5月，刘复生、张硕果、石晓岩所著《另类视野与文学实践：韩少功文学创作研究》，由北京大学出版社出版。

11月，受邀至华中科技大学主持文学"秋讲"活动，为期两周。

11月，短篇小说《怒目金刚》获第三届蒲松龄短篇小说奖。

这年，创作有散文《"小感觉"与"大体检"》（《文艺报》12月31日版），对话《中国文学及东亚文学的可能性》（与白池云，《文学报》4月19日）、《要捣乱，要狂飙，必是情理所逼》（与李晓虹、和歌，《黄河文学》第3期），出版有《韩少功作品系列》（十卷）（上海文艺出版社）、《赶马的老三》（海豚出版社）、《韩少功汉语探索读本》（三卷）（四川文艺出版社）。

2013年，60岁。

3月，"韩少功文学创作与当代思潮研讨会"论文集《对一个人的阅读——韩少功与他的时代》（孔见主编，收录了洪子诚、旷新年、安妮·居里安等学者的论文）由江苏文艺出版社出版。

7月，以团长身份率海南两岸文化交流团访台湾，会见星云法师、余光中、龙应台等台湾各界人士。

8月，短篇小说《山那边的事》获《小说月报》第15届百花奖。

9月，湖南社会科学院文学所与海南文艺评论家协会组织的《日夜书》研讨会在长沙召开。

9月，率中国作家代表团访俄罗斯。

11月，中国作协创研部与海南省作协主办的《日夜书》研讨会在北京召开。

11月，受台湾交通大学社文所邀请，任该校驻校作家一个月，并在台北、彰化、嘉义、南投等地大学讲学。

11月，"韩少功工作坊（即作品研讨会）"在台湾新竹召开。

12月，长篇思想随笔《革命后记》由香港牛津大学出版社出版繁体字版，简体字版则由李泽厚推荐，王蒙撰写推介意见，在三联出版社进入送审程序。

12月，《日夜书》成为富国高银2013南方周末文化原创榜年度图书（虚构）获奖作品。

这年，创作有长篇小说《日夜书》（《收获》第2期），散文《牛桥故事》（《读书》第11期）、《文学寻根与文化苏醒——在华中师范大学的演讲》（《新文学评论》第1期），对话《时代与文学》（与荒林，《创作与评论》第12期）、《一代人的安魂曲——韩少功长篇小说〈日夜书〉访谈录》（与吴越，《朔方》第9期）、《数字化时代的文化生态与精神重构》（与龚曙光，《芙蓉》第3期）、《几个50后的中国故事——关于〈日夜书〉的对话》（与刘复生，《南方文坛》第6期）、《好小说都是"放血"之作》（与胡妍妍，《人民日报》3月29日）。

年内，《马桥词典》《暗示》《韩少功小说选》《韩少功随笔选》由安徽文艺出版社出版插图精装本，《日夜书》由上海文艺出版社出版，《山南水北》增补版由湖南文艺出版社出版，《日夜书》繁体字版由台湾联经出版社出版。俄文版《第四十三页》在彼得堡大学东亚文学院院刊发表。短篇小说《末日》由明珠影业有限公司改编拍摄成电影播出。

《日夜书》与《革命后记》两部书于同一年出版。一般来说，生理年龄与创作活跃程度间有一个负相关的铁律，韩少功似乎可能成为为数不多的例外。

《革命后记》是韩少功在思想领域的一次大胆掘进与突破，是中国思想界在新世纪的一次重要收获。从这部书的字里行间，也不难品读出韩少功的理论抱负。对于偏好思想的韩少功来说，这部书一点也不逊色于《马桥词典》，因为只有它足以承负百年中国的重量。

2014年，61岁。

5月，《日夜书》获人民文学杂志社长篇小说双年奖。

9月，《山南水北》研讨会在台湾台北市召开。

9月，《日夜书》获香港浸会大学文学院"红楼梦奖"的专家推荐奖。

10月，卓今等主编《解读韩少功的〈日夜书〉》（收录程德培、张翔、张柠、李遇春等学者的研究论文）由上海文艺出版社出版。

12月20日，作为主讲嘉宾之一参加"文汇讲堂·文学季"第五期活动。演讲内容以《顺变守恒，再造文学》之名发表在本年12月30日的《文汇报》第8版上。

这年，发表的作品有长篇思想随笔《革命后记》（《钟山》第2期），对话《把权力关进笼子（访谈）》（《革命后记》一书附录，载《文化纵横》第3期），散文《关于经典的加减法》（《名作欣赏》第1期）、《刘舰平的诗歌修辞法》（《文艺报》2月26日）、《镜头够不着的地方》（《文艺报》10月15日）、《在幽怨与愤怒之外——读孔见新作〈谁来承担我们的不幸〉》（《文艺报》11月28日）。

年内，出版有《山南水北》（台湾人间出版社再版）、《中国好小说/韩少功》（中国青年出版社）、小说集《怒目金刚》（安徽文艺出版社）、小说集《韩少功作品精选》（长江文艺出版社）、散文集《空院残月》（安徽文艺出版社）、知青题材中短篇小说集《很久以前》（武汉大学出版社、《马桥词典》（湖南文艺出版社再版），韩文版短篇小说集《归去来》（创作与批评出版社）。英文版《山歌天上来》入选美国俄克拉荷

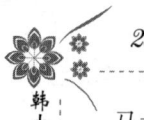

马大学出版社的《二十一世纪中国中篇小说选》。

2015年，62岁。

1月，境外《今天》杂志继张承志、李零、徐冰专辑之后，在2014年冬季号推出韩少功专辑。

2月，由上海文艺出版社出版的《日夜书》获中国出版协会主办的第五届中华优秀出版物奖，是获得该双年奖的两部长篇小说之一。

5月，散文《落花时节读旧笺》在《香港文学》发表。

年内，创作有散文《对于电视剧的"两喜一忧"》(《文艺理论与批评》2015年第1期)、《萤火虫的故事》(《名作欣赏》第1期)、《想象一种批评》(《文艺报》2015年5月6日)等。

附录二 韩少功作品译介简况

1. 英语

作品（汉语）	作品（英文）	译者	杂志/出版社	出版（发表）时间
风吹唢呐声	Deaf Mute and His 'Suona' Song	Song Shouquan	Chinese Literature	1983年
归去来	The Return	Alice Childs	Chinese Literature	1989年
归去来	Return	Alice Childs	In Best Chinese stories, 1949—1989/Beijing: Chinese Literature Press	1989年
归去来	The Homecoming	Jeanne Tai	In Spring Bamboo: A Collection of Contemporary Chinese Short Stories. /NY: Random House	1989年
归去来	Deja Vu	Margaret H. Decker	In Furrows, Peasants, Intellectuals and the State: Stories and Histories from Modern China. /Stanford: SUP	1990年
蓝盖子	Blue Bottlecap	Michael S. Duke	In Worlds of Modern Chinese Fiction. /NY: M. E. Sharpe	1991年
故人	Old Acquaintance	Long Xu	In Recent Fiction From China 1987—1988: Selected Stories and Novellas. /Lewiston: The Edwin Mellen Press	1991年
"伤痕"之后：地域文化、寻根、成熟与疲劳	After the 'Literature of the Wounded': Local Cultures, Roots, Maturity, and Fatigue	David Wakefield	In Modern Chinese Writers: Self-portrayals. /NY: M. E. Sharpe	1992年

续表

作品（汉语）	作品（英文）	译者	杂志/出版社	出版（发表）时间
归去来及其他	Homecoming and Other Stories	Martha Cheung	HK：Renditions	1992 年
笑的遗产	Legacy of a Laugh	Christena Leveton	Chinese Literature	1995 年
领袖之死	The Leader's Demise	Thomas Moran	In The Columbia Anthology of Modern Chinese Literature. /NY：Columbia UP	1995 年
归去来	The Homecoming	Jeanne Tai	In a Place of One's Own：Stories of Self in China, Hong Kong, and Singapore. /NY：Oxford UP	1999 年
火焰	Flames	Simon Patton	Two Lines：A Journal of Translation	1999 年
余烬	Embers	Thomas Moran	In Fissures：Chinese Writing Today. /MA：Zephyr Press	2000 年
我们为什么要谈环境？	Why must we talk about the environment?		Asian exchange	2003 年
马桥词典	A Dictionary of Maqiao	Julia Lovell	NY：Columbia UP	2003 年
马桥词典	A Dictionary of Maqiao	Julia Lovell	Harper Collins	2004 年
马桥词典	A Dictionary of Maqiao	Julia Lovell	NY：Dial Press	2005 年
"文革"为何结束？	Why Did the Cultural Revolution End?	Gao Jin	Boundary 2	2008 年
"文革"为何结束？	Why Did the Cultural Revolution End?	Adrian Thieret	In Culture and Social Transformations in Reform Era China /Leiden–Boston：Brill	2010 年
归元（归完）	Beginning（End）	Julia Lovell	World Literature Today	2011 年

续表

作品（汉语）	作品（英文）	译者	杂志/出版社	出版（发表）时间
末日	Doomsday	Bruce Humes	Pathlight: New Chinese Writing	2013年
山歌天上来	Mountain Songs from the Heavens	Lucas Klein	Chinese Literature Today	2016年
山歌天上来	Mountain Songs from the Heavens	Charles A. Laughlin	In By the river: seven contemporary Chinese novellas/Norman: University of Oklahoma Press	2016年
文学中的"创旧"	Creating the Old in Literature	Xu Chenmei	Chinese Literature Today	2016年

2. 法语

作品（汉语）	作品（法语）	译者	杂志/出版社	出版（发表）时间
蓝盖子	Le bouchon bleu		Aix–en–Provence: Alinéa	1988年
诱惑	Seduction	Annie Curien	Arles: Philippe Picquier	1991年
女女女	Femme, femme, femme	Annie Curien	Arles: Philippe Picquier	1991年
爸爸爸	Pa, Pa, Pa	Noël Dutrait et Hu Sishe	Aix–en–Provence: Alinéa	1991年
鞋癖	L'obsession des chaussures	Annie Curien	MEET	1992年
鼻血	Saignement de nez	Annie Curien	Les Temps modernes	1992年
谋杀	Meurtre	Annie Curien	In Anthologie de nouvelles chinoises contemporaines/Paris: Gallimard	1994年
空屋的秘密	Énigmes d'une maison vide	Fang Liu	Littérature chinoise	1993年
进步的回退	Le retour du progrès	Marie Laureillard	Écrire au présent	2000年

续表

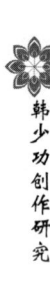

作品（汉语）	作品（法语）	译者	杂志/出版社	出版（发表）时间
山上的声音	Bruits dans la montagne et autres nouvelles	Annie Curien	Paris：Gallimard	2000 年
"甜"	Sucré	Annie Curien	La Nouvelle Revue française	2001 年
爸爸爸	Pa, Pa, Pa	Noël Dutrait	L'Aube	2001 年
"时间"	Le Temps	Annie Curien	Revue de la Maison des écrivains étrangers et des traducteurs	2004 年

3. 日语

作品（汉语）	作品（著作、篇目/著作）（日语）	译者	杂志/出版社	出版（发表）时间
空城	『壊死する町』	井口晃	季刊〈中国现代小说19〉/苍苍社	1991 年
雷祸	『雷禍』	井口晃	季刊〈中国现代小说21〉/苍苍社	1992 年
鞋癖	『靴』	井口晃	季刊〈中国现代小说24〉/苍苍社	1992 年
昨天再会	『昨日の友よ』	井口晃	季刊〈中国现代小说32〉/苍苍社	1995 年
爸爸爸	『パーパーパー爸爸爸』	加藤三由纪	〈现代中国短编集〉/平凡社	1998 年
你好，加藤	『ニイハオ、加藤』	古川典代	〈蓝・BLUE6〉/《蓝・BLUE》文学会	2002 年
归去来	『帰去来』	山本佳子	〈螺旋9〉/螺旋社	2003 年
暗香	暗香	加藤三由纪	〈ミステリー・イン・チャイナ——同时代的中国文学〉/东方书店	2006 年

续表

作品 （汉语）	作品（著作、篇目/著作） （日语）	译者	杂志/出版社	出版（发表）时间
月光两题 ［空院残月、月下桨声］	『月光二题』 ［「主なき庭に残りの月」 「月あかりに櫂の音」］	加藤三由纪	〈火鍋子67〉/翠书房	2006年
第四十三页	『四十三ページ』	盐旗伸一郎	〈民主文学519〉/日本民主主义文学会	2009年

4. 韩语

作品（汉语）	作品（韩语）	译者	杂志/出版社	出版（发表）时间
阅读的年轮	열렬한 책읽기	백지운 Baik, Jiwoon 白池云	청어람미디어 (Cheongeoram Media)	2008年
马桥词典	마교사전	심규호 (Shim, Gyuho) 유소영 (Yoo, Soyeong)	민음사 (Minumsa)	2007年
马桥词典	마교사전	심규호 (Shim, Gyuho) 유소영 (Yoo, Soyeong)	민음사 (Minumsa)	2009年
山南水北	산남수북	김윤진 (Kim, Yoonjin)	이레 (Ire)	2009
山南水北	산남수북	김윤진 (Kim, Yoonjin)	펄북스 (Pearl Books)	2016

续表

作品（汉语）	作品（韩语）	译者	杂志/出版社	出版（发表）时间
归去来	귀거래	Baik，Jiwoon 白池云	창비（Changbi）	2014
革命后/记	혁명후/기	Baik，Jiwoon 白池云	글항아리（Geulhangari Pubulishers）	2017

注：白池云翻译的中短篇集《归去来》(귀거래)，包括《归去来》(귀거래)、《女女女》(여자여자여자)、《爸爸爸》(아빠아빠아빠)、《西望茅草地》(서편 목초지를 바라보며)、《月兰》(웨란)、《蓝盖子》(파란 병뚜껑)、《飞过蓝天》(파란 하늘을 날아)、《风吹唢呐声》(바람이 부는 수르나이 소리)、《暂行条例》(임시시행조례) 九部作品。

5. 荷兰语

1996 年，汉学家 Mark Leenhouts 翻译的荷兰文《爸爸爸》(Pa pa pa) 由 De Geus 出版社出版；2002 年，Mark Leenhouts 翻译的荷兰文《马桥词典》(WOORDENBOEK VAN MAQIAO) 由 De Geus 出版社出版；2004 年，Mark Leenhouts 翻译的荷兰文版《鞋癖》由 Stichting Het Trage Vuur 出版社出版。

6. 越南语

2007 年，Quynh Huong Tran 与 Trí Nhàn Vuong 翻译的越文版《爸爸爸》由 Hooi Nhà Vañ 出版，该书收录《爸爸爸》《女女女》两个中篇小说；2008 年，Haàn Thieu Cong 翻译的越文版《马桥词典》由 Hoi Nha Van 出版社出版；2010 年，Chieu Phong 翻译的越文版《报告政府》由 Nhá Nam 出版社出版。

7. 其他语种

1992 年，《爸爸爸》(Maria Rita Masci 译) 意大利文版由 Theoria 出版；2003 年，匈牙利文版《爸爸爸》由 Europa Konyukiado 出版；2008 年，西班牙文版《爸爸爸》(Yunqing Yao 译) 由 Kailas Editorial 出版；2009 年，瑞典文版《马桥词典》由 Albert Bonniers Förlag 出版；2009

年,波兰文版《马桥词典》(Małgorzata Religa 译)由 Šwiat Ksiaążki 出版;2013 年,俄文版《第四十三页》由彼得堡大学东亚文学院院刊发表;2016 年,《飞过蓝天》入选世界语版《中国当代文学精品选1979—2009》(中国世界语出版社)。